Queridos verdugos
y otros relatos

QUERIDOS VERDUGOS Y OTROS RELATOS

GREGORIO MARTÍNEZ ABAJO

Número de Control de la Biblioteca del Congreso de EE. UU.:   2013922343
ISBN: Tapa Dura   978-1-4633-4906-6
                  Tapa Blanda   978-1-4633-4904-2
                  Libro Electrónico   978-1-4633-4905-9

Este libro fue impreso en los Estados Unidos de América.

Fecha de revisión: 08/01/2014

Para realizar pedidos de este libro, contacte con:
Palibrio LLC
1663 Liberty Drive
Suite 200
Bloomington, IN 47403
Gratis desde España al 900.866.949
Gratis desde EE. UU. al 877.407.5847
Gratis desde México al 01.800.288.2243
Desde otro país al +1.812.671.9757
Fax: 01.812.355.1576
ventas@palibrio.com
521561

ÍNDICE

"A Maribel, mi esposa, y a mis cuatro hijos que con su apoyo e insistencia han hecho posible la publicación de este libro".

Queridos verdugos

Queridos verdugos, ¿qué puedo contaros que no sepáis ya? Hemos pasado juntos los últimos veinte años de nuestras vidas. Al Gran Inquisidor, origen de mis desgracias, se lo llevaron los diablos hace ya dos lustros y otro Gran Inquisidor, del mismo cerrajón y estulticia, vino a ocupar su puesto. También entre vosotros ha habido cambios. Unos por agotamiento, otros por vejez, he visto irse rostros conocidos y volver otros de expresión tan ceñuda como la de los que se fueron. Pero a todos, a los idos, a los nuevos y a los que habéis estado conmigo desde el primer día os llevaré en el corazón en esta mañana esperanzadora de mi libertad.

Cuando fueron a buscarme las justicias no entendí bien el motivo de mi aprehensión. Hablaban de algo relacionado con una burla mía a los dioses, cuando todos sois testigos de mi ningún apego hacia cualesquiera entidades incorpóreas, de quienes no hablo bien ni mal por traerme sin cuidado su existencia. Pero, a lo que parece, no creer ya es delito suficiente y, así, me aherrojaron en una sentina del convento donde estuve algunas semanas, pues para días se me antojaron muchos, hasta venirle en gana a su reverencia, el Gran Inquisidor, hacerme llamar y ponerme a mal con tantas lindezas como halló en nuestro idioma. Su boca era un volcán donde cada ceniza suponía un insulto, e inflamáronsele las yugulares hasta parecer estallarle, aunque no ocurrió tal, pese a mis temores, y sosegóse lo suficiente para dictar sentencia y mandarme al infierno, digo, a las mazmorras inferiores donde se tortura, envilece y asesina.

Recuerdo con mucho cariño, y también pena por el fin que le sobrevino, a un fraile de aspecto fiero por el tamaño de su humanidad aunque, según se vio, era un pedazo de pan. La nariz la tenía en forma de garbanzo sin la pelleja, a punto de abrirse en dos. Era a modo de una verruga enorme en el medio de su cara. Hablaba muy sosegadamente y en los ojos tenía una mirada de dolor, en verdad, enternecedora.

El primer día que acudió a azotarme dejó el vergajo en el suelo, y con gran desconsuelo echóse a llorar como si fuera el penado. Caído en el suelo, envuelto en gimoteos, semejaba un saco de algarrobas a la espera de ser abierto para darlo de pienso a los animales. A cada hipido temblaba la tierra y se agitaba bajo los hábitos de modo que partía el alma.

Le consolé como mejor supe y le dije que se dejase de lamentaciones que no conducían a nada y se aplicase a la tarea de darme el castigo si no quería ser él quien probara en sus lomos las disciplinas. Hízome caso y me midió las espaldas media docena de veces, las suficientes para marcármelas con una o dos muestras, pero sin llegar a profundizar en la carne.

Volvió al otro día y sucedió lo mismo. Y así hasta una semana en que, no pudiendo aguantar más sus lloros y lamentos, le pregunté la causa de ellos. He pedido a los dioses, me dijo, que me liberen de esta crueldad, pero no escuchan mis súplicas. Los latigazos que te aplico me duelen a mí en el alma más que a ti en el cuerpo y, así, tengo decidido ponerme yo en el tormento y que seas tú quien me castigue.

Dijo esto y cortó las ligaduras que me tenían sujeto al lecho. Me pidió luego que le atase a él, cosa que hice con muy poca maña, y que le golpease con el zurriago, a lo que me aplique sin éxito dada mi poca experiencia en el campo de la tortura. No obstante, era mi fraile hombre de mal sufrir pues a las primeras caricias le arranqué tales gritos y lamentos que atrajeron a otros frailes del tribunal los cuales viendo aquello se escandalizaron, dándose a jaculatorias y santiguadas. Llegaron después unos sayones y fuimos puestos juntos en el lecho, comenzando de seguida tal lluvia de golpes, puñadas y latigazos que nos dejaron a ambos sin conocimiento.

Los días siguientes se ensañaron con mi compañero hasta extenuarlo, dejándome durante aquel tiempo libre de sus iras. Fueron especialmente crueles con él, ideando maneras de tortura tan sofisticadas que si las relatara aquí se me tendría por falsario. Y ya pensé si se habían olvidado de mí, pues pasaba del medio mes sin haberme tomado en cuenta, cuando el infeliz fraile murió en el potro mientras le desgarraban las carnes con garfios candentes, lo que me reafirmó en la idea de ser estos hombres de religión muy poco resistentes al dolor, aunque blasonen de disciplinantes, como tampoco son austeros aunque prediquen continencia.

La muerte del religioso fue para mí motivo de desconsuelo pues apenas arrojado su cuerpo sin vida a las cloacas, se vino a mí uno de los sayones y, sin dejar de sonreír, me aplicó dos hierros encendidos a las nalgas y unos como ganchos de pescar a los pechos con lo que quedé servido por aquel día, padeciendo desde entonces torturas jamás antes sufridas.

Me adjudicaron al cabo del tiempo otro fraile, y aunque al principio me dio motivo de pensar en un alivio para mis sufrimientos, bien pronto tuve ocasión de arrepentirme al comprobar la habilidad de mi nuevo torturador para prolongar el sufrimiento sin hacerlo intolerable y sangrar las venas sin dejarlas secas.

Era este fraile hombre de prestancia y pienso que, si en vez de dedicarse a redimir pecadores lo hiciera con pecadoras, tendría más arrepentidas de las que puedan caber en los cielos. Lo recuerdo cuando venteaba el escapulario con mucho apasionamiento, dando a entender su veteranía en esto de moler espaldas, desgarrar miembros y acarrear dolores al prójimo. Para ello llevaba acordonado el hábito a la cintura a fin de librarse de molestias en el manejo de los flagelos y como no traía bragas sino sólo una cinta a los riñones me daba la risa a menudo, incurriendo en sus iras y, por tanto, en nuevas invenciones de tormento. Lamento ahora el enfado que ello le producía, pero qué podía hacer si el espectáculo que se me ofrecía a los ojos era por demás grotesco. Pido perdón al buen fraile y téngame presente en sus rezos bien seguro de no hacerme beneficio, pero tampoco más daño del recibido por sus atenciones.

Un tormento de especial recuerdo es el potro, artilugio ideado para descoyuntar los miembros, disentir los tendones y alongar el cuerpo. Cuando me desataban del lecho para llevarme a él sentía el alivio de tener, ese día, libres las espaldas de verdugones y las nalgas de quemaduras, cosa muy de agradecer al llevar los dolores a otras partes del cuerpo y así tenerlas a todas acostumbradas a sufrir por igual.

También era descanso, no pequeño, el pozo del agua. Allí, hundido hasta la cintura en lo que llamaban agua, pero que no eran sino excrementos y orines y muy poca agua, pasaba días desentumeciendo los miembros, bizmando las heridas y refrescando las mordeduras del fuego. Si he de objetar algo, era la persistencia de la gota de agua cayendo imperturbable sobre mi cabeza. Una, dos, cien, mil, miríadas de gotas de agua indiferentes a mi estado, golpeándome con insistencia el cráneo, rompiendo la piel, buscando un orificio en el hueso de la calavera por donde penetrar hasta los sesos. Pero cuando me sacaban de allí volvía a sentir la placidez de quien escapa de un grave peligro y no me importaba volver a enfrentarme a los hierros, el potro y los azotes como descanso a mi anterior padecimiento.

Todos estos cambios, idas y venidas, subidas y bajadas, prisiones y traslados me ayudaban a sentir el alivio de estar a salvo de otras penas aún mayores ocultas tras las puertas de aquel infierno en vida.

Peores fueron de soportar los interrogatorios interminables de los primeros meses, cuando durante días, sin comer, beber, ni dormir, me acosabais con vuestra verborrea ininteligible.

.Primero me pedisteis que hablara. Hablar, ¿de qué? Si ni siquiera sabía el motivo de mi detención. Lo he repetido hasta el hartazgo y aquel día os lo dije por vez primera: No me importan los dioses, ni sus templos, ni las obscenidades ofrecidas en los altares a modo de ritual purificador. Soy un espíritu libre y, de tener alas, volaría muy alto, tan alto como me lo permitiese el techo del cielo hasta perderme en las estrellas. Pero no había modo de convenceros e insistíais una y otra vez: ¡Habla, habla, habla!

Quise daros gusto y hablé, pero mis palabras no os gustaban o acaso no os parecían las apropiadas porque habían de ser palabras concretas, palabras del libro sagrado donde se inscribe vuestra incuria.

Luego me pedisteis abjurar de mis errores cuando yo, por desconocer toda creencia, en ningún error podía haber incurrido, salvo que error fuera el libre albedrío por el que me gobernaba. Temerosos de mi silencio, por si pudiera redimir a la humanidad de vuestra intransigencia, seguisteis importunándome hasta daros cuenta de que nada podía redimir yo dada mi insignificancia y fue entonces cuando arrebatados por la ira me arrastrasteis a las salas infrahumanas del convento y allí me baldasteis el cuerpo y anquilosasteis la voluntad moldeándola a vuestro gusto

Ya libre, puedo deciros que mi cuerpo se recupera, aunque vareado a placer, y mi voluntad vuelve a su seso. Y pues soy libre de amar a quien quiera, odiar a quien me apetezca y despreciar a los demás puedo deciros a grandes voces: ¡He aprendido a amaros! Sí, parece absurdo, pero, después de tantos hierros y penalidades, os quiero porque me habéis abierto los ojos a toda la desfachatez oculta bajo vuestros mandamientos: Creer lo que nosotros creemos, creer lo que nosotros decimos, creer en lo que nosotros hacemos, ser sumisos a los mandados, proveer a nuestra subsistencia.

¡Oh, cielos! ¡Os creéis dioses! ¡Queréis emular a los dioses! Pero los dioses siempre han castigado a cuantos se han alzado contra ellos fuesen hombres u otros dioses. Recordad a Tántalo y Prometeo de su misma esencia deífica o al mortal Ulises. Esto me ha salvado de morir a vuestras manos. Ahora me tenéis miedo, tembláis pensando en las consecuencias de vuestro propio orgullo y pensáis aplacar, con mi perdón, la ira de unos dioses en los que ni siquiera creéis.

¡Sublime paradoja!

Recepcionista de noche

Paco llega invariablemente a las once. Empuja la puerta giratoria con desgana, maltrecho, después de un día desaprovechado. Al fin y al cabo es animal noctámbulo. Lo suyo es la noche en aquel cubículo, tras el mostrador, con su timbre, sellos, folletos y planos de la ciudad.

Apenas entra se opera en él una metamorfosis más anímica que física. Sigue siendo el hombrecillo enclenque, larguirucho y triste de siempre, pero un hálito de superioridad le hace sentirse por encima de los clientes que se albergan en el hotel. La calva se le tiñe de irisaciones bajo el foco de luz que cae vertical desde el techo, le sonríen los ojos con malicia, tras las gafas de aro metálico, como si estuviera maquinando alguna maldad y cuando se acomoda en el sillón de brazos lo hace como el emperador de los caribes.

El primer acto de cada noche consiste en tomar posesión de sus dominios como lo haría un déspota de esos que salen en las novelas, mandatarios de pueblos lejanísimos. Una mirada por encima le basta para abarcar la disposición de cuanto ha de necesitar: información, teléfonos, papeles, dos bolígrafos, la estufa por si la noche refresca y la lista de huéspedes. Esta lista es lo más importante. Nombres y números de habitación. La mayoría son nombres distintos cada noche, hombres y mujeres anónimos perdidos en una barahúnda de idas y venidas sin sentido; solo unos pocos, habituales del hotel, solitarios, pensionistas acomodados más acostumbrados a hacerse servir que servirse ellos mismos, se repiten noche tras noche.

Cuando él llega, empiezan a retirarse a sus habitaciones la mayoría de los alojados. Suelen ser los transeúntes que han llegado por motivos de trabajo o de vacaciones o perdidos en un tren de muchísimos vagones que los descargó en aquella ciudad que no era la suya. Mañana han de volver, unos a sus quehaceres, visitas, reuniones con directivos, comidas pesadas de difícil digestión tratando de colar un contrato entre ensalada y chuleta, otros a disfrutar de la ciudad, una ciudad encantadora de provincias, con su catedral de agujas caladas, su plaza Mayor, su paseo y sus callejuelas de trazado coqueto muy propio para perderse y trenzar pícaros juegos de enamorados.

Los habituales, por el contrario, suelen abandonar el hotel a esta hora y se pierdan en las callejas de la ciudad, guiados por el neón parpadeante de los rótulos. El, con la lista delante, los saluda a todos por su nombre o sus apellidos. "Buenas noches, señores de Gonzalvo, que descansen". "Feliz estancia y buenas noches, señora de Mínguez". "A su servicio don Patricio". "Que usted se divierta don Miguel".

Este don Miguel a quien acaba de saludar, es un calavera irredento en busca de emociones y aventuras. Sale todos los miércoles y sábados a la caza de sensaciones olvidadas en la maraña de los años, pero con un pálpito aún latente en la memoria. Se pierde por los barrios altos, guapea de tabaco rubio y tubo de güisqui mientras desgrana naderías frente a un machorro pintarrajeado de fantoche.

- ¿Cuánto?
- Cien.
- ¿Cien? Treinta y cinco y vale.
- Sesenta.
- Es mucho.
- Y tú poco. Abur.

Y el espantajo de pintura se pierde en la bocana de la noche bamboleando el bolso. "Será pendejo, el tío", va pensando mientras cruza la calle entre miradas libidinosas y piropos obscenos.

Don Miguel se toma el güisqui, saca otro cigarrillo, lo mira, lo remira, vuelve a meterlo en la cajetilla y tira calle abajo hacia el hotel. Otra noche perdida, o ganada, quien sabe, a una esperanzadora ilusión, abierta siempre de par en par, como las puertas de la muralla de la ciudad.

- ¿Se dio bien la noche? Que usted descanse, don Miguel.

Hay un deje de sorna apenas perceptible en el saludo de Paco. Don Miguel abaja el testuz y refunfuña algo.

La señorita Clotilde sale antes que don Miguel, aunque se retira mucho más tarde. A veces le sorprende la aurora volviendo a su habitación. Es señorita entrada en años, un tanto apocada, espigada aunque sabe encogerse hasta parecer una insignificancia, con muchos remilgos en el hablar y en el vestir. Jamás mira de frente, lo hace siempre revirando los ojos para rehuir los de su interlocutor.

- Buenas noches, señorita Clotilde.

Y la señorita Clotilde da un respingo, como si hubiera sido sorprendida en falta, y se cubre de rubor, un rubor apenas perceptible en el rostro embadurnado de colorete. Cuando regresa trae la ropa descompuesta, el cabello alborotado, prendido a la carrera con dos horquillas y una goma, y el maquillaje corrido.

Una noche don Miguel se le acercó a Paco aventando el halo del misterio. Olía a alcohol rancio, a humo de cigarrillo barato. Había estado en un garito infame, susurraba entre hipidos y traspiés, y ¿a quién creía haber visto? ¡A la señorita Clotilde abrazada a dos perdularios de terrible catadura! ¿Y si estaba equivocado? Quizá. Estaba bebido, se había emborrachado con güisqui del barato, pero juraría que era la señorita Clotilde, aunque mucho más desenvuelta.

Y el recepcionista empezó a mirar a aquella pacata de tres al cuarto, mojigata de iglesia, beata conventual, como la llamaba, de manera distinta. La miraba, volvía a mirar y le clavaba los ojos desnudándola con morbosidad, en un intento de adivinar si en aquel cuerpo de virginal apariencia podría caber una vida de desenfreno y libertinaje.

Está, luego, don Alfredo, un hombre menudo, noctámbulo por excelencia. Más que menudo es un alfeñique vestido con pantalones. Muy poca cosa. Pasa desapercibido para todos los habituales del hotel, menos para Paco, claro. Trata de salir a hurtadillas para evitar la molestia del saludo obligado.

- Buenas noches, don Alfredo. Que usted lo pase bien.

Pero sería una noche más, una noche como todas las noches de los últimos cincuenta y dos años, amorfa, fría, oscura y aburrida, de desolados paisajes perdidos en la negrura infinita de los cielos. Porque don Alfredo, rentista acomodado, soltero por vocación, jamás será capaz de romper el muro de hormigón que le separaba del resto de la humanidad. Fantasea como semental olisqueando hembras en celo, amaga sonrisas y manos extendidas imaginando amistades, se arropa en imaginarias tertulias donde perora con convencimiento y le aplauden, mas nunca pasará de ahí. La soledad le abruma pero le protege.

Del hotel baja al parque. Allí se sienta en un banco si la noche no es muy fría y se devana la sesera en proyectos imposibles. Cuando hace frío se dirige al paseo de la ribera, a uno de los bares de sabor decimonónico que aún aguantan y se pierde entre visillos hechos a ganchillo y retratos antiguos de señores respetables con barba y bigote. Sentado a una mesa de mármol desportillado mata el tiempo mientras degusta un café irlandés, fijos los ojos en la cafetera de colosales dimensiones que arroja vapor como un locomotora de las de antaño o en los contornos de matrona romana que recata la dueña. Sorbe el café deleitándose en cada gota. Le da vueltas con la cucharilla hasta marearlo y cuando apura los últimos posos está frío como la noche de allá afuera.

Luego vuelve al hotel y lo hace con mucho empaque, al desgaire, arregazando calaveradas de crápula magistral. Mira al recepcionista, le sonríe torciendo mucho la boca que es modo de insinuar y se retira, muy noble, a descansar.

Paco menea la cabeza, displicente, y ganguea un "buenas noches" con voz atrabiliaria.

Salen también los Montesinos, matrimonio entrado en años, de mucha prosapia y comedimiento, arañados ambos por las arrugas de los años, signos de interrogación caminando hacia su destino. No habrán cenado por ahorrar unas monedas que necesitan para otros menesteres, pero alardearán de hacerlo por salud. Y arrastran el paso hasta el parquecillo cercano donde pasean a un perro imaginario, con pedigrí, regalo de unos supuestos marqueses. Tiran de la correa, miran atrás, jalean al chucho y lo animan a regar los alerces de junto al estanque.

Cuando regresan susurran un saludo casi mudo, cargado de linajudo orgullo. Paco los ve pasar sin bandearse un ápice, esboza una sonrisa comprensiva y se aplica a la novela de huérfanas desvalidas y condes malvados, historia en la que tiene arrebatada el alma.

De madrugada, con las primeras luces, traspasa los poderes a su sustituto y se va como vino, con desgana y cansado, roto un poco el corazón por las miserias vividas, a desgranar otro día desaprovechado y torpe.

Mientras, la ciudad se despereza con el runrún de los coches, las calles empujan la luz de la mañana contra los cristales de las galerías y allá abajo, junto al río, una paloma disputa a dos gorriones el desayuno.

El nuevo trabajo

Me paso el día amontonando cajas en un almacén inmenso, de techos altísimos. Son cajas de todos los colores, tamaños y formas. Grandes, pequeñas, menudas, normales. Algunas pueden contener un enorme tractor o hasta un edificio de dimensiones regulares; otras las supongo destinadas a contener zapatos o electrodomésticos, por el tamaño, y las más pequeñas, lo son tanto, que no cabría en ellas ni un anillo de compromiso, aunque, pienso, alguna utilidad tendrán pues para nada no tendría objeto traerlas a este almacén Las hay de colores combinados como si se hubieran derramado sobre ellas botes de pintura espesa, otras son blancas, o verdes, o negras; algunas ni siquiera están pintadas, son del color del cartón sencillamente. La mayoría tienen forma cuadrangular, pero llegan también cajas cilíndricas, cónicas, esféricas y no faltan las de extrañísimas formas, casi amorfas, como destinadas a contener pesadillas de algún fantasma de la noche.

Las descargo a la puerta desde camiones, furgones y coches particulares. Hasta a pie me traen algunas. Suelen ser recaderos que llegan presurosos, miran el gran letrero de letras negras del dintel, murmuran un "aquí dejo esto" y siguen su camino.

A quienes me traen grandes cantidades los hago esperar hasta contar todas las cajas, comprobar su forma, tamaño y color con la nota de envío y firmársela si está conforme. Los chóferes me miran con desconfianza y tienen un gesto huraño. Deben creer que pretendo engañarlos diciéndoles que no han llegado todas las cajas de la lista, para quedarme con ellas, aunque yo no entiendo qué podría hacer con ninguna de estas cajas. No me servirían para nada. Si acaso las pequeñas, no esas minúsculas sino las otras, las de tamaño un poco mayor, para guardar los zapatos que ahora tengo en el armario del pasillo sin orden ni concierto; pero tampoco: me he acostumbrado a tener los zapatos en libertad y sentiría pena por ellos si los viera encerrados entre las angosturas de unos cartones. Ellos que sigan mirándome con desdén. Tienen que esperar y aguantarse. A alguno le hago creer que me he equivocado y vuelvo a mirar todas las cajas. Hincha, entonces, los carrillos como si fuese a explotar y bufa por lo bajo mientras da patadas de impaciencia en el suelo. No es que me guste esto, pero si no me dirigiesen esas miradas sería más atento con ellos y los despacharía antes.

Bueno, pues cuando tengo las cajas listas y comprobadas comienzo a buscarles acomodo en el gran almacén. Es lo más difícil de este trabajo porque no basta con colocarlas de cualquier manera y donde se me antoje. Según la forma, color y medidas deben ir a un lugar u otro. Las cuadrangulares son las más fáciles de colocar, se ponen ellas solitas y no me dan mucho trabajo, pero otras son más complicadas de convencer para que permanezcan en el lugar designado. Sobre todo las esféricas y las amorfas. ¡Dios! Las esféricas porque ruedan y no hay manera de sujetarlas. Yo tengo mi truco: las coloco entre dos pilas de cajas ya colocadas, pongo en los frentes una hilera de cajas cuadradas y comienzo a llenar el hueco con las esféricas. Conforme sube la altura voy colocando nuevas ringleras de cuadradas y de ese modo las tengo sujetas.

Algo parecido hago con las cajas sin forma definida, pero son tan extrañas y tienen tal cantidad de curvas y salientes que me desquician a veces y chillo y grito y pataleo como los chóferes a los que hago esperar, pero con mucha más fuerza y rabia. Al final todas las cajas encuentran su sitio y entonces me voy a casa a descansar, para volver al día siguiente y empezar de nuevo la tarea.

Con ser grande el almacén yo creía que debía llenarse algún día. Entonces vendría el dueño y me diría "el almacén está lleno, déjalo ya y vete". Me pagaría el sueldo, me liquidaría los atrasos e iría al paro; pero no sucede nunca porque el almacén jamás se llena. No lo entiendo, meto cajas y más cajas, montañas de cajas todos los días y siempre hay sitio para más, siempre caben más. Es como si alguien las comprimiese cuando cierro la puerta, al irme por la tarde, e hiciese hueco para las nuevas remesas de cajas del día siguiente. Hasta he llegado a pensar si será cosa de brujería, aunque no creo pues no he notado nada raro en el almacén, ni ruidos, ni sombras, ni arrastrar de objetos o corrientes de aire. Todo es normal, pero el misterio subsiste y yo sigo metiendo cajas y cajas, centenares, miles de cajas en este almacén de vientre insaciable.

• • •　　　• • •　　　• • •

La monotonía de este trabajo está acabando con mis nervios. Por las noches sueño que sigo apilando cajas en torres inmensas que sobrepasan las nubes y llegan hasta el sol. Tengo que alcanzar con la caja más alta la curva del cielo donde habitan los ángeles, pero cuando estoy a punto de colocar la última caja me llaman desde abajo, miro y, al inclinarme, la torre de cartón se bambolea, va a derecha e izquierda y termina viniéndose abajo con ensordecedor silencio. Entonces me despierto sudoroso, abiertos los ojos como platos de postre y la respiración entrecortada. Creo que son los primeros síntomas de la locura. Un primo mío terminó tonto después de pasarse dos años soñando cosas raras, y terminó encerrado en un sanatorio donde perdió, en unos meses, las pocas luces que tenía. Por eso, antes de acabar como mi primo, mirando a ningún sitio, y diciendo tonterías sin sentido, he decidido buscarme otro trabajo, un trabajo que pueda terminar algún día, que no sea eterno como éste.

Y he encontrado uno. Está muy cerca del almacén donde ahora trabajo, de espaldas a él. He hablado con un señor muy serio y de gestos ampulosos. Creo que se da más importancia de la que realmente tiene, sobre todo cuando habla con la voz engolada de quien no está dispuesto a ceder un ápice en su oferta, pero me ha convencido de que soy la persona que está buscando.

Le he explicado mi situación actual, mis miedos, mis pesadillas y el temor de verme abocado a la vecindad de mi primo tonto, y me ha tranquilizado al respecto. Es también un almacén de cajas, pero tengo su palabra de que no habré de descargar ninguna, ni ordenarlas, ni pegarme con aquellas disformes o esféricas tan trabajosas y complicadas para evitar que rueden por los suelos. Además trabajaré de noche; así huiré de mis miedos y pesadillas y evitaré terminar como mi primo.

Estoy contento y ardo en deseos de que amanezca mañana para comenzar en mi nuevo empleo.

• • •　　　• • •　　　• • •

Llevo un año en este trabajo. Me paso la noche sacando cajas de un almacén inmenso, de techos altísimos. Son cajas de todos los colores, tamaños y formas. Grandes, pequeñas, menudas, normales. Algunas pueden contener un enorme tractor o hasta un edificio de dimensiones regulares; otras las supongo destinadas a contener zapatos o electrodomésticos, por el tamaño, y las más pequeñas, lo son tanto, que no cabría en ellas ni un anillo de compromiso, aunque, pienso, alguna utilidad tendrán pues para nada no tendría objeto sacarlas de este almacén Las hay de colores combinados como si se hubieran derramado sobre ellas botes de pintura espesa, otras son blancas, o verdes, o negras; algunas ni siquiera están pintadas, son del color del cartón sencillamente. La mayoría tienen forma cuadrangular, peor salen también cajas cilíndricas, cónicas, esféricas y no faltan las de extrañísimas formas, casi amorfas, como destinadas a contener pesadillas de algún fantasma de la noche.

Las acerco a la puerta y cargo en camiones, furgones y coches particulares. Algunos vienen a recogerlas a pie. Suelen ser recaderos que llegan presurosos, miran el gran letrero de letras negras del dintel, murmuran un "¿es aquí dónde tengo que recoger una caja?", yo se la entrego y siguen su camino.

A quienes tienen que cargar grandes cantidades los hago esperar hasta contar todas las cajas, comprobar su forma, tamaño y color con la nota de pedido y pedirles la firma del albarán si están conformes. Los chóferes me miran con desconfianza y tienen un gesto huraño. Deben creer que pretendo engañarlos diciéndoles que he cargado más cajas de las que figuran en la nota, para quedarme con ellas, aunque yo no entiendo qué podría hacer con ninguna de estas cajas. No me servirían para nada. Si acaso las pequeñas, no esas minúsculas sino las otras, las de tamaño un poco mayor, para guardar los zapatos que ahora tengo en el armario del pasillo sin orden ni concierto; pero tampoco: me he acostumbrado a tener los zapatos en libertad y sentiría pena por ellos si los viera encerrados entre las angosturas de unos cartones. Ellos que sigan mirándome con desdén. Tienen que esperar y aguantarse. A alguno le hago creer que me he equivocado y vuelvo a mirar todas las cajas. Hincha, entonces, los carrillos como si fuese a explotar y bufa por lo bajo mientras da patadas de impaciencia en el suelo. No es que me guste esto, pero si no me dirigiesen esas miradas sería más atento con ellos y los despacharía antes.

Bueno, pues cuando tengo las cajas listas y comprobadas comienzo a cargarlas en los camiones. Es lo más difícil de este trabajo porque no basta con colocarlas de cualquier manera y como se me antoje. Según la forma, color y medidas deben ir en un punto u otro del remolque aprovechando al máximo el espacio. Las cuadrangulares son las más fáciles de colocar, se ponen ellas solitas y no me dan mucho trabajo, pero otras son más complicadas de convencer para que permanezcan en el lugar designado.

Sobre todo las esféricas y las amorfas. ¡Dios! Las esféricas porque ruedan y no hay manera de sujetarlas. Yo tengo mi truco: las coloco entre dos pilas de cajas ya colocadas, pongo en los frentes una hilera de cajas cuadradas y comienzo a llenar el hueco con las esféricas. Conforme sube la altura voy colocando nuevas ringleras de cuadradas y de ese modo las tengo sujetas.

Algo parecido hago con las cajas sin forma definida, pero son tan extrañas y tienen tal cantidad de curvas y salientes que me desquician a veces y chillo y grito y pataleo como los chóferes a los que hago esperar, pero con mucha más fuerza y rabia. Al final todas las cajas encuentran su sitio y doy vía libre al camión. Luego me voy a casa a descansar, para volver a la noche siguiente y empezar de nuevo la tarea.

Con ser grande el almacén yo creía que debía vaciarse alguna noche. Entonces vendría el dueño y me diría "el almacén está ya vacío, puedes irte". Me pagaría el sueldo, me liquidaría los atrasos e iría al paro; pero no sucede nunca porque el almacén jamás se vacía. No lo entiendo, saco cajas y más cajas, montañas de cajas todas las noches y siempre aparecen más a la tarde siguiente. Es como si alguien las trajera de un lugar misterioso cuando cierro la puerta, al irme por la mañana y llenase los huecos dejados por mí durante la noche. Hasta he llegado a pensar si será cosa de brujería, aunque no creo pues no he notado nada raro en el almacén, ni ruidos, ni sombras, ni arrastrar de objetos o corrientes de aire. Todo es normal, pero el misterio subsiste y yo sigo sacando cajas y cajas, centenares, miles de cajas en este almacén de vientre insondable.

· · ·   · · ·   · · ·

La monotonía de este trabajo está acabando con mis nervios. Sueño todos los días que saco cantidades inmensas de cajas que monto en camiones grandes como mundos, imposibles de llenar. Cuando falta una para completar la carga un estruendo pavoroso, cargado de silencios, llega de las profundidades del remolque y se abren vacíos insaciables, pidiendo cajas, cajas, cajas… Entonces me despierto sudoroso, abiertos los ojos como platos de postre y la respiración entrecortada. Creo que son los primeros síntomas de la locura. Un primo mío terminó tonto después de pasarse dos años soñando cosas raras, y terminó encerrado en un sanatorio donde perdió, en unos meses, las pocas luces que tenía. Por eso, antes de acabar como mi primo, mirando a ningún sitio, y diciendo tonterías sin sentido, he decidido buscarme otro trabajo, un trabajo que pueda terminar algún día, que no sea eterno como éste.

Y he encontrado uno. Es en el almacén que dejé el mes pasado. He hablado con un señor muy serio y de gestos ampulosos. Creo que se da más importancia de la que realmente tiene, sobre todo cuando habla con la voz engolada de quien no está dispuesto a ceder un ápice en su oferta, pero me ha convencido de que soy la persona que está buscando.

Le he explicado mi situación actual, mis miedos, mis pesadillas y el temor de verme abocado a la vecindad de mi primo tonto, y me ha tranquilizado al respecto. No tendré que cargar camiones y trabajaré de día...

Matrimonio de conveniencia

El trueno retumbó por encima del robledo y se desparramó en un rosario de ecos, ladera abajo, hasta estrellarse contra la casa. Hildegarda se estremeció involuntariamente y esperó el zigzag cárdeno de otro relámpago, pero no llegó. De seguida, se desgajaron las nubes y un turbión empezó a golpear la tierra reseca levantando, acá y allá, minúsculos cráteres de polvo.

Gonzalo alargó el brazo y tanteó, sin mirarla, hasta rozarle la mano. El olor a tierra húmeda y el repiqueteo de la lluvia sobre el tejadillo que protegía el umbral de la casa sublimó a ambos y los dejó en un estado de semiinconsciencia.

El calor había sido sofocante durante todo el día. Los cuerpos buscaban el frescor de la umbría, y se acurrucaban por los rincones, como gazapillos, bajo el agobio del cielo lechoso. Cada ráfaga de bochorno era un latigazo quemando la piel. Habían permanecido ambos tumbados en dos colchonetas de heno a la puerta de la casa desde primeras horas de la mañana, sin ánimo de emprender ninguna tarea. A mediodía él se alargó hasta la cocina y trajo dos cervezas que bebieron con avidez, luego siguieron callados atenazando con su silencio la tupida calma de la naturaleza. A ratos Hildegarda aguzaba el oído, ponía atención tratando de captar algún sonido, pero un brutal y callado sudario de quietud envolvía los alrededores.

Ni hambre tenían, así que llegada la hora de la comida siguieron tumbados sobre el heno. Una vez se levantó la mujer y fue para traer más cerveza y agua helada con unas gotas de limón. Luego empezó a hacerse oscuridad a mitad de la tarde, con azabachados nubarrones tejiendo la tormenta, y un viento que abrasaba las carnes bajó en torbellino desde el robledal.

Mientras se relajaban con el repiqueteo de la lluvia golpeando sobre sus cabezas, dieron rienda suelta a pensamientos contenidos hasta entonces por la gravedad de los calores. Las ideas les venían alborotadas con la misma turbulencia del agua que caía en cortina sobre el campo sediento. Gonzalo miraba cómo se empapaba la tierra enfrente de él, se saturaba luego de agua y, por último, el regato pasaba a ser río caudaloso que anegaba la campiña hasta donde alcanzaba la vista.

- ¿Recuerdas cuando nos conocimos? Aquel día también llovía-, dijo.
- Sí, pero era una lluvia fría que entenebrecía los huesos-, contestó la mujer.

Gonzalo era apático por naturaleza, medroso y tímido ante lo desconocido, desconsiderado incluso consigo mismo y presa de infundadas limitaciones. Por ello, y aunque habría podido sobresalir causando admiración, que físico tenía sobrado, acababa siempre retrayéndose y quedaba olvidado en un rincón donde nadie hacía cuenta de él, ni era tenido en consideración para nada. Tornóse por ello huraño, agresivo y huidizo y tomó determinación firme de dedicarse de lleno a acumular conocimientos, memorizar mamotretos y aprobar curso tras curso.

El día que llegó Hildegarda a la facultad ni siquiera se fijó en ella. Era una muchacha, tan poco agraciada de prendas como de nombre. Su cuerpo semejaba un haz de sarmientos sin conexión entre sí; la boca, menuda y abierta como un agujero inútil en medio de la cara, mostraba unos dientes desiguales y rebeldes, amagando una mueca de tristeza al sonreír, y cada ojo era de una ventolera y mirar disperso sin que nunca llegaran a ponerse de acuerdo a dónde dirigirse. Hablaba con torpeza, daba saltitos al caminar y toda ella se envolvía en una aureola de apatía degenerativa.

La joven, con tan miserable bagaje, se sintió perdida entre los pícaros estudiantes, siempre propensos a embromar con crueldad una víctima propiciatoria. Un día vagaba por el claustro del edificio, recatándose al amparo de las columnas y la soledad de la salas de estudio, cuando tropezó por casualidad con Gonzalo. Se dieron de manos a boca. Turbóse ella, embrollóse él, y quedaron ambos desconcertados, luego tomaron la misma dirección acompañados de un silencio ominoso. Vivían, sin saberlo, casi pared por medio, en un edificio de apartamentos para estudiantes. Una lluvia fina y fría que calaba hasta los huesos les acompañó en el camino de casa. A la puerta del piso estuvieron los dos, largo rato, empapados en medio del charco que chorreaba de sus ropas, mirándose, sin decirse nada, sin despedirse, esperando cada uno que fuese el otro quien tomase la iniciativa. Parecían anuncio de miserias y ejemplo de necesidades. Pero fue el principio de una amistad.

Porque aquello no pasó de amistad. Y así, cuando ambos terminaron los estudios, se entregaron a la más extraña de las relaciones, amalgama de silencios y rechazos. Luego vendría el matrimonio de conveniencia. No hubo declaraciones amorosas, siquiera fingidas, ni juramentos de fidelidad ya que no de amor, sólo promesa de ayuda mutua. Pero eso sería después.

La tormenta amainaba, el bochorno había desaparecido y se respiraba con holgura. Hildegarda se removió en su colchón de heno, estirando los brazos en un intento de abarcar el infinito.

- ¿Te acuerdas del día que nos juramos ayuda?-, preguntó.

Gonzalo la miró. Seguía siendo la mujer desastrada y fea de siempre, aunque velados ahora los rasgos por el disimulo del tiempo. Tampoco él había resistido el paso de los años y se encogía en una especie de signo de interrogación cada vez menos disimulado. Sonrió y asintió con la cabeza.

Fue a mediados del segundo curso. Ella, en un arranque de valor, quiso llevar más allá la amistad y le pidió relaciones. El se sintió aturdido y no lo disimuló. Le dijo a las claras que no la amaba y nunca podría amarla y que era torpe y fea y otras cosas terribles que le destrozaron el corazón. Hildegarda buscó refugio a su desconsuelo en los brazos de un canijo que se escondía tras unos culos de botella a modo de gafas, embebido en la quimérica solución de la cuadratura del círculo a la que, decía, estaba a punto de dar respuesta. Acogió a la chica y se encerró con ella en un cuartucho de dos por tres. Al poco se perdían ambos en un mundo de conjuntos, subconjuntos y teoremas tan enloquecedores como abstractos. No volvió a saberse de ellos hasta muchos meses después con motivo de un simposio donde el canijo e Hildegarda expusieron sus logros en una fórmula para calcular infinitos.

Gonzalo admirado, quizá, por los conocimientos matemáticos de la joven, torturado acaso por los remordimientos del cruel trato que le había dado, resolvió en su ánimo recuperar la pasada amistad y un día la abordó. Se humilló ante ella pidiéndole perdón con las más emotivas palabras que encontró e hizo una exposición de sus miserias, arropándolas con lágrimas de arrepentimiento, hasta lograr la absolución de Hildegarda. Ella le tomó la cara entre sus manos y le secó las mejillas con un beso de hermana. Luego, sin pronunciar palabra, se lo llevó a su habitación y estuvo con él toda la noche y el día siguiente hablando de lo humano y lo divino, del pasado y del porvenir que les esperaba. Entre ellos no habría amor, pero se entregarían con afecto uno a otro dándose una felicidad comprensible solo para espíritus superiores. O al menos así lo entendieron.

Un trueno apagado anunció la lejanía de la tormenta. Había dejado de llover. El sol asomó su rostro amarillento entre dos nubes desmadejadas por la tormenta.

Ahora fue Gonzalo quien preguntó:

- ¿Has sido feliz?

Hildegarda se levantó. La tela del vestido era ligera, adecuada para combatir el calor que había hecho. A su través se adivinaban las formas secas y retorcidas de unos miembros que jamás fueron acariciados, de un cuerpo enteco que nunca supo de los embates amorosos.

- Todo lo feliz que se puede ser sin amor-, murmuró mientras se retiraba.

Gonzalo la siguió con la mirada mientras le envolvía un espeso olor a hembra necesitada y, por primera vez, sintió deseos de lo que aquel cuerpo pudiera ofrecerle.

- ¡Hildegarda!- llamó.

Y corrió tras ella al interior de la casa.

Una jornada más

Camina al socaire de las sombras que proyectan ángulos de inseguridad contra los muros. Es el barrio, su barrio, lo conoce como la palma de la mano pero no puede evitar el escalofrío que le acomete cada madrugada, camino de casa. Las farolas, sucias y destrozadas por el rozar de viandantes, orinar de perros y pedradas de críos, apenas bastan a romper la oscuridad de las aceras.

Viene de lejos, del otro extremo de la ciudad, de allí donde las fábricas se levantan con amenaza de humos y tufaradas. Se ha pasado buena parte de la noche limpiando orines, desatascando lavabos y fregando suciedades en uno de los inmensos tinglados. De regreso a casa, al pasar por el centro, ha saludado a dos jardineros que regaban los parterres y a los empleados del camión de basuras en retirada, con la carga del último contenedor a cuestas. Pero ha llegado aquí, a su barrio, y el miedo se ha apoderado de ella.

Nunca le ha sucedido nada, pero algún día… La penumbra cárdena del amanecer empieza a golpear el horizonte. Un taconeo sospechoso marca los adoquines al ritmo de sus propios pasos. La respiración se le hace más agitada, siente húmedas las manos de ese sudor frío síntoma del pánico, y se detiene. Los pasos se acercan, la rebasan y oye que la saludan:

- Buenas noches, Pascuala… o días.

Es la voz aguardentosa e insegura de Pacorro, un hombre de edad indefinida, barba boscosa, prieta, que se le hace una con la maraña grasienta del pelo. Cerró hace tiempo la última taberna, pero ha andado de aquí para allá buscando otro vaso de vino agriado, antes de retirarse a casa.

Pascuala respira hondo, reconfortada de momento. Hoy ha sido Pacorro, pero algún día será un indeseable, un drogadicto, un desconocido quien la aborde exigiéndole las menguadas monedas que necesita para de dar de comer a sus hijos. Y acelera el paso hacia las casuchas que se perfilan contra las primeras luces del día.

Empuja la puerta de la calle cuando, de un rincón donde las sombras han empezado a desvanecerse, salta un bulto sobre ella. Lanza un grito de espanto mientras trata de defenderse a puñadas. Unas manos firmes, como de acero, la sujetan con fuerza y oye la voz grave y destrozada del hombre:

- Perdona, Pascuala, soy yo. No te había conocido.

Impenitente zarrapastroso, el "Lamias" vive de la miseria que consigue de bolsillos tan míseros como el suyo. Va a salto de mata, amedrenta a quien puede con su aspecto descuidado y algo feroz, pero respeta a los vecinos, y Pascuala es vecina y amiga.

- Perdona, Pascuala, perdona.

Y vuelve a ocultarse en la oscuridad del rincón.

Cuando entra en casa se dirige a la habitación de los niños. Abre la puerta con mucho cuidado. Deja pasar el rayo de luz que llega desde la bombilla del pasillo. En las literas se desperezan, con aires de galbana, dos muchachotes fuertes y hermosos a punto de abandonar la pubertad. Pascuala les estampa un beso en la frente y tira fuera las sábanas animándolos a levantarse. Mientras se lavan les prepara el desayuno y el bocadillo que comerán a media mañana durante el recreo. Luego, mientras se toman la leche, ellos le muestran los trabajos del colegio, le hablan del sombrero de la profesora y de que el director del colegio se ha accidentado al golpearse contra la puerta de cristal de la biblioteca, y del nuevo compañero que apenas habla español porque es de un país con un nombre muy raro, y...

Pascuala los oye mientras zarcea en el fregadero con los cacharros de la cena asintiendo, de vez en cuando, para dar a entender que los escucha y se interesa por lo que le dicen. A veces hablan los dos a la vez y no entiende a ninguno, pero ella sigue asintiendo y sonriéndoles sin dejar el fregado.

- Vamos no os durmáis o llegaréis tarde.

Y les da un beso en la mejilla, en el cogote, a veces al aire, mientras corren escaleras abajo.

Tiene la casa como una patena, o lo procura, y sopas podrían comerse en el suelo, aunque lo suyo le cuesta. El sueño le cierra los ojos pero aún ha de lavar la ropa amontonada en el barreño y, luego, repasar las rodilleras de esos pantalones que se clarean y poner coderas a la chaqueta del mayor y buscar los calcetines a rayas del pequeño, misteriosamente desaparecidos ayer, y dejar preparada la cena para la noche que los niños, comer, lo harán en el colegio, y…

También deberá pensar un poco en ella, en el trabajo de la fábrica cada vez más inseguro, en las noticias del sindicato sobre la inminente huelga, en la escasez, en tantas y tantas cosas motivo de cavilaciones y desasosiegos. Pero ahora no tiene tiempo, por eso lo hará en la cama, cuando se acueste, a mediodía, si el sueño no la vence antes y cae rendida de bruces sobre la mesa como tantas otras veces.

U otro día cuando las cosas se tranquilicen, el trabajo lo tenga asegurado y los del sindicato se dejen de bravuconadas y enfrentamientos. Otro día cuando sienta los brazos y las piernas, y se le vaya el dolor de cintura, y no le duela la cabeza, ni le amenacen, cada madrugada, los miedos de aquel barrio hostil. Otro día…

Mutantis mutandi

Fue defensor entusiasta del sexo femenino hasta la tarde que cayó, accidentalmente, en el estanque donde vivía una hembra de cocodrilo.

Ya no volvió a hablar bien de ninguna mujer.

Ni mal…

Pilar

(Poema en prosa).

Está a las puertas la madrugada de un día cualquiera.

Los candiles de la noche se han roto y un reguero de estrellas quema el cielo, estremeciendo el silencio.

La luna pone su tonsura redonda en la oscura mediocridad.

Sus ojos, pestañas imposibles orlando la redondez de la pupila, recortan las sombras y separan el bulto animado de los volúmenes inertes mientras abre los labios en un mohín de intransigencia.

- Pili, Pilar, niña (pues eres niña pese a tus veinte años), niña rota, desmadejada, ¿por qué no duermes? La noche está en su apogeo y sólo el ruin murciélago rompe el aire con aleteos quejumbrosos.

Pili, Pilar, niña con necesidades de mujer, mujer apasionada como niña, se agita indolente y murmura palabras avariciosas. ¡Está necesitada de todo!

La gata negra de los lamentos celosos persigue un jabalí de hirsutas púas por la arriscada umbría de la habitación. Está a punto de alcanzarlo y el jabalí gruñe, se revuelve mostrando la agresividad del colmillo, pero la gata recela y esquiva el amago. Luego, continúa la persecución implacable.

Si sus piernas la aguantasen también ella perseguiría al jabalí, como la gata. Seguiría el rastro hasta la misma madriguera y amamantaría a sus pechos a los indefensos rayones.

- Pili, Pilar, niña, niña rota, desmadejada, ¿por qué no duermes?

Un día, tan solo un día, posó los pies desnudos sobre la fresca hierba y corrió sintiendo bajo sus plantas el lamento cantarín de las margaritas y el lloro resbaladizo de un diente de león, mientras lágrimas de rocío le bañaban las piernas. La escapada murió entre las raíces de un roble, y el tronco negro recató la agitación núbil de la carrera. El esfuerzo la había agotado. Nunca pensó que costara tanto imaginar huidas. Quedó exánime y avisada.

Desde entonces, a Pili, Pilar, entre mujer y niña, le agitan el espíritu fantasmas de carne y hueso, nudos de angustia que se le clavan en el alma y le sangran el corazón. Un río rojo le mana del pecho, junto al seno izquierdo, donde se llega el jabalí a beber. La gata de azabache arrima el morro y olisquea. Luego vuelven a la carrera una tras el otro y rompen el tiempo llamando a la mañana.

Por entre los pliegues temblorosos de la cortina el sol hace guiños de luces y colores.

Pili, Pilar, niña y mujer a un tiempo, rezuma vida, temores y un sentimiento grave que subiéndole del pecho se le hace mariposas en la boca y arpegios en los oídos.

Pili, Pilar, a la par mujer y niña, se acicala como cualquier otra, monta en la silla de ruedas y sale a perseguir jabalíes.

Historia del pleito que tuvo el alfajeme con el zapatero y del buen fin que le dio el califa

Cuentan los que cuentan que hubo en tiempos pasados un califa poderoso y grande, entre los grandes califas de Al Andalus. Era su nombre Abdu-r-Rahmán y moraba en el palacio de Medina al Zahra. Pero si grande fue su poder, su largueza y la munificencia y generosidad con que atendía todas las necesidades de sus súbditos, no fue menor la fama que le procuró la sabiduría de sus sentencias, pues la mayor de las riquezas es dictar con juicio recto y desparramar misericordia en su dictado.

Y entre las innumerables historias, a este tenor, se cuenta la del suceso acaecido en la ciudad de Córdoba con motivo del pleito entre un conocido alfajeme y otro no menos conocido zapatero, maestros expertos los dos, cada uno en lo suyo y si marrullero uno, marrullero otro, pues no van a la zaga en ello zapateros y alfajemes.

Fue el caso que vino este alfajeme a estar necesitado de unas babuchas para calzar porque las que llevaba estaban tan rotas y desgastadas por el uso que corría peligro de quedar descalzo cuando más necesitase de ellas. Y habiendo oído hablar del zapatero de marras, se fue al zoco y buscó la casa que le habían indicado, donde halló al zapatero sentado en el zaguán entre cueros, badanas, leznas y cuchillas, aplicado al arte de su oficio.

Se alegró mucho de ello el barbero y le saludó con la zalema, deseándole la paz. Contestóle el otro de igual modo, e invitóle a sentarse y explicarle el motivo de su visita. Y comenzó así el alfajeme:

- Has de saber, ¡oh zapatero!, que estoy reputado como el mejor alfajeme de los alfajemes de Córdoba. Llegan a mi puerta todos los días avisos para acudir a las más nobles casas de la ciudad a cuidar las barbas y rasurar los rostros de sus dueños, dejándolos tan arreglados que no hay más que admirar y hasta el mismo califa me honra permitiéndome mesar sus barbas y acicalarlas y pone su garganta bajo el filo de mi navaja con toda confianza. Y en este trasiego de ir y venir por las calles, se me cansan los pies hasta el sumo y termino con ellos doloridos e hinchados de tal forma que a la noche tengo los dedos rojos y deformes y me despierto, en lo mejor del sueño, agitado y molesto. Y vengo a ti por ser, según me han llegado noticias, el más hábil y diestro en el oficio de calzar los pies de los creyentes, arte que maravilla toda la ciudad.

Escuchó el zapatero con atención y, cuando el otro hubo terminado de hablar, tomó la palabra y le contestó:

- Bien has dicho, barbero. No hallarás en toda Córdoba zapatero como yo trabajando el cuero, domándolo, doblegándolo, dándole forma y, finalmente, con la lezna y la aguja, convirtiéndolo en calzado digno de un califa, pues has de saber que también a mí me honra nuestro señor dejándome calzar sus pies, y lo hago como ningún otro podría hacerlo. Y si tú visitas el palacio del califa para atender a sus barbas, el palacio del califa visito yo para atender a sus pies.

Refunfuñó a esto el alfajeme y pensó bien las palabras que había de decir para no quedar por debajo del engreído zapatero que, bien se veía, no se quedaba atrás en fanfarronadas, ni en auto alabanzas y por fin repuso:

- Pues, de ese modo, procúrame un calzado para cubrirme el pie en su justa medida, sin faltar ni sobrar, ligero a la vez que recio y que sin hacerme presuntuoso realce mi buen vestir y me permita visitar a mis clientes sin tormento al andar. Hazlo así y te remuneraré, como merece, tu trabajo.

- Oigo y obedezco- respondió el zapatero. Y añadió: Yo te confeccionaré babuchas tales que se adapten a tus deseos y aún te digo que, si Alá fuere servido, habrás de poder recorrer con ellas la ciudad toda de norte a sur y de oriente a poniente, sin darte punto de descanso, y seguirás ligero de pies, sin dolor ni nada que te moleste, de modo que te parecerá haber dado un liguero paseo, en vez de andar de la ceca a la meca tras tus obligaciones barberiles. Pero habrás de abonarme por ellas su precio justo de diez dinares pues por menos de eso no me he de molestar en utilizar mis herramientas para trabajar el calzado ni para ti, ni para nadie. Si estás en ello conforme vuelve por aquí en el plazo de siete días y tú tendrás tus babuchas y yo mi dinero y no se hable más.

Le pareció justo al alfajeme el trato y lo aceptó, deseoso de verse lejos de zapatero tan pagado de sí mismo como no lo viera jamás y aún andaba pesaroso de haber acudido a él, pero todo lo daba por bien empleado si lograba el propósito de dar alivio a sus pies con tan encarecido calzado.

Cumplido el plazo dado por el zapatero fue el barbero a recoger sus babuchas. Las tomó en las manos, las miró y remiró, se las calzó, dio con ellas unos pasos y confesó en su ánima ser unas babuchas como nunca antes se vieron en pies de musulmán, con lo que, tras pagar su precio, fuese con ellas puestas muy ufano y orgulloso, deseoso de lucirlas por toda la ciudad.

Pero hubo de ser aquél uno de los días que más avisos recibió de clientes necesitados de sus servicios por lo que tuvo que ir y venir, subir y bajar, entrar y salir, hasta quedar sin resuello cuando llegó la noche y atendió la última barba. Tan baldado estaba que, ciertamente, no sentía las babuchas en los pies, pero era de tan doloridos, hinchados y disformes como le habían quedado por la caminata, por lo que se acostó temprano, tras frugal cena, con idea de levantarse a la mañana siguiente, apenas apuntara el alba y hacer lo que tenía pensado. Y así fue. Abandonó el lecho con las primeras luces, hizo sus abluciones, rezó la zalá primera, la de la mañana, se dirigió a la plaza donde el cadí administraba justicia y presentó la primera querella del día acusando al zapatero de martirizador de sus pies.

Ordenó el cadí ir en busca del tal zapatero con orden de presentarse ante él sin dilación para defenderse de los cargos que se le hacían. Presentóse el cuitado y oyó cuanto decía el alfajeme acusándole de falsedad, pues, afirmaba que aquellas babuchas de marras no eran sino como todas, que protegen, cubren y ayudan, pero sin ser tales como el taimado se las había prometido, ya que no había podido, ni por pienso, recorrer con ellas toda la ciudad y aún menos sus barrios más alejados, sin quedar baldado de pies, como había quedado aquel primer día. Porfió a esto el zapatero y acusó, a su vez, al barbero de haberse cansado a sabiendas y sin tino, con el fin de mercar babuchas tan perfectas a poco precio o gratis, lo que él no había de permitir, diciendo toda la verdad del caso. Y fue aquello rifirrafe sin concierto, pues alzaba la voz el zapatero y alzábala más el alfajeme y uno y otro daban razones a un mismo tiempo con grandes gritos y aspavientos de forma que nadie se entendía, el alboroto crecía y cada vez se embrollaba más el asunto.

Era el cadí hombre justo y honesto, pero de pocas luces y tardo de entendederas, y así por más que escuchaba nada se le alcanzaba. Pidió, con voz calmada, orden en la disputa y que hablase primero uno de los hombres y luego el otro, por turno, para saber qué alegaba cada uno en la cuestión; pero arreciaban los gritos, iba en aumento la disputa, hablaban ambos litigantes, no escuchaba ninguno y convirtióse el diván de justicia en zambra de locos.

Enfurecióse al fin el cadí y ordenó a la guardia hacer callar a ambos hombres, tras lo cual se levantó de su asiento y dijo:

- El califa sea nuestro juez, que jamás vi algarada semejante, ni enredo tan difícil de desenmarañar.

Y partió el cadí con su escolta, y en medio de ella el zapatero y el alfajeme, al palacio de Medina al Zahra, donde a la sazón tenía el califa su diván desde el que administraba justicia y atendía a los otros asuntos del reino.

Estaba el gran Abdu-r-Rahmán sentado en su trono departiendo con sus emires, príncipes, chambelanes y visires y rodeado de una multitud incontable de esclavos y esclavas, guardas armados, servidores y eunucos, músicos, cantores y bailarinas cuya presencia se extendía hasta donde alcanzaba la vista. Los esplendorosos jardines se abrían a uno y otro lado con toda variedad de bellas flores y árboles frondosos, repletos de los más sabrosos frutos, cada uno según su especie. Y en el medio una fuente de azogue con más de cien caños reverberaba al sol e irradiaba brillos y colores como jamás se viera.

Quedó el cadí de nuestra historia y los que con él iban, asustados y suspensos ante tanta majestad y poder. A una indicación del primer visir, se llegaron todos al trono del califa, besaron la tierra y hundieron la frente en el polvo, deseándole larga vida y la paz del Profeta. Pedida la venia, pasó el cadí a exponer, con palabras torpes y atropelladas, el caso que traía y cómo lo ponía en sus manos, pues no sabía, ni habría de saber, así viviera mil años, modo de desenredar asunto tan enredado como aquel.

Miraba el califa a todos con ojos escrutadores y conoció en el acto al hombre cuidador de su barba y al otro hombre que lo calzaba y pensó para su caletre cómo daría satisfacción a ambos, no dañando a ninguno, pues los dos le eran cercanos y queridos y a ambos debía mercedes por la perfección con que cumplían en sus respectivos oficios con él. Mas no quería dejar que tales sentimientos influyesen en su ánimo y ordenó a los dos hablar, por turno, y decir cuanto conviniese al caso.

Tomó primero la palabra el alfajeme y contó y dijo todo lo que tenía pensado decir, sin olvidar lamentarse largamente de que sus pies siguieran sufriendo como lo hacían antes de calzar aquellas babuchas que de nada le habían servido por mucha promesa del zapatero, hecha con palabras engañosas. Y pedía y clamaba justicia, pues en nada había visto cumplido cuanto se le dijera.

Habló, después, el zapatero y tampoco omitió nada de su contrato con el alfajeme, y detalló hasta la minucia todo lo conveniente a su defensa. Explicó cómo creía que todo aquello no eran sino marrullerías de barbero para reclamarle la devolución de los diez dinares de unas babuchas como no se hallarían otras en toda la ciudad de Córdoba, ni aún por quince dinares.

Escuchó el califa a ambos sin interrumpir a ninguno, y guardó, luego, silencio un largo espacio de tiempo meditando en su corazón la sentencia que había de pronunciar. Al fin, alzó la vista, señaló con su índice al zapatero y le preguntó:

- ¿Es cierto que prometiste al alfajeme hacerle unas babuchas tales que, si Alá fuere servido, habría de poder recorrer con ellas la ciudad toda de norte a sur y de oriente a poniente, sin darse punto de descanso, y seguiría ligero de pies, sin dolor ni cansancio que le molestase, como si hubiera dado un liguero paseo, en vez de andar de la ceca a la meca tras sus obligaciones de barbero?

- Tan cierto como que el malo anda a la búsqueda de mi alma pecadora para perderla- contestó el zapatero.

- ¿Es cierto que te dijo: "Si Alá fuere servido"?- preguntó después al alfajeme.

- Así dijo: "Si Alá fuere servido" y no otra cosa- respondió el barbero.

- Pues, en manos de Alá- dijo el califa,- dejó el zapatero que tus babuchas se tornaran, a la sazón, maravillosas y te librasen de toda fatiga. Mas algún pecado ocultas en tu alma, pues no le plugo al Grande, al Justo, al Poderoso que tal cosa sucediese, que si de verdad fuese puro tu corazón El hubiera obrado el prodigio. Queda satisfecho con tus babuchas y disfrútalas pues pagaste por ellas un precio justo y cuanto hubieras recibido de más, habría sido añadidura y sobra del cielo.

Calló el alfajeme y se inclinó en señal de acatamiento al venirle a la memoria más de cien faltas y resabios que habían sido, sin duda, la causa de no haber querido Alá favorecer sus babuchas.

Se volvió, luego, el califa hacia el zapatero y le conminó a volver a su oficio, con los diez dinares cobrados como precio muy justo, pues babuchas que valiesen quince él, el califa, no las conocía y ordenóle no tentar más a los cielos, no le ocurriese que la próxima vez no saliese tan bien librado como aquella, con lo cual fuese el hombre agradecido y con alabanzas a la magnanimidad de su señor.

Llegó, al fin, la noche, desgranóse el diván y todos los presentes, maravillados de lo visto y oído, corrieron a la ciudad pregonando la sabiduría y justicia de Abdu-r-Rahmán.

Y los cronistas del reino, servidores del trono del califa, escribieron esta historia, sobre imperecedera piedra, para enseñanza de los tiempos futuros y motivo de reflexión para sabios y justos. Y esta es la historia que escribieron.

La alfombra roja

No me ha sido fácil llegar, pero al fin paseo por la alfombra roja del éxito. Si no me creéis, miradme. La estoy pisando, siento hundirse en el mullido la aguja del tacón de mi zapato. Es real aunque lo estoy viviendo como un sueño. Ahora floto, me siento ingrávida, no existe nada a mi alrededor, no me deslumbran los flash de los fotógrafos, ni oigo los aplausos del público enfervorizado, ni puedo expresarme ante los micrófonos que, seguro, me acosan como moscardones. Estoy sola, intensamente sola con mi triunfo.

Lo había buscado desde niña. Cuando ojeaba las revistas de mamá ponía toda mi atención en aquellas actrices sonrientes, saludando a la muchedumbre que las aclamaba hasta el paroxismo y me prometía a mí misma llegar hasta allí o más lejos.

Pero era preciso empezar desde abajo. Comencé acudiendo a una prueba fotográfica para un calendario. Tenía solamente dieciséis años, pero me hice pasar por mayor. A mamá no podía decírselo pues se habría puesto hecha una furia y en el anuncio pedían jóvenes mayores de edad o menores con autorización de los padres.

Yo, en aquel entonces, tenía ya cuerpo de mujer. Mis pechos se habían desarrollado apenas dejé la pubertad y con los polvos y el carmín que tomé prestado del neceser de mamá pasé por una jovencita de veintiún abriles. Además, el culito, la parte más resultona de mi anatomía, lo tenía respingón y, de necesitarlo, lo utilizaría como baza decisiva con el amorfo, estúpido y gangoso seleccionador que nos atendió.

Pero aquel individuo ni se fijó en mí. Podría haber sido una lagartija e igualmente me habría hecho pasar. Allí había de todo: gordas, esmirriadas, feas, feúchas, horribles… Me sentí en una parada de monstruos. Estaba molesta, ofendida.

Cuando el hombre de la recepción terminó de remirarnos, entró un individuo alto, delgado, de facciones huesudas y ademanes amanerados.

Hablaba engolado alargando mucho la última sílaba de cada frase. Paseó de arriba a abajo examinándonos con gesto de aburrimiento. Cuando se cansó de desnudarnos con la mirada me hizo una seña con la uña afilada de su índice largo y nudoso.

Le seguí a la habitación de al lado. Había cámaras, focos, paraguas, cojines, grandes cortinajes, un dosel con muchos perifollos que ofendían a la vista y la fotografía de un paisaje nevado ocupando toda la pared de la derecha.

Se acercó a mí y empezó a manosearme. Creo que su amaneramiento era puro teatro para poder aprovecharse de las jóvenes que pasábamos por sus manos. En realidad era un sátiro. Le paré los pies, o más bien, las manos con gesto huraño y estuve a punto de abofetearle, pero entonces se detuvo y me dedicó una sonrisa de complicidad. Yo empezaba a estar nerviosa. Por si había sido poco lo del recepcionista, ahora aquello. Resoplé como un camello si es que los camellos resoplan como lo hice yo, y conté hasta diez.

- ¡Desnúdate!

La orden estalló en mis oídos como una bala de cañón.

- Si, desnúdate. ¡Ya!

Calculé la distancia que me separaba de la puerta, hice acopio de fuerzas y eché a correr arrastrando en la huída un paraguas, dos focos y varios cables. Me arrepentí enseguida, pero ya era tarde cuando comprendí que aquel ritual nudista formaba parte de la iniciación profesional. Había desperdiciado la oportunidad y no volvió a presentárseme otra hasta que cumplí los veinte. Cuatro años perdidos.

No sé si alguien recordará un anuncio en el que una señorita, de sonrisa insinuante y ademanes lúbricos, invitaba a probar una sopa de pasta servida en un bol de madera. Pues esa señorita era yo. Fue mi primer trabajo. Debo pedir perdón a quienes siguiendo mis consejos compraron aquella sopa. Tengo que reconocer que era incomible, además, si se tomaba muy a menudo provocaba diarreas de caballo, pero, compréndanme, era mi carrera.

Hice otros muchos anuncios, todos tan falsos como el de las sopas, sin llegar la oportunidad que había de lanzarme al estrellato. Sonreía, prometía, mostraba mis encantos y cobraba. Así hasta el siguiente anuncio. Con el tiempo empecé a tener sentimientos de culpabilidad y creía sentirme amenazada por los usuarios de los productos que anunciaba. Cuando iba por la calle me escondía bajo los soportales, buscaba sitios pocos concurridos y rehuía las aglomeraciones donde podía ser reconocida.

Las noches acentuaban mi angustia con sueños que me acosaban de continuo. Siempre he tenido miedo de morir mientras duermo, pero entonces empecé a vivir en sueños mi propia muerte. Me agitaba con desesperación tratando de huir de calaveras que me acosaban tras cortinajes que semejaban sudarios, y cuando iba a escapar quedaba atrapada en mis pesadillas soñando el sueño de mi muerte y muriendo en cada sueño mientras una interminable hilera de hombres y mujeres me acusaban de mentiras aterradoras.

Cuando la empresa se hizo cargo de una promoción de productos infantiles, dejaron de llamarme y fui arrumbada como un objeto inservible. Querían niños, preciosos niños con ojos redondos, rostros mofletudos, gesto pícaro y travieso para encaprichar a padres embelesados por las gracias de los pequeños monstruos y engatusarlos con productos innecesarios.

Tras una temporada dándome a todos los diablos y no pocos tumbos, vine a parar en azafata de eventos, empleo con posibilidades sin cuento en el que aprendí pronto a desenvolverme con la soltura de una experta. Los jefes me presentaban al individuo a quien debía acompañar. Normalmente era un personaje de las finanzas, la política o el arte. A veces un caballero de oscuro pasado, en obligado anonimato, pero a quien convenía mantener contento para darle uso provechoso cuando llegara el caso.

Antes era aleccionada procurándoseme un buen expediente de cómo debía comportarme con el cliente, hasta donde podía llegar en mis confidencias o ahondar en las suyas, si era proclive, o no, al escándalo, lugares y circunstancias donde había de hacerme invisible y aquellas en que debía mostrarme afectuosa y hasta intimista.

El trabajo que para la mayoría es de sol a sol, para mí era de luna a luna, pero me proporcionaba pingües beneficios como nunca pude sospechar. A más del sueldo lograba, a menudo, minucias y extras que no estaban en mi ánimo despreciar por no hacerles feo a quienes tan generosamente querían gratificarme.

Por lo general los hombres que acompañaba eran de trato agradable, discretos en su comportamiento, sibaritas, aunque frugales, y apenas tropecé con alguno que quisiera sobrepasarse sin atenerse antes al acomodo que proveyese a mis exigencias. Los hubo picarones, algún viejo verde más cercano a los santos óleos que a los placeres, pero estos acababan siempre frunciendo el ceño y durmiéndose acurrucados, en posición fetal, en algún sillón de los salones de los hoteles, de donde amables camareros los levantaban y llevaban a sus habitaciones.

Sólo topé con uno grosero y apestoso como un albañal. Levantó polvareda mi actitud contraria a sus demandas y estuve en un tris de mandar al cuerno mi prometedora carrera, pero se tuvieron en cuenta razones que di y atropellos anteriores en los que el tal individuo se había visto enredado, dictándose sentencia a mi favor por ser más lo logrado que lo perdido.

No debería contar intimidades semejantes si no fuera porque en una de estas ocasiones me sucedió ser acompañante de un afamado director de cine y acomodándome a lo que siempre había deseado decidí que aquella sería la noche que me llevase al día. Lo seduje, olvidando los consejos del expediente, y terminamos entre sábanas de seda y en retretes de cristal.

Gracias a ello conseguí mi primer papel en el cine, que fue corto por demás, pero era un principio. Salía llevando una bandeja en alto, me cruzaba en el salón con el protagonista y le derramaba el postre de melaza en la pechera. Se armaba un escándalo, me tomaban dos lacayos uniformados por los brazos y era sacada de encuadre.

En la segunda interpretación pude desarrollar mis dotes histriónicas declamando unos versos a un muchacho picado de viruelas, mientras danzábamos en una pista llena de bailarines. Durante siete segundos la cámara nos seguía en un travelín de vértigo y yo decía los versos. Al final de la película teníamos que volver a salir el de las viruelas y yo intercambiándonos miradas de cordero, pero hubo cambios de última hora y se eliminó la escena.

Vinieron después otros amagos que no terminaron de cuajar. El director se encaprichó de una aspirante a actriz, feúcha pero con grandes dotes de seducción, y a mí me relegó al olvido. Para entonces ya me había cansado de perseguir la gloria como si fuese un galgo tras la liebre y pisé la realidad.

Hasta hoy en que, de improviso, sin haberlo soñado ni por asomo, me he encontrado en la cumbre, sobre la alfombra roja, lanzando besos al público que me aclama, repartiendo sonrisas a los fotógrafos, firmando autógrafos a mis incondicionales.

- Señorita, ¿permite? Tengo que terminar de recoger.

Es un muchacho con buzo. Me mira con prevención, pero respetuoso. Tiene a los pies el rulo de la alfombra y le falta por recoger el metro escaso en el que estoy yo.

- Disculpe. Estaba pensando…

Y me alejo, calle abajo, con el brillo del triunfo en la mirada.

La meiga de Carballera y el peregrino

Chirrió con dolor la desvencijada puerta y en su umbral se dibujó, contra el halo de niebla, la figura azogada del hombre.

Cinco pares de ojos lo escrutaron con avaricia desde el interior de la chabola. El más fornido era un gigantón de dos metros de altura, ancho como una columna de iglesia; otro, menos fuerte pero también membrudo y colosal, vestía ropas talares y lucía tonsura, de las de antes, aunque mal marcada y casi oculta por una guedeja que le caía hasta la nuca, y los tres restantes eran unos viejos desdentados y achacosos con el cansancio de los años reflejados en la torpeza de los movimientos. A la luz del fuego y de las velas los cinco parecían fantoches de un cuadro tenebroso.

El recién llegado susurró un saludo ininteligible, ahogado por la excitación, y dejó en el suelo su mochila, haciendo sonar el bosque de medallas, cruces y rosarios que traía sobre el pecho.

- ¿Habrá alojo para un peregrino de Santiago?-, preguntó cuando recobró el resuello.

- Lo habrá, si tal eres-, respondió el tonsurado.

El peregrino respiró con acomodo y se hizo un sitio junto a la lumbre. Luego, sintiéndose interrogado por el silencio uncial de los presentes, creyó oportuno aclarar:

- He topado con la Santa Compaña.

Santiguóse el clérigo con supersticiosa devoción y, recogiéndose las haldas de la sotana para asentarse en un taburete descangallado, repuso:

- No sería la Santa Compaña, que esa no deja ir a quien la topa.

- Pues si no era la Santa Compaña mucho se le parecía y otras maravillas he visto estos dos días que me tienen sumido en la confusión-, se defendió el peregrino de la incredulidad del cura.

Chisporroteó con alborozo un tronco, al resquebrajarse en el fuego, y el remolino de humo y pavesas que produjo agitó el llar, mientras un turbión de cenizas gateaba chimenea arriba. Nuevamente se santiguó el sacerdote y murmuró una letanía entrecortada a la que contestaron los otros hombres.

- Hace dos jornadas-, empezó el peregrino-, me pilló la noche en el medio de un bosque. El cielo se deshacía en lluvia, el viento arreciaba empujando nubarradas de agua de acá para allá y sólo la luz de los relámpagos me permitía ver por donde andaba. Estaba desorientado y buscaba en vano un cobijo donde resguardarme de la tormenta cuando, a la luz de un relámpago, vi una figura de mujer que se movía delante de mí tratando de librarse de una rama, arrancada por el ventarrón, que había caído sobre ella. Acudí en su ayuda, le ayudé a desembarazarse del estorbo y la tomé a mis espaldas. Con una mano me iba señalando por dónde ir y qué senda tomar hasta que llegamos a una casa, si tal nombre podía darse a semejante chamizo, cuya puerta se abrió, como por ensalmo, sin tocar cerrojo ni picaporte. El interior estaba profusamente iluminado aunque solo alumbraba un candil de aceite de cinco brazos, y la estancia era grande y estaba aderezada como no podía imaginarse desde el exterior, de lo que deduje que no era aquello natural, y andar hecho trasgo me había metido en muy extraño negocio.

Aquí, santiguóse nuevamente el sacerdote y exclamó:

- ¡Líbrenos Santa María, el señor Santiago y los ángeles del Señor!

- ¡Amén!-, contestaron a una los otros cuatro hombres.

- La mujer-, siguió el peregrino-, era una joven de deslumbrante belleza que enseguida amañó un fuego para secar mis ropas y darme calor, y me ofreció un lecho donde descansar.

- ¿Holgaste con ella?-, peguntó el cura, afilados los dientes con sátira expresión.

- Para huelgos estaba yo con la hambre fiera que tenía y el cansancio de la jornada, aparte de no ser aún núbil la muchacha y parecerme gravísimo pecado tocarla siquiera-, repuso el peregrino, poco atento a la cuestión. Y prosiguió, ligero sólo a terminar el relato:

- A la mañana siguiente, como por encanto, me desperté en el medio del bosque donde me había perdido la noche anterior, sin que por ningún sitio pareciera casa, doncella o cosa semejante.

Calló unos instantes antes de continuar:

- Y hoy volvió a hacérseme noche cerrada siguiendo una corredeira, puesta allí por el demonio, a cuyo final nunca llegaba. Y, otra vez perdido, se me alcanzaron voces extrañas a modo de sonsonete incomprensible y vi un resplandor aún más extraño y, a poco, una gavilla de encapuchados, en fila de a dos, con sayales blancos y de tez tan nívea como sus sudarios, que venían derechos hacia donde yo estaba. No parecían caminar sino que flotaban a cierta altura del suelo, rozando apenas las hojas húmedas de los helechos. Traían en sus manos velones negros y venían dirigidos por una ánima portadora de una gran cruz de leños sin labrar. Quise huir pero mis pies estaban pegados al suelo. Se llegaron a mí los encapuchados y el que llevaba la cruz me la alargó indicándome por señas que la tomara. Ya iba a cogerla cuando apareció entre los árboles un trasgo o demonio en figura de vieja achacosa y deforme que me agarró de un brazo y, arrancándome del pecho una de las cruces, ésta, la más grande, la esgrimió en alto y ordenó a las estantiguas seguir su camino. Cuando marcharon quedó inundado el bosque de un fuerte olor a cera y aceite de candela mal quemados, y la vieja tiró de mí llevándome en volandas, en medio de la oscuridad, por trochas desconocidas, hasta dejarme a la puerta de este lugar para desaparecer al momento.

- La meiga blanca de Carballera es, que te ayudó hoy por el favor de ayer-, pareó el gigante al ovillo del cura que se santiguaba aquella noche por centésima vez. Mientras, los tres viejos murmuraban jaculatorias amparados en la oscuridad del fondo.

- ¡Santa María de Barca, de la Compaña, libéranos!

- ¡San Xil, patrón de los miedos, de la Compaña, libéranos!

- ¡San Andrés de Teixido, do todos habremos de ir, de la Compaña, libéranos!

- ¿Las dos eran una?-, preguntó el peregrino, azorada la mirada, demudado el color-. ¿Y cuál de las dos imágenes es cierta, la de doncella o la de desastrada?

- Ella y el diablo lo sabrán que nunca, antes, nadie la vio y pudo después contarlo. Cata el peligro que pasaste de haber hurgado en su doncellez, primero, porque te habría tomado el ánima, y estate agradecido por salir con bien de la última hazaña, después, que de haber tomado la cruz serías ahora guía de espíritus errantes-, repuso el sacerdote y, alzándose del asiento, manteó la sotana para sacudirse las cenizas. Se despidió, luego, con muchas zalemas y bendiciones y salió acompañado del gigantón mientras los tres viejos, tras despabilar las velas, se tendían en torno al hogar y quedaban enseguida dormidos.

El peregrino, sentado en un poyo, agostó la noche besando las cruces que le colgaban del pecho y pasando las cuentas de un rosario de cristales. A la mañana, apenas amanecido, se levantó con tiento para no despertar a los viejos y siguió su camino a Compostela, mochila al hombro, rumiando desconciertos.

Tras él, cendales de niebla blanca que subían del valle velaban la robleda, mientras el sol quería desbordarse por la cima de las montañas.

El fraile que engañó al diablo

Ocurrió este suceso en tiempos pasados, cuando los diablos andaban entre sí a la greña en feroz empeño por llevarse almas a los infiernos. En este negocio no paraban mientes a la hora de recurrir a medios que ni por asomo utilizarían hoy y, así, eran proclives a tomar forma humana y mostrarse a los ojos mortales, aunque ocultaban siempre su monstruosa fealdad para no encoger el ánimo del tentado.

Fue de esta manera como vino un diablillo, metido aún en aprendizajes, a tentar a un padre abad, el cual, por estar en precario, era tierra abonada para la añagaza urdida.

Andaba nuestro abad, buscando modo de tener monasterio donde ejercer su misión, como superior de una treintena de hermanos que, al no hallar donde asentarse, tampoco sentaban cabeza, pero hasta el día de nuestro cuento no había logrado otra cosa sino un viejo y ruinoso caserón donde ni aún las ratas buscarían cobijo.

Estaba en esto caviloso cuando vino a verle don Rabudo, el aprendiz de diablo, con las aviesas intenciones de ganar no una sino treinta y una almas de un zarpazo.

- Mohíno os veo, buen fraile, hundido en pozo de aflicción. Si me decís lo que os perturba con poco podría ayudaros.

Necesitado como estaba, abrióle su corazón el conturbado padre y dijo a su tentador que daría cuanto fuese si pudiera tener un monasterio en que sentirse verdadero abad y desde el cual poder gobernar a aquel grupo de hermanos que, por no tener hacienda que atender con oraciones y trabajo, andaban como cabras por trochas y más de uno pudiera perderse en otras tenadas.

Vio entonces el demonio abiertas las puertas a su deseo y le habló al fraile con promesa de procurarle monasterio para regentar y no habría de esperar mucho, pues, en una noche, gracias a los infernales poderes otorgados por el Creador, le levantaría el mayor y mejor acomodado monasterio imaginable y antes de cantar el gallo se lo entregaría, piedra sobre piedra, para su gobierno y cuidado.

No tenía el abad claro el negocio y le daba vueltas y más vueltas al caletre, temeroso de algún ardid en cuanto el maligno le ofrecía. Y así era porque a cambio había de entregar a los infiernos su propia alma y las de sus treinta monjes, cuando les llegase la muerte.

Era mucho lo exigido por el diablo y pensó si aún siendo abad, podría disponer de las almas de sus frailes, pues de hacerlo estaba seguro de sufrir penas eternas tan horribles como no podría ni imaginar, ya que habría de penar por la suya propia y por las de los demás. Aunque por otro lado, removía en su magín la idea de ser superior de un monasterio envidiado por la grandiosidad de su fábrica, la belleza de su iglesia y la munificencia de sus posesiones.

- Y, ¿será la cilla tal, que dos hermanos cilleros no basten a gobernarla?- le preguntó al taimado.

- Y aún más- contestó éste.

- ¿Con sala de Capítulo que, aunque fueran cien los frailes, no quedaría pequeña?

- Sala de Capítulo como palacio del mayor de los señores por lo grande.

- Y *scriptorium* con veinte frailes amanuenses.

- Y *scriptorium* también- asentía el diablo.

Venció así al fraile la vanidad y no pudo resistirse a vender las treinta y una almas que serían cobradas por Satán en plazo, sin remedio.

Mas, conforme avanzaba el día, se le conturbaba más y más el espíritu al padre abad pensado en la enormidad de su crimen y en cómo podría salir del aprieto en que se había metido él y había metido a cuantos le estaban confiados.

Había, a la sazón, un hermano novicio de espíritu abierto e inteligencia despierta a quien no costó mucho adivinar los nubarrones de pesar que oprimían el ánimo de su superior y fuese a él rogándole le mostrase el corazón, si era de su gusto, pues con placer lo escucharía. Agradeció el abad el ofrecimiento y con lágrimas de contrición le contó lo sucedido con el malvado y su tardío arrepentimiento, aunque estaría ahora dispuesto a dar por buena cualquier ayuda con tal de deshacer tamaño entuerto.

Levantóse el novicio cuando hubo escuchado todo con atención y con ánimo sereno dijo: No penéis, buen padre, dadme licencia para obrar como deseo y barrunto que nada ha de suceder a nuestras almas y el diablo quedará chasqueado.

Diole la licencia, pues pensó que ningún mal mayor, al ya hecho, podía venirles y marchó el hermano novicio a hacer cuanto pensaba. No era ello otra cosa sino llegarse a un lugar apartado donde vivía una dueña de media toca, sabedora de sortilegios y poco melindrosa, y conminarla para que le ayudase con un gallo de espolones que allí tenía y del cual necesitaba para la argucia prevenida.

Resistióse la mujer alegando pocos tratos con gente de hábito mas porfió el novicio con razones del mucho bien de aquel asunto, y a poco terminó venciendo la resistencia de la dueña con no sé qué amenaza de dar a conocer ciertas salidas nocturnas que podrían ser de interés de los señores inquisidores.

Quedaron, así, conformes en preparar la dueña al gallo, el de los espolones, y llevarlo aquella noche, junto con una gran olla de agua, a poco menos de un cuarto de legua de donde el diablo levantaría el monasterio y aguardar allí escondida hasta recibir la señal que él mismo le daría.

Llegó la medianoche y apareció el diablo, comenzando presto su tarea sin más dilaciones. Dormían, entre tanto, los frailes, rezaba el abad por las almas que ya creía perdidas y únicamente el novicio estaba atento a la obra del monasterio, que hora a hora avanzaba como si trabajaran en ella una legión de demonios, aunque sólo a uno se veía.

Quedaba aún una hora para el canto del gallo y le faltaba al monasterio sólo una piedra para estar terminado. Iba ya el diablo cargado con ella, a colocarla en su sitio, cuando el fraile novicio, viendo tal, encendió un hachón que llevaba consigo y, al tiempo, con grandes aspavientos hacía señas a la dueña escondida allí cerca. Esta, según lo convenido, introdujo al gallo en la olla y se obró la maravilla.

El relente de la noche había calado en el agua, motivo más que suficiente para que el gallo, inmerso en tan inesperadas friuras, despertase de improviso y, como viera a lo lejos la luz de la antorcha agitada por el fraile, bien creyó que era nacido el día, por lo que empezó a cantar con tal estrépito que era imposible no oírlo.

Lo oyó también el diablo que quedó suspenso con la piedra en el aire, bien creído de que era llegada el alba anunciada por el gallo. Y, con un alarido, arrojó la piedra lejos de sí y se hundió en las infernales profundidades de su morada, dado por perdido el acuerdo.

Con este ingenio y no otro rescató el novicio las treinta y una frailunas almas de la morada del maligno.

Y también le fue de provecho la jornada al demonio que, chasqueado, supo aprovechar aquel fracaso para aprender nuevas mañas de los arteros frailes.

Marilia

Marilia era una mariposa menuda, chiquita, como un juguete diminuto, y tan delicada como los pétalos de una violeta.

Estalló a la vida una mañana de Mayo, encontrándose frente a frente con un sol envidioso, que asomaba su rubia cabellera por el horizonte.

Los ojos se le nublaron un instante ante aquel fogonazo inesperado, pero se rehizo enseguida y comenzó a revolotear, curiosa, por el mundo de luz y color que la envolvía.

- Ssssssshh- susurraba el viento, sin dejarse ver, cimbreando el grácil cuerpo de los juncos.

- Chop, chop- cloqueaban sobre la hierba las gotas de rocío, que lloraba una añosa encina.

Y el cercano arroyo reía y reía con risa de cristal, mientras calentaba al sol su vientre de destellos hechos agua.

Un prado le llamó con su mosaico de colores y voló hacia él, alocada. Mil flores se le ofrecían sumisas y lanzaban al aire los suspiros de su esencia, como si dijesen:

- ¡A mí, a mí!- Y Marilia enloquecía atendiendo a todas y a ninguna, libando aquí, posándose allí, viviendo el frenesí de los segundos.

- Zzzzzzz- pasó con zumbido pesado, un panzudo y negro moscardón. Pero ella no le hizo ningún caso.

- Zzzzzzz- repasó el moscardón con un guiño irreverente de sus ocelos. Pero Marilia volaba ya, embobada, tras el vientre verde de una libélula, cisne de los prados.

Y voló, voló y voló hasta un erial de piedras grises. Allí se encontró sola, sola como la nube de verano, en el inmenso azul, separada de sus hermanas de tormenta.

Escuchó el silencio espeso que la rodeaba, se asustó y volvió sobre sus vuelos a los prados verdes. Un rayo de luz reverberó en las escamas de sus alas.

Nuevas flores, nuevos ríos, insectos multicolores, la brisa cálida del mediodía... Y ella en medio de aquel paraíso. ¡Qué delicia!

Mientras, el sol guiaba, implacable, su carro hacia poniente: estaba citado con la luna y no quería retrasarse. Pero aún era pronto y Marilia tenía todo el tiempo de la tarde, tarde tibia, tarde de primavera, ancha tarde que caía en celajes por las laderas de la montaña hacia el hondón.

Y visitó el pueblecito de casas brunas con tejados rojos, de donde huyó perseguida por arrapiezos de pícaras intenciones, aunque antes descansó unos instantes, apoyada en el hocico de un enorme can de mirada rota que no la vio o, si llegó a verla, la ignoró con la indiferencia del sabio.

Miró las altísimas montañas que se alzaban más allá de todo lo imaginable y pensó:

- Otro día iré- sin saber qué cosa era otro día, ni si lo habría, ni si vería ella ese otro día aunque lo hubiera. Porque, ¡había tantas cosas que ignoraba en su estupenda pequeñez! Si hasta ignoraba quién era y qué hacía allí y a dónde iría cuando llegase la noche, aquella noche que no sabía que era noche, ni que llegaría, puntual, cuando se fuese el sol.

Ignorante, pero feliz... y ¡hermosa!

Y el sol seguía hacia poniente.

Voló a otros prados y a otras flores. Avistó una industriosa ciudad de abejas, donde todo era bullicio, diligencia y aplicación. Quiso ayudar, pero se vio envuelta en fragor de alas y meloso airón de tufaradas acres que la hicieron desistir de su empeño.

Se lo contó a una compañera de alas multicolores, sin querer reconocer que fue expulsada.

- No me echaron, no me echaron- repetía, y aseguraba que había dejado allí buenas amigas.

Su compañera sonreía y miraba lejos. Miraba más lejos y sonreía abrumada por un peso triste hasta que levantó el vuelo y se alejó con tonta complacencia.

Cuando quedó sola, Marilia se dio cuenta de que la luz moría como el pabilo de un candil cuando consume la última gota de aceite. Y empezó a hacerse noche rápida.

Al llegar las sombras, un frío intenso, como soledad dolorosa, envolvió su cuerpo menudo y frágil. Se sintió pesada, enorme, inmensa en su pequeñez. Y no pudo volar.

Un entomólogo, de perfil seco, que sabía decir palabras extrañas para explicar obscuros conceptos, la vio expirar entre las hierbas y se inclinó hacia ella.

- Eres hermosa- murmuró, tomándola en el cuenco de su mano- hermosa como el temblor de una estrella en la noche fría, hermosa como el pensamiento de un enamorado.

Lo dijo, para que muriese feliz, al saberse admirada.

Luego, la guardó con mimo en una cajita de cartón y se la llevó a casa.

Allí le buscó acomodo en la gran vitrina, junto a cientos y cientos de bellas mariposas dormidas.

Pero ella, Marilia, era la más bella.

La piedra

Se asomó a la calle mientras se restregaba aquella contumaz legaña que le manaba todas las noches del lagrimal derecho y quedó perplejo. ¡La piedra no estaba! Era una mañana de primavera. El sol lucía espléndido, en el cielo aparecían cendales de gasa velando el horizonte y abajo, en la acera, un perro hacía regato con la orina, desde una farola hasta la alcantarilla, con prosaica naturalidad. Pero la piedra había desaparecido. Así de simple. No estaba.

El la conocía como la piedra, aunque en realidad era una roca enorme, amorfa, de aristas que habían redondeado el tiempo y el roce de mil juegos. Había estado allí, frente a su casa, desde siempre. No era para aterrarse ni motivo de alarma. Ni siquiera sabía si debía molestar a alguien avisando de lo ocurrido, pero el hecho en sí le produjo una comezón de desamparo y sintió el desvalimiento de la infancia, cuando unos despojos de pantalón apenas le mal cubrían las canillas.

Buena parte de los recuerdos que albergaba, los mejores ratos de su existencia, tenían aquella piedra como protagonista.

Durante su niñez había sido atalaya desde la que defendía un imaginario castillo, de ominosos invasores. A veces el empuje de las tropas contrarias le hacían perder la fortaleza, como aquella vez que cayó desde lo alto, de espaldas, se descalabró y estuvo varios días en cama con una venda que él imaginó casco de acero forjado por un herrero en la fragua de los dioses. Pero tan pronto como se repuso, con apósitos y esparadrapos cubriéndole aún parte del colodrillo, volvió al campo de batalla, organizó sus ejércitos, planificó estrategias y a los pocos minutos la atalaya volvía a ser suya. Desde lo alto de la piedra agitó la espada lanzando tal grito de guerra que con el solo puso pavor en el ánimo de todos sus enemigos.

Después, siendo mozo, la piedra supo de algún escarceo, roces amagados, robo de besos y primeras palabras de amor, mientras el sol devanaba sus últimos rayos en la desgana del atardecer. Y, ya hombre, había hecho de ella refugio de sus inquietudes y habitación de muchas esperanzas. A su arrimo, pasaba ratos y aun horas pergeñando el futuro, renegando del pasado y cavilando imposibles.

Pero ya no estaba. Algo o alguien había cargado con ella. Ahora, quizá, estuviese a muchos kilómetros de distancia en una región extraña donde nadie la conociese ni reconociese. Sería como caldo sin sustancia de mesa de pobre, sobre manteles de un sibarita. Y se sintió triste.

Entonces le vino al recuerdo la historia, aprendida en su niñez, del ingenioso que se deshizo de una roca, más grande, mucho más grande que aquella suya, con solo una pala y un carretón apañado con cuatro tablas.

Hablaba el cuento de una piedra de dimensiones enormes entorpeciendo el paso de personas y animales en el centro de una ciudad y, por ser tan grande y pesada, nadie veía la forma de deshacerse de ella y dejar libre el camino. Prometió el rey, como es de rigor en estos relatos, casar a su bellísima hija con quien pusiese remedio a aquel estorbo. Al husmo de la promesa se llegó un lugareño de porte sencillo, trazas algo palurdas, pero preclaro de ingenio, comprometiéndose a quitar la piedra en una sola noche, a cambio de que le proporcionasen por todo útil una pala y una carreta, siendo el resto cosa suya. Hicieron mofa de él y rieron a su costa desde el rey hasta el último cazurro de la ciudad por considerar vano tratar de mover y cargar el pedrusco con tan pobres herramientas cuando muchos hombres habían fracasado antes en el empeño.

Fuéronse todos a dormir y aplicóse el hombre a la tarea. Cavó, primero, un hoyo de las dimensiones de la piedra, hizo palanca con la pala, la empujó al agujero, allanó todo con tierra y la sobrante se la llevó en la carreta, amaneciendo el día y no viéndose trazas de la roca.

¿Y si era este el caso? No recordaba ahora si el hombre del cuento vino a ser príncipe consorte o renunció a los favores de la princesa, ni paró mientes en ello, pues corrió abajo y estuvo mirando por si habría sucedido algo parecido aquella noche, pero no había por ninguna parte señal de estar removida la tierra, ni de haber allí piedra alguna enterrada.

Pasó el día asomado a la ventana, triste el ánimo, encogido el espíritu, proclive a la melancolía por tan infausto suceso. Cavilaba sin poder entender lo ocurrido y cuantas más vueltas daba en su caletre a la cuestión menos lo entendía y con más aflicción quedaba.

Al anochecer, no podía dormir y le vino al recuerdo otra desaparición ocurrida unos años antes, la de una botella de anís de esas averrugadas que, frotándolas con una cuchara o un palo, sirven para entonar canciones populares y acompañar las danzas. Estaba la botella al borde de la mesa, verraca insinuante, mórbida en sus formas, pringada de churretes anisados. Luego, de pronto, ya no estaba. Se culpó al camarero, a una pindonga remolona buscadora de carnaza, a dos pilluelos descuideros de vidrio para venderlo por una moneda, incluso se sospechó de un buhonero especializado en quincallas y bordados. Pero la botella no pareció ni volvió a saberse de ella.

Y pensando en la botella le invadió el sueño.

La mañana siguiente amaneció un sol huero. Extrañas sombras difuminaban perfiles en los muros de las casas. Con el pijama aún puesto, miró por la ventana, mientras se refrotaba los ojos espantando el último resquicio de somnolencia y lo que vio le hizo dar un respingo. La piedra, su piedra, estaba otra vez allí, imponente, desafiante, sin dar señales de haber sido movida ni tocada.

Quedó atontado, vacuos los ojos, la boca exangüe y una baba viscosa, de idiota irredento, cayéndole por las comisuras de la boca. No podía creerlo, pero sí, su piedra había vuelto.

Relato de mancebía

I

La mancebía se abre en la parte alta de la ciudad. Las otras, las casas de citas como se las conoce ahora, están en los barrios nuevos, donde el dinero corre a espuertas, los portales son de mármol, las puertas de cristal con grandes números de bronce en la fachada y a los pisos, refulgentes, vistosos, con habitaciones capaces para una cama tan larga como ancha, sin cabecera y con espejos en el techo, se llega en ascensor. La madama, acicalada a lo gran duquesa, atiende a la clientela en acogedoras salitas de luces tenues y música envolvente muy propia para la atmósfera de intimidad que requiere la situación.

Pero él prefiere la mancebía de siempre, sin disfraces, agresiva, como viene siendo desde los tiempos de Adán. A la que él acude está en un edificio descabalado, acurrucado contra un lienzo de muralla con el que comparte antigüedad y decrepitud. Las paredes aparecen aquejadas de una lepra que ha ido comiéndose el yeso hasta mostrar, en la irregularidad de los desconchones, piedras negras en pintoresca composición con ladrillos desmenuzados. En la acera de enfrente marca el contrapunto, dando empaque a la calle, un muro de piedra sillar, apuntalado por dos formidables contrafuertes, reliquias de una construcción religiosa medieval

El portal es boca de lobo por lo oscuro y cavernoso. La única bombilla que cuelga del techo, apenas basta para espantar las tinieblas y deja ver, al fondo, la desvencijada escalera. A cada paso crujen las maderas con siniestro lamento, avisando a las pupilas de la llegada de los clientes. En el primer piso están las habitaciones de las "populares". Se conoce con este nombre a las prostitutas del montón, a las que se puede acceder por unas pocas monedas. Con ellas está permitido regatear el precio, siempre a la baja, naturalmente, y nadie dará un ochavo por las purgaciones que pululen entre camastros e inodoros.

Don Romualdo sube directamente al segundo piso donde las hetairas son más selectas, dentro de lo que permite el mercado.

¡Hetaira, excelsa palabra! Don Romualdo se dirige siempre con este nombre a las prostitutas. Para él la hetaira es la representación divina del placer, el culmen del acto sexual. Encamarse con prostitutas le resulta grosero, demencial, infame y le da al acto connotaciones de primitivismo. La hetaira, por el contrario, se le aparece grácil, poética, y la posesión carnal se le representa como la sublimación de la entrega entre hombre y mujer. También usa otras palabras altisonantes como náyade, empíreo o deífico que le colocan, entre las profesionales del sexo, en el pedestal del conocimiento clásico.

Enteco, constreñido y estirado, semeja un manojo de sarmientos abandonado a su suerte. Eso sí, viste como los dandis de antaño, tocado con sombrero de fieltro, zapatos bien lustrados, sin mácula, pantalones de raya tirada con plancha y chaqueta de hombreras. Añádase a ello formas y andares amanerados y tendremos retratado a nuestro crápula.

Cuando se acerca a la mancebía lo hace con un exponente de orgullo y superioridad que arrebata en la casa y todas las mujeres se predisponen a su servicio. Ciertamente allí se considera excelso y único. El y sólo él es capaz de distinguir sutiles diferencias entre aquellas expertas del placer. Mira a todas por encima del hombro, las desprecia por igual con el gesto hosco de su sonrisa y señala con el índice a unas y otras, mandándolas salir u ordenándolas quedarse.

La jefa de hetairas, jubilada ya de los avatares de Venus, disfruta de su cesantía apañando los favores de otras. Es rubicunda de cara y tan entrada en carnes como en años. Ríe a carcajadas, atronando toda la casa y cuando lo hace se le estremece el aparatoso mostrador de los senos, con amenaza de escapar de la prisión de enaguas y sostenes donde lo constriñe. Lleva la cara como lienzo de pintor para excusar a la luz del día de los destrozos que la edad y el vicio le han causado y aunque no los disimula del todo pueden darse por bien ocultos en la penumbra del lupanar.

Doña Rosita, como se hace llamar, es una institución sin la cual la casa degeneraría. Y dice, lo de degenerar, entre sonrisas maliciosas y guiños picarones que auguran secretos a voces.

En su juventud no pasó de calientacamas en una ciudad portuaria. Visitaba los muelles, arrojaba el anzuelo de las piernas desnudas y el escote generoso, ambas partes dentro de la más absoluta vulgaridad, y terminaba con el hombre en una habitación alquilada por horas. Dando tumbos y revolcándose en la depravación terminó encontrando, al cabo del tiempo, un bujarrón que la adoptó como se adopta un perro o un gato. La alimentaba, defendía, daba cobijo y, siempre que podía, le traspasaba algunos clientes poco escrupulosos, después de haberlos disfrutado él.

En este estado pasó los mejores años, los más tranquilos y los más prósperos. La fortuna les sonreía a ambos. Para espantar recelos se casaron por la iglesia. Un cura rechoncho, sudoroso y grasiento les echó las bendiciones, actuando de padrinos una meretriz y un amanerado sin encantos, y de testigos clientes de uno y otra, que no podían dar crédito a lo que veían. Tomaron un piso por seguir las apariencias e hicieron vida marital de puertas afuera. Salían juntos al trabajo, a veces se lo llevaban a casa con mucho tacto y mesura, y se los veía por el barrio haciéndose carantoñas y lindezas como dos bobos enamorados.

La vida en común les trajo sentimientos que fueron conformando una existencia cada vez más intimista y, sin saber cómo, un día terminaron ambos sobre la deshilachada alfombra del comedor. El era la primera vez que besaba a una mujer. No sintió asco ni repulsa. Los años de convivencia le habían preparado para aquel momento. Apretó su cuerpo contra el de ella y se estremeció al sentir los mismos impulsos que le acometían cuando acariciaba los cuerpos de otros hombres.

En el ardoroso combate fue recorriendo con sus manos las formas voluptuosas de Rosita mientras las de ella buscaban su virilidad. La ambigüedad de un bochorno inconsciente, una nube preñada de olvidos y entregas los envolvió a ambos cuando las caricias alcanzaron el centro de sus geografías.

- ¡Rosita!-, murmuró él, estremeciéndose.

- ¡Sandro, Sandro!-, suspiró ella.

Y rodaron enlazados en fiera promiscuidad.

Sandro quedó sobre la alfombra para siempre. El corazón se le reventó en cuatro trozos y murió con una sonrisa en los labios.

Rosita se sintió culpable por haberle arrancado de su mundo de varones musculosos y arrastrado al sutil acomodo de la mujer, más sibilino, más cuidado, más placentero. ¡Sí, placentero! Eso le había matado. El bueno de Sandro no había conocido el verdadero placer hasta que se revolcó con ella sobre la alfombra. Al menos le quedaba el consuelo de haberlo ayudado a morir del mejor de los modos posibles.

Pero las penas con pan son menos, y en el testamento apareció una cantidad de dinero que Sandro dejaba a sus herederos, es decir a Rosita, familiar único conocido, con lo que halló rápido consuelo.

Con aquel dinero en su poder hizo las maletas y para borrar recuerdos marchó a una ciudad del norte donde se sabía desconocida y compró una casa en la parte alta, junto a las murallas. La arregló, apañó varias habitaciones y al mes lucía un rótulo en caracteres anaranjados que rezaba "Mancebía". Por pasillos y habitaciones andaban, rezongonas, una decena de chicas con mucho hilván y vainica bajo las sayas, culebreando de nalgas y levantando polvaredas.

Ahora el edificio sufría la decadencia propia del cáncer de los años y la falta de atenciones. En todo aquel tiempo no se había preocupado de mejoras ni reparaciones y lo que había sido un lugar esplendoroso y atrayente se había convertido en lugarón tenebroso. Como ella en quien, ya queda dicho, también la edad había dejado huella aunque la enmascarase con aceites y empastes.

Desde el principio tuvo claro que su trabajo consistiría en controlar a las pupilas y atender a las visitas. Sólo de tarde en tarde, si el caballero lo merecía, se permitía hacerle los honores personalmente. Recorría los dos pisos del lupanar sin descanso. Acogía a los clientes con zalamerías y sonrisas, les hacía reverencias y conducía al segundo piso si adivinaba la cartera llena o los llevaba con prontitud a alguna habitación del primero, procurando un servicio rápido, si barruntaba el bolsillo escaso. Presentaba a trabajadoras y clientes haciendo de unas y otros retablos de lindezas, honestidad y entrega con que el cliente quedaba ya casi pagado y la rabiza sublimada por los elogios.

Vigilaba con ojo de águila que todo anduviese como debía. Pupilas y huéspedes sabían, por igual, que allí no se permitían vicios de ninguna clase, no estando muy claro a qué clase de vicios se refería, pero no eran, seguro, los de la carne ni la concupiscencia. Igualmente no debía cerrarse ninguna puerta por dentro, con pestillo. Aducía para ello razones de seguridad. Tenía bajo control todas las visitas, en especial las del segundo piso, vigilaba los tiempos, ruidos y hasta susurros. Para dar mayor realce a su presencia no era raro que entreabriese alguna puerta y susurrase un "¿Se goza, señor **?", volviendo a cerrar con apresuramiento para guardar el recato de la pareja.

Era media noche cuando recibió a su cliente.

- ¡Mi admirado, don Romualdo, cuánto bueno!-, exclamó dirigiéndose al caballero que la esperaba en la salita de estar.

- ¡Mi querida, doña Rosita!-, sonrió don Romualdo, desde el centro de la habitación.

II

Rosita avanzó hacia don Romualdo extendiendo los brazos. El hombre la esperó erguido, con noble porte, apoyado firmemente en su bastón de empuñadura tallada.

- Bienvenido a su casa-, dijo ella y le apretó las manos con efusión, invitándole a sentarse.

La habitación era reducida. Tres butacones con el tapizado roído, una mesita central de cristal, ofreciendo varias revistas de desnudos, y un aparador decimonónico llenaban el espacio. La bombilla roja de una lámpara de pie, arrumbada en el rincón del fondo, luchaba en vano por desvanecer las sombras y sólo cuando los ojos se acostumbraban a la oscuridad era posible distinguir los muebles y unos cuadros de mal gusto que colgaban de la pared.

Intercambiaron cumplidos, con zalema incluida, luego, tras dos comentarios banales sobre lo lluvioso de la época y de los malos tiempos que corrían, Rosita carraspeó solicitando atención:

- Don Romualdo, usted sabe que en esta casa es apreciado y para todas nosotras es un honor su visita. Me alegra que haya aceptado mi invitación porque tengo un regalo que le agradará.

El aludido examinó con atención la raya de su pernera izquierda mientras se atusaba un inexistente bigote, esperando la continuación de la noticia. Conocía a Rosita y sabía que no tenía que tirarle de la lengua para que hablase. Además no debía mostrarse excesivamente interesado porque eso encarecería el servicio.

- ¡Un regalo, un auténtico regalo caído del cielo!-, repitió Rosita. Y salió al pasillo llamando a alguien a grandes voces. A la mujer que acudió le susurró algo al oído y volvió a entrar a la salita.

Sonreía nerviosa. Iba a la entrada, abría una rendija, escuchaba, volvía a don Romualdo y empezaba de nuevo. A todas luces le reventaba el gozo en la respiración excitada que movía su enorme masa pectoral. Al fin se abrió la puerta y apareció una muchacha.

Era muy joven, casi niña. Venía vestida con una túnica vaporosa (clámide la habría llamado don Romualdo) que dejaba a la lujuria de las miradas la redondez de sus piernas, la fragilidad del talle y la albura de los senos. Don Romualdo dio una vuelta a su alrededor sin apartar de ella, un momento, los ojos libidinosos. Después de la inspección la joven, que en ningún momento había alzado la mirada del suelo, se dirigió a la puerta.

- Un momento-, llamó don Romualdo.

La chica se detuvo, el hombre se acercó a ella y le puso dos dedos bajo la barbilla para levantarle la cara. Unos ojos hermosos, pero terriblemente tristes, le miraron y el rictus de la boca mostró a las claras el sufrimiento de su espíritu.

- Virgen, don Romualdo, es virgen-, dijo Rosita cuando la muchacha hubo salido. Y añadió en un susurro cómplice: - Y se llama Helena como la que hechizó a Paris.

- Una ninfa, una ondina, néctar y ambrosía-, pensó para sí don Romualdo, pero se cuidó muy mucho de expresarlo en voz alta para evitar una subida del precio del género por parte de Rosita y se limitó a mover la cabeza con gesto ambiguo que lo mismo podía mostrar agrado o desaprobación.

Rosita permanecía expectante a la espera de la respuesta del atildado caballero, pero el hombre no daba señales de interés. De las habitaciones de abajo llegó tumulto de voces y pasos rápidos. Rosita se disculpó con un atropello de palabras y bajó a ver qué pasaba. Tardó rato en regresar. Aumentaba el tono de las voces, llegaban frases obscenas cargadas de malicia, algún mueble cayó al suelo con estrépito y varias puertas se cerraron de golpe. Cuando subió venía sonriente colocándose, aún, el escote en su sitio.

- Nada, un borracho pendenciero que ya está en la calle-, explicó, para continuar preguntando: - ¿Y bien? Quinientos euros por ser para usted.

Don Romualdo amagó una sonrisa ladina que fue en aumento hasta estallar en estentórea carcajada. Cuando calmó la risa se puso en pie y apuntó con el bastón al escote de la madama.

- Cuatrocientos por venir de usted, doña Rosita-, dijo. Y abrió la puerta de la salita cediendo el paso a su anfitriona.

Helena le esperaba en la alcoba del fondo del pasillo, la habitación más cuidada de la mancebía. En el medio había una cama de forma ovalada hacia la que se dirigían varios focos de luz convirtiéndola en escenario de teatro o, en palabras de don Romualdo, palestra para gladiadores del sexo. Sobre ella, profusión de almohadones de colores casi todos desvaídos y turbios como acostumbran a quedar las telas cuando se lavan en demasía. Alrededor había distribuidos asientos en forma de bancada sujeta a la pared con tachones de hierro, una mesilla del tamaño de un aparador y una estufa eléctrica para los días de frío. La mesilla o aparador tenía al costado, haciendo cuerpo con ella, un aguamanil de forja en el que se columpiaban en peligroso equilibrio una palangana con melladuras y una jofaina que contenía agua de rosas, y al lado, compartiendo espacio con las toallas, un teléfono de manivela del que nadie podría decir su utilidad pues nunca había funcionado. Completaban la decoración dos cartelones de hombres y mujeres desnudándose en conspicua mezcolanza y varios recortes de revista con palabras soeces.

Don Romualdo se acercó a la muchacha y le acarició los hombros con sus dedos de fantoche. La carne joven de la chica se estremeció entre el nerviosismo y la novedad de la situación, mientras se sentía empujada hacia la cama y sentada en el borde.

Luego el hombre comenzó a desnudarse. Lo hizo con parsimonia y gestos estudiados. La situación habría podido parecer cómica de no resultar grotesca. La decrepitud de aquel cuerpo, ajado por los años, se mostró en toda su infamia de parodia humana, semejando una enorme mantis a punto de saltar sobre la presa. La delgadez era más patente sin la ropa; la piel le escurría flácida por la espalda y las nalgas; hasta el rostro parecía haber adquirido un color grisáceo de bellota madura. Sólo el vientre mostraba cierta redondez en torno al ombligo, quizá recuerdo residual de hambrunas de juventud.

En ocasiones, algunas de las chicas, cuando presenciaban esta muestra pública de impudicias decadentes, no podían reprimir la risa tonta lo que motivaba el enojo del hombre con fuertes reconvenciones de Rosita, simuladamente airada ante don Romualdo, pero regocijada, en el fondo, por cuanto no dejaba de ser jocoso divertimento.

Helena no tenía ganas de reír; sólo sintió un asco inmenso que le subía del estómago a la boca y le formaba un nudo en la garganta. El hombre se le acercó y volvió a acariciarla desde los hombros. Conforme bajaba las manos deslizó la túnica de gasa hasta la cintura dejando a la vista dos pechos núbiles e incontaminados, de la blancura de la leche.

El infame se regodeó con la mirada y acercó la boca a uno de los senos. La muchacha le dejó hacer con los ojos cerrados, suplicando en su fuero interno el final de aquella humillación. Notó cómo bajaba la mano del hombre por su vientre buscando intimidades y cómo se acercaba al musgo húmedo de su virginidad.

Se sintió, entonces, acometida por un terror difícil de describir y gritó con el espanto del miedo, desembarazándose del acoso.

La calle se difuminaba entre luces y sombras bajo el tupido manto de la lluvia que caía fina y persistente. Los escasos viandantes que se aventuraban por el barrio a aquellas horas de la noche, volvían la cabeza con curiosidad para ver pasar a una muchacha descalza, empapada, tiritando de frío y de miedo, y casi desnuda. Pero nadie se detenía. Si acaso aceleraban el paso mientras murmuraban palabras de reproche.

Unos hombres de uniforme la detuvieron, a poco, en una plaza con una fuente en el centro y muchos charcos donde se le hundían los pies hasta los tobillos. Los charcos y sus pies chapoteando en el agua era lo único que recordó después. Lo demás era pasado, no existía. Ni don Romualdo, ni Rosita, ni las compañeras del lupanar, ni las habitaciones a media luz, oliendo a cerrado y a miseria. La subieron a un coche y se la llevaron consigo. Una mujer policía, la ayudó a secarse y le facilitó una manta y un pote de brebaje que estuvo a punto de hacerle vomitar. La mujer se empeñaba en convencerla para presentar una denuncia, pero ella negaba una y otra vez con la cabeza. ¡Denunciar! ¿Qué? ¿Para qué? Había ido a casa de Rosita por propia voluntad, obligada por el hambre y la necesidad y se había escapado también por voluntad propia, porque el asco y la vergüenza habían sido superiores a cuanto podía soportar. No, no quería denunciar nada. Lo que ella necesitaba era comprensión, compañía, apoyo para salir del pozo de indigencia donde estaba sumida.

Aquello no lo entendía la gente de la calle, ni los policías que la recogieron en la plaza, ni la mujer de la manta. Ellos iban a lo suyo, tenían sus quehaceres, los cumplían, pero no ahondaban en la herida. La cauterizaban, le ponían gasas, vendas y esperaban la cura. Y no, no era eso.

Al cabo de un rato, le dijeron que se preparara. Iban a llevarla a una casa de acogida donde le darían ropas, comida y cama para pasar el resto de la noche. Después ya se vería.

III

La lluvia se mantuvo pertinaz hasta la noche siguiente.

Del fondo de la calle llegaban, agrandados por el silencio de la madrugada, el ruido acompasado de unos zapatos con suela de cuero y el golpeteo rítmico de la contera de un bastón. La luz de los faroles distorsionaba sobre los adoquines la figura del hombre que se acercaba, dándole dimensiones fantasmagóricas. Los pasos se detuvieron a la altura de la mancebía y el hombre miró dubitativo las letras deslavadas del cartel.

- Don Romualdo-, susurró a sus espaldas una voz entrecortada.

Al amparo de los contrafuertes conventuales, se espesó una sombra con perfil de mujer. Don Romualdo avanzó en la oscuridad buscando el negro entre lo negro.

- ¡Helena, chiquilla! ¿Qué haces aquí?

Y con un movimiento mecánico se quitó el gabán y lo puso sobre los hombros de la muchacha.

- Don Romualdo, si aún lo desea, déjeme entrar con usted. Rosita se habrá enfadado por mi huida de ayer y estoy asustada. ¡Ayúdeme, don Romualdo!

- Muchacha, doña Rosita es un ángel y comprenderá. Vamos, acompáñame y no temas. Mediaré por ti.

Y le pasó el brazo por los hombros apretándola contra él. La chica se dejó hacer y buscó calor al abrigo de aquel cuerpo decrépito.

El doble bulto, virginidad y ludibrio, se perdió en la tibia penumbra del portalón.

Jueves negro

El gobernador Poncio se apoyó en la baranda de la terraza desde la que se divisaba la ciudad. A su derecha quedaba el templo de aquel dios simplón que nunca llegó a comprender. Ni imágenes, ni altares, ni vestales a su servicio, sólo un templo vacuo y sin adornos y una muchedumbre de mercaderes haciendo dineros a cuenta de los corderos y palomas que le ofrecían en sacrificio. A la izquierda y frente a él la ciudad dormida y silente, pero sólo en apariencia, pues bien sabía la tormenta contenida de sus levantiscos habitantes. Más allá huertos de familias pudientes, algún publicano adinerado o sacerdotes del templo que daban a las ofrendas uso más profano, y pequeños campos de olivos comunales.

Escuchó unos instantes. Nada, silencio. Aquella noche podía dormir tranquilo. Era la víspera de la Parasceve, Jerusalén hervía de fervor religioso y sus habitantes estaban cenando, reunidos en familia, o en casa de amigos, mientras entonaban salmos de auto alabanza y recordaban gestas de tiempos remotos en tierras de Africa. Pueblo extraño, ¡por Júpiter! O se mostraba sumiso hasta el servilismo o sacaba la furia ancestral de las tribus primitivas y se convertía en problema que hacia tambalear solios de cónsules y gobernadores.

Claudia Prócula, recordó, lo esperaba en el lecho desde antes de la caída del sol. Decía sentirse agotada del tráfago palaciego y se había retirado tras una cena frugal. La imaginaba lánguida, tendida, mostrando bajo sutiles velos los encantos libidinosos de su cuerpo ofrecido, de sus pechos semidesnudos, pechos que tenían fama en toda la provincia, y aun en la misma Roma, de ser los más sensuales y atrevidos del imperio. Corría por los mentideros el rumor de que el divino Tiberio los había saboreado como pago de aquella prefectura y también que, con ocasión de visitar, en el Foro, el templo de Vesta, la mismísima diosa Venus se había dignado bajar a admirar tan bella criatura.

- Buena guardia, capitán-, saludó al hombre armado que estaba junto a él. Y desde la puerta añadió: La noche sea propicia al César.

El romano saludó cruzando el brazo sobre el pecho con gesto enérgico y estudiado:

- Salud, gobernador.

A la misma hora, cerca, en una de las dependencias del templo, Caifás, Sumo Sacerdote aquel año, daba por terminada la cena Pascual. Tundido por los años, agobiado por el cargo y dolorido por la gota despidió a todos los familiares con gesto ceñudo. La cena fue un tormento, tortura indescriptible. Una diarrea de asno lo había baldado desde por la mañana llevándolo de la letrina al lecho y del lecho a la letrina. Y para arreglarlo aquellas verduras amargas que se le pegaban en la garganta formando un tapón pastoso imposible de tragar y el pan ácimo, espeso, inconcreto y poco digerible, invento de Luzbel. Cuando quedó solo, cuatro siervos lo trasladaron de nuevo a la letrina, donde una vez más desaguó un torrente de aguas malolientes, y luego lo depositaron con mucho cuidado en el dormitorio sobre un lecho de telas de lino.

- Ni un suspiro u os haré azotar-, gimió-. Estoy a morir.

Su esposa, mujer vieja, retorcida y deforme como los olivos del huerto que allá abajo se aparecía, se acercó a él en ademán sumiso.

- Grande es Yhavé, - murmuró, tocando el suelo con la frente-, grande su poder, loado sea su solio. Sólo suya la victoria.

Despabiló el velón y se acostó junto al esposo.

Mientras esto sucedía en las dependencias de Caifás, allá abajo, en los olivares comunales, había desusado movimiento. Un hombre iba a paso ligero estudiando el terreno. Se detenía un punto y seguía. Parecía hacer cálculos de tiempo y lugar, murmuraba algo en voz baja y terminaba por salir corriendo. Se llamaba Judas, hijo de Iscariote, una conocida familia de Jerusalén, acomodada y querida por las muchas obras de caridad que hacía y el gran prestigio adquirido tras la donación de un rico ajuar para los sacrificios en el templo.

- Lo que has de hacer, hazlo pronto-, le había dicho el Maestro. Y salió presuroso a cumplir el mandado sea cual fuere, pues nadie lo sabía. Era un secreto guardado entre ellos dos, secreto sublime de impredecibles consecuencias.

Apenas abandonado el lugar, un grupo de doce hombres, alumbrándose con hachones, llegaba desde el otro extremo del olivar. Fueron acomodándose aquí y allá y pronto dormían todos, o casi todos, porque había uno que tenía una misión muy importante que cumplir entre aquella noche y el día siguiente, o al menos eso pensaba y para ello había hecho planes, pero sabido es que el hombre propone y Dios dispone, aunque difícil era discernir en este caso donde acababa el hombre y empezaba Dios con lo que podía ser que dispusiese quien no debía y propusiese quien no podía.

O al revés que está esto muy enrevesado y será cosa de dejar que los acontecimientos nos lo aclaren.

Salió pues Judas, el Isacariote, corriendo a su misión después de haberse cerciorado de a dónde había de volver con quien fuese el que lo acompañara luego. Y se allegó al templo. Todo era silencio y oscuridad. Si estaba allí sin tropiezos era porque conocía al dedillo todas las calles que lo circundaban y las esquinas que había de doblar y hasta los cantos con los que se tropezaría, ya que no se veía a un palmo y bien podía decir que ni sus manos topaba en aquella negrura.

Tanteó el muro hasta sentir las maderas del portón y empezó a aporrearlo con fuerza. Sus puñadas resonaron haciendo eco, pero nadie respondió y sólo un silencio opresivo siguió a los golpes. Insistió más, una y otra vez, hasta que oyó voces al otro lado de la puerta y mucho ruido de pasos.

- ¿Quién va?- preguntó alguien.

- Judas, el Isacariote.

- ¿Qué quieres a estas horas, así seas maldito por siempre?

- Hablar con el Sumo Sacerdote. Es negocio tratado y sólo queda un último punto.

- Caifás duerme y ha dado orden de no despertarlo. Vuelve mañana, apenas amanecido, y te recibirá.

Y los pasos se alejaron. De nuevo silencio y oscuridad, el silencio y la oscuridad que acompañan las noches en que se fraguan crímenes y horrores, noches tremendas sin siquiera un ladrido de perro llamando a la hembra intuida.

De pronto se oye ruido de armas, sonido metálico de escudos que entrechocan con los petos, de espadas que golpean los muslos protegidos. Viene de allá arriba, del palacio del gobernador. Es la guardia nocturna haciendo ronda en torno al palacio y el templo. Judas reacciona y echa a correr, se pierde por callejuelas infectas, se espeta contra muros olvidados, tropieza en piedras desconocidas y nota sangre en alguna parte de su cuerpo, pero corre despavorido. Los romanos no guardan formas ni indagan motivos y sabe que si lo encuentran puede terminar aherrojado en una mazmorra de la fortaleza.

Inconscientemente, en el bulto de la noche, se dirige hacia los olivares donde están los suyos, el Maestro y los demás, los otros, aquellos que incomprensiblemente le hacen el vacío, le dan la espalda, no lo consideran importante. Claro que en esto no hacen sino seguir la pauta del Maestro que tampoco le tiene en gran estima. ¿A quién llevó consigo al Monte Tabor donde, a decir de algunos, se vieron maravillas? A él no, por cierto. ¿Y cuando en el Tiberiades la pesca recogida estuvo a punto de volcar la barca de Simón? Tampoco le llamó. Ni en Caná donde se acabó la bebida y el Maestro obró un portento sirviendo agua con el color y el sabor del vino. El siempre detrás, siempre olvidado, siempre en las sombras, en la oscuridad, aquella oscuridad a la que se había acostumbrado de tal modo que ya le parecía día, aquella oscuridad y olvido de las que aquella noche había querido salir.

Le habían prometido treinta monedas, suficientes para empezar una nueva vida en Egipto, o acaso en la cercana Siria, pero lejos de aquellos lugares infectados por la milagrería populachera del Nazareno. Al día siguiente volvería al templo y trataría de hablar con el viejo Caifás a ver si llegaban a otro acuerdo. Treinta monedas… No, esta vez pediría más. Le había dado con la puerta en las narices, no le había recibido según lo acordado. Sí, por lo menos cincuenta monedas. Menos, no. Por menos se negaría en redondo a negociar. Cincuenta monedas o nada.

Llega y los encuentra a todos dormidos. Juan, Simón, Jacobo, Tomás, Mateo… Se oyen ronquidos desacompasados, otros rítmicos, algún resoplido vibrante. Sólo el Maestro vela. Está sentado en la base ñudosa de un olivo, perdida la mirada en lo alto. Se le acerca y susurra:

- Maestro…

Jesús le mira. Judas espera sin saber cómo continuar. Al final se encoge de hombros y hace un gesto ambiguo, indeterminado. Puede significar todo o no decir nada. El negocio no ha salido como esperaban. Jesús lo tenía claro, él también pero, cosas de la vida, se había ido todo al traste por el desacompasado flujo de vientre de un viejo asqueroso.

El Maestro se acoge al abrigo del olivo centenario, tormento de ramas y raíces, y besa la tierra:

- Hágase tu voluntad y no la mía-, ora. Luego, va de aquí para allá repartiendo puntapiés a los durmientes.

- Vamos, alzaos, llegó la hora.

Simón se levanta, desorbitados los ojos por el repentino despertar, y echa mano a un espadón que esconde entre los vestidos, aspaventando con desaliño en las sombras. La noche tiene abortos impredecibles y este es uno de ellos. De un tajo poda la rama seca de un olivo y el chasquido de las astillas restalla como un latigazo. El Maestro no hace caso y empieza a caminar. Baja la ladera hacia una de las muchas cuevas que se abren al pie del olivar. Sobre una piedra, acomoda la cabeza y con la túnica apretada al cuerpo se protege del relente. Alrededor se van colocando los discípulos. Judas está de pie dubitativo.

- Y ahora, ¿qué?-, le pregunta al Maestro.

Jesús le mira y se encoge de hombros malhumorado.

- Debía ser esta noche. Ahora sé tanto como tú.

Simón resopla de nuevo como el viento furioso del Tiberiades, abotargado en un sueño profundo. Juan recuesta la cabeza sobre uno de los brazos de Jesús y susurra:

- Maestro, ¿me amas?

Pero Jesús no responde. Piensa, cavila, ahonda en el insondable misterio de un Dios frustrado, incapaz de prever la contingencia de unas cagaleras turbulentas. Ahora tendría que esperar todo el plan, quién sabe, cien años, una miríada. Bueno, tampoco tiene mucha prisa, el tiempo no existe para El y lo mismo le da aquella noche que dentro de dos mil años.

Dos mil años...

Una estrella cruzó el firmamento y se apagó con un estallido silencioso. Era el momento de pedir un deseo. ¿Un deseo? ¡Ya está! Simón aún tenía la barca en Cafarnaún. Se dedicaría a la pesca. No era nada parecido a lo que tenía previsto, mucho menos notorio, sin espectacularidad ni alardes, pero podía satisfacer sus necesidades y a su edad debía empezar a pensar en el porvenir.

Se dio la vuelta, retiró la cabeza de Juan del brazo que se le dormía y entornó los ojos en espera del sueño.

El cura astuto, el pastor zote
y la simple de su mujer

Era don Dimas, el cura, hombre de lujuria turbulenta. Después de treinta años de pertinaz abundo en la parroquia, muchos de sus jóvenes feligreses nunca decían mayor verdad que cuando le llamaban padre.

Andaba tan horro de prejuicios que ni el diablo se habría atrevido a aherrojarle en su infernal sentina. Y así iba y venía por el pueblo sabedor de que todos sabían y callando lo que todos callaban porque interesaba a unos, a otros y a otras que las cosas fuesen así y no anduvieran sus honras en dimes y diretes de verbosidad maldiciente.

Todo ello les valía a los feligreses, cuando acudían a misa, que los fieros sermones de otros púlpitos, con amenazas de los más terribles castigos a los que, dejados de la mano de Dios, se enfangaban en el sucio cenagal de la carne, no pasasen, en aquel pueblo, de paternales reconvenciones si no cuidaban como mandaba el Señor de sus obligaciones conyugales en el débito matrimonial, en el respeto mutuo y en la procreación de hijos para el cielo.

Pero nadie vea por eso paz y resignación en el quehacer diario de don Dimas. Pensaban sus parroquianos que a lo hecho, pecho y que revolver el ciemo sólo levanta malos olores, pero no se sacrificaban con vocación de Cristos pacientes, antes, muchos se rebelaban como Gestas insumisos. Y en más de una ocasión hubo de salir por pies el buen cura para salvar nombre y espaldas de las furiosas iras de maridos enojados, aunque nunca estuvo más cerca del peligro como en aquella ocasión cuando venció la tenacidad y virtud de la simplicísima pastora.

Era el caso que estaba don Dimas en pejigueras por la tal pastora, remisa a cualquier intento de carnal aventura que pudiera alejarla de su pastor del alma. Llevábanle todos los demonios al cura ver tanta carne mollar desperdiciada por beatería de tres al cuarto y libraba en su caletre no pocas batallas imaginarias, con intento de ganar aquella guerra, nunca dada por perdida, cuando Dios, el diablo o la casualidad vinieron a visitarle.

Fue una tarde en que el sopor digestivo de una buena olla obraba milagros en la fresca penumbra del confesionario, adormilándose con el propio susurrar de invocaciones y avemarías, cuando el chirrido de los goznes del portillo le ahuyentaron los vapores de la modorra.

- Ave María Purísima- susurró una voz al otro lado de la celosía.

Don Dimas dio un respingo y sintió cómo se le aceleraba la respiración. Aquella era la voz de la deseada pastora. Se acomodó con premura en el incómodo asiento, carraspeó un par de veces y se dispuso a llevar a la práctica la estrategia tantas y tantas veces planeada.

- Sin pecado concebida- y su propia voz se le antojó extraña.

- Padre he pecado...

Y la buena pastora se extendió en una letanía inagotable de confusos pecados, imaginarios unos, reales otros, menudos todos.

- Y la familia, hija, ¿para cuándo la familia?- preguntó don Dimas tan pronto hubo terminado de acusarse la mujer, porque es de señalar que, hasta la fecha, el matrimonio era estéril.

La penitente hizo un mohín de disgusto sabedora de las murmuraciones de los vecinos por causa tan peregrina, antes de responder:

- Mucho gusto tendríamos, mi marido y yo, en ser padres, mas no lo ha querido Dios hasta ahora.

Don Dimas volvió a aclararse la voz y siguió susurrante:

- Pues has de saber, hija mía, cómo he recibido en sueños la visita de San Froilán, santo eremita de quien soy muy devoto, y me ha hablado de los motivos por los que el Señor ha permitido que la aridez tenga asiento en tu vientre. Y no son otros sino los gravísimos pecados con los que le ofendes que, aunque perdonados, dejan una secuela de dolor en su corazón inflamado de amor por ti. Es pues preciso que ores. Y el propio san Froilán, libérrimo en sus revelaciones, me ha entregado unas oracioncillas para rezarlas en la forma y lugar oportunos, haciéndote salva y madre, todo en uno.

- Dígame cómo podrá ser ello, padre, y yo lo haré de corazón.

- Deberás procurar que tenga lugar esto antes de acabar el año, si quieres ver obrar las oraciones con prontitud. Y no podrá estar presente el mastuerzo de tu marido pues con su simpleza e ignorancia desbarataría el bálsamo de la oración. En tus manos está, hija, cómo y dónde hacerlo.

Con lo cual, la pastora apercibida y don Dimas resuelto, acordaron que ella le informaría del día y la hora en que el pastor anduviese en sus ocupaciones y no pudiera estorbar, con su presencia, tan sagrado negocio.

No tardó en llegar la ocasión, le pasó aviso la pastora, corrió don Dimas, y en menos de un padrenuestro empezó el ritual. Ordenó para ello don Dimas a la mujer acostarse en traje de Eva, tendida en la cama, cerrados los ojos y puesto el espíritu en lo alto, mientras él hacía lo demás, pues tenía aprendidas de memoria las oraciones convenientes al caso. Y comenzó una salmodia de latines, tan disparatada y necia, que hasta el más grave habría reído allí. Quien sí rió, y no lo hizo mal, fue el taimado cura, mientras entre latín y latín convencía a la simple mujer de que aquello otro con que acompañaban oraciones y salmodias eran ritos imposibles para el pastor por más que lo intentase, pues no proveía Dios de tales taumaturgias sino a quienes Él quería. Pasaron, pues, un buen trecho en tales oraciones y aún tuvieron tiempo de desgranar alguna letanía y no pocas jaculatorias.

Eso fue todo o lo habría sido de quedar ahí la cosa, pero era preciso que el ovillo se enredase.

Así, por cuanto la avaricia rompe el saco, quiso don Dimas probar nueva fortuna repitiendo el ensalmo por si no hubiera surtido efecto la vez primera, pero proveyó el diablo que en esta ocasión volviera el pastor a hora imprevista y pillase a ambos en sortilegios difíciles de explicar.

Cortados quedaron allí latines, salmos y salves y sólo hubo asombro, pasmo y estupefacción.

- ¡Ah, cura malvado!, mal has obrado en esto- decía el pastor, demudada la color. Y alzaba con furia los puños como si amenazase a algún ser invisible.

- ¡Tente, tente, desgraciado!- clamaba don Dimas, temeroso- Ve de no perderte con lo que puedas hacer.

- ¿Pues qué he de hacer, miserable de mí, sino dejarle a usted recuerdo de este día, para todos los de su vida?- Y volvía los ojos por la habitación buscando con qué golpear.

Vióse perdido don Dimas, y temeroso de los palos que sin duda iban a lloverle, corrió hacia la puerta, y con un extraño quiebro cayó al suelo con muy fuertes gritos y lamentos de que allí moría de dolor y cómo no habría de moverse aunque lo molieran a golpes, pues no podría por más que lo intentara y preguntaba a grandes voces si habría desalmado tal que se atreviera a vapulear sin tino a un hombre herido cuando no podía valerse. Y, al mismo tiempo, se sujetaba uno de los pies con pruebas seguras de habérselo roto y no volver a andar y preguntaba cómo podría defenderse un cura lisiado. Todo esto con mucho gesto y pantomima, para hacerle creer al pastor que realmente se había roto el pie y debía tenerle lástima.

Quedó el pastor un momento contrito por lo que iba a hacer, pero pudo más la rabia de su honor ultrajado, así que se rehizo pronto, fue hacia el cura, tomólo por la camisa y lo zarandeó con fuerza.

- No hay más remedio y he de castigarlo, así que vístase sin más y véngase conmigo- porfiaba el pastor.

- ¿Me dirás tú cómo he de ir, cuitado, si no puedo poner el pie en el suelo sin clamar a los cielos de dolor?- se lamentaba don Dimas.

- Descuídese de eso y no haga cábalas que no han de servirle- le replicó el pastor- que en vistiéndose yo sabré qué ha de hacerse.

Y así fue, porque tan pronto se hubo vestido el buen cura, lo tomó el pastor en brazos, se lo cargó a hombros y salió con él, de casa, sin rumbo fijo.

Caminó con tan molesta carga por sendas, trochas y desmontes hasta que, doloridas las piernas, destrozada la espalda y machacado todo el cuerpo, lo dejó caer junto a unas piedras que servían de poyo al caminante, a un lado del camino y, tras sacudirse las manos, se volvió al pueblo mientras le decía muy ufano:

- Vuelva, ahora, andando pues ese es su castigo. Y sea esta la última vez, mal cura, que la próxima lo he de llevar cinco leguas más allá, aunque me deslome el cuerpo.

Salió, con esto, bien librado don Dimas cuando no daba dos céntimos por su pellejo y quedó satisfecho el pastor juzgando justo castigo el aplicado al cura, seguro de que no andaría ya en precario la honestidad de su pastora con la fiera amenaza de las cinco leguas.

Comida de Navidad

Papá había lavado el coche, a mí me disfrazaron de cromo y mamá se puso sus mejores galas. Mientras me vestía la tata, mamá iba y venía de una a otra habitación y no paraba de darme órdenes, instrucciones y consejos. Hablaba, hablaba y hablaba y casi todas sus palabras las oía sin escucharlas, en un prodigioso ejercicio de sordera. De repente me espetó:

- Pero, ¿me escuchas?

Asentí con un cabeceo enérgico que obligó a la tata a desistir de abrocharme el cuello de la camisa. No me gustaba aquella camisa tan blanca, ni los pantalones con raya, ni los zapatos lustrosos. La suciedad gritaría de modo espantoso.

- Irán tía Emilia y el penco de su marido- explicaba mamá.

- ¿Qué es penco?- estuve a punto de preguntar, pero me tragué las palabras, porque mamá no era dada a explicaciones conflictivas.

- Y tío Antonio- seguía diciendo mamá.

- ¿Con los primos?- exclamé alborozado. La idea de enzarzarme con ellos en una de nuestras estúpidas peleas excitó mi imaginación.

- ¡Valientes pazguatos! No quiero verte con ellos. Saludarlos y vale, ¿entendido?, que son calco del cebón de su padre.

Y cebón, ¿qué era cebón? Pero volví a asentir sin preguntarlo, aunque tuve la penosa intuición de que cebón era algo muy malo. Se lo preguntaría a don Zenón, el confesor, en la dulce penumbra de la capillita del colegio. Sólo de pensarlo me pareció escuchar su voz melosa y azucarada y percibí la vaharada de ajo que llenaba su confesonario.

Iba a ser una Navidad como ninguna otra de las vividas hasta entonces. Comeríamos todos en casa del abuelo. La última Navidad, decía papá, porque el abuelo no aguantaba otra, eso se veía. Mamá torcía la cara y refunfuñaba no sé qué letanías sobre el sabelotodo de la casa, pero enseguida lo olvidaba y volvía a aleccionarme.

- También estará tía Enriqueta- dijo.

- ¡¿La solterona?!- exclamó, más que preguntó, papá desde algún punto del fondo del pasillo- ¡Buena bruja está hecha! Esa ya se ha quedado para vestir santos.

Nuevos refunfuños de mamá, miradas aviesas señalándome con los ojos y encogimiento de hombros de mi padre.

Al fin montamos en el coche y atravesamos la ciudad hasta casa del abuelo. El abuelo era un hombre menudo, calvo, de nariz como pico de águila que se le juntaba con la barbilla. Decían que era porque no tenía dientes y eso lo entendía sin preguntarlo, porque tampoco las águilas tienen dientes y por eso necesitan del pico para comer. Aunque yo nunca vi al abuelo usar su ganchuda nariz para otra cosa sino para sonarse los mocos, lo cual era todo un espectáculo: extendía ante él un grandísimo pañuelo de hierbas, lo examinaba con cuidado buscando la parte más limpia, se la aplicaba a la nariz y lanzaba un trompeteo estruendoso que nos valía a los nietos uno o dos mojicones por la risa que nos daba. El abuelo, sin embargo, nunca se molestaba por ello y pedía con su voz tranquila y ronca que nos dejasen en paz, pues al fin y al cabo no éramos sino niños.

Cuando llegamos, tía Enriqueta se había encerrado ya en la cocina y andaba trasteando entre platos y cazuelas. Era la cocinera de cuantas comidas se daban en casa del abuelo y no permitía que nadie enredase en sus guisos, como tampoco habría tolerado ayuda para romper, como acostumbraba, una o dos piezas de las que se alineaban en el vasar del fondo, manía suya que nunca conseguí explicarme. Su figura hierática y la sonrisa, de dientes demasiado perfectos, me producían una sensación de desasosiego, pero siempre andaba rondándola por mor de que se escapase alguna chuchería, torrezno o fritanga que, hechos por ella, eran una auténtica golosina. Al menos me lo parecía en la glotonería de mi infancia.

Habían llegado también tía Emilia y tío Angel. Tío Angel era el penco. Era simplón como el tonto de la viña de quien decía mi madre que había ido a vendimiar y se llevó uvas de postre. Estaba sentado en un sillón de orejas, la mirada perdida, estudiando visajes con la boca y los ojos, y abrumado por la interminable perorata de tía Emilia que gesticulaba como si quisiera abarcar con sus brazos toda la habitación. Cuando tía Emilia hablaba nadie le prestaba atención porque no decía sino simplezas con las que había embobado al tío Angel, pero eso a ella no le importaba y hablaba, hablaba, hablaba sin parar aunque lo hiciese a las paredes.

Empezaba a aburrirme cuando entró tío Antonio con mis primos. Tío Antonio era viudo y todos decían que bien merecido lo tenía por haber convertido a la difunta tía Fausta en una coneja paridera. A mí, la verdad es que el tío Antonio me daba pena: era gordo, muy gordo. Cuando intentaba agarrarse las manos, una con otra, parecía que iba a sostenerse la barriga, para que no se le desprendiera y rodara por los suelos. Si se sentaba en un sillón le era imposible levantarse sin ayuda y resoplaba continuamente como persona que ha hecho un esfuerzo desmesurado. Menos pena me daban mis cinco primos. En realidad los odiaba un poco, tanto como podía odiar un niño de mi edad a otro, y a menudo rezaba al buen Dios para que siguiera engordándolos aún más, si ello era posible, porque todos, del primero al último, habían sacado y mejorado, con creces, las hechuras de su padre.

Enseguida hicimos migas del pan los cinco y yo y, a poco, teníamos convertida la casa en campo de batalla. La prohibición de mi madre cayó en saco roto y nos perseguimos, corrimos e hicimos burlas por todos los sitios, hasta que quedé dueño de la situación, cuando mis primos se tiraron en el pasillo, abotargados y resoplando como la vieja plancha de vapor de la tata. Entonces refugié mis nostalgias junto al abuelo y fui a verlo, saltando por cima de los muebles, para quedar acurrucado a sus pies.

El abuelo estaba sentado en el comedor desde primera hora de la mañana, a la cabecera de la mesa, como un patriarca venido a menos, arrugado, solo, triste, silencioso. Rumiaba constantemente con sus encías desdentadas unas grandes cortezas de pan de hogaza que, de tanto en tanto, hundía en un tazón de vino tinto para ayudar a su reblandecimiento. Allí no daba guerra, ni molestaba. Me miró sin verme, fijó los ojos en la huella que había quedado marcada en una silla cuando pisé en ella, e hizo un gesto indefinido, al tiempo que me guiñaba un ojo con complicidad.

- Anda galopín, ¡que no necesitas que te zurren el bálago!- rumió palabras y pan, todo en uno. Y trató de largarme una carantoña que esquivé. No le preocupó y dio un sorbito al tazón.

Estaba en esta ocupación cuando llegó la hora de comer, anunciada por tía Enriqueta con un escándalo de cazuelas rodando y vajilla haciéndose añicos en algún rincón de la cocina. Entre la cacharrería rota estaba el vaso preferido del abuelo. Era un extraño recipiente de loza, al que llamaba vaso por su forma, feo hasta el delirio, pero era un regalo de boda con el que había hecho su primer brindis, tras el, también, primer beso público que le dio a la abuela.

- No es nada, no es nada-, llegaba la voz tranquilizadora de tía Enriqueta desde algún lugar indeterminado del fondo del pasillo. Pero el abuelo, cuando oyó que se había espetado su vaso, dejó de masticar corteza e hizo un extraño movimiento con la mandíbula que lo mismo podía expresar rabia o resignación.

- Vamos, vamos- nos animaba tía Enriqueta, saliendo de su feudo de fogones y cenizas-. A sentarse todos que llegan los entrantes.

Aquello que llamaba entrantes era un complejo plato en que se mezclaban todos los alimentos imaginables. Había resto de comidas olvidadas junto a la lucida anchoa recién sacada de su lata, y rodajas de chorizo duro y seco como piedra de amolar al lado de calamares acabados de freír, sobre los que aún chisporroteaba el aceite caliente.

Aplicámonos todos a la tarea, cada cual según su querencia. Papá y mamá miraban con aprensión los entrantes y alargaban cuanto podían el momento de hundir su tenedor en aquella gallofa. Yo, pedía calamares a gritos e insistía chillando más y mejor, cuando un pescozón de mamá me llamó al orden. Callé un momento para sacar la lengua a mis primos antes de que se regocijasen a mis expensas, y enseguida seguí reclamando mi ración de calamares, aunque no me hacían caso por lo que volví a llamar la atención de mis primos y comenzamos a intercambiar, entre nosotros, tantos visajes y posturas como nos dictaba la imaginación, no quedándome yo atrás en este juego.

Tía Emilia y su penco andaban tan remisos como mis padres en atacar la comida, mientras el abuelo untaba sus cortezas en el aceite de las anchoas, ayudado por tía Enriqueta. Sólo tío Antonio y mis primos se aplicaron con auténtica fruición a terminar con aquella mezcolanza de alimentos y, en un abrir y cerrar de ojos, dieron fin a los entremeses y aún entreaños si los hubiera, con visible satisfacción tanto de mis padres como de tía Emilia y de tío Angel. Sólo yo quedé mohíno y descontento por no haber podido catar los antojadizos calamares.

Pero ya venía tía Enriqueta con un humeante cocido que olía a gloria a decir de tío Antonio y que, a tenor de lo que allí se vio, todos acogieron con satisfacción. Era un puchero grande, enorme como caldero de fregar y empezaron a salir de él tasajos, patatas y caldos que iban y venían sobre la mesa colmando platos y rociando manteles. Los ojos de todos se iban tras las tajadas, mirando de soslayo cualquier otra cosa que no fuera aquel provecho.

Al abuelo le llenaron el plato hasta los bordes con las sobras arrebañadas del puchero, después de haberse servido todos a su gusto.

Le tocó alguna patata, mucho caldo y ninguna carne, pero no pareció darle importancia. Con mano temblorosa hundía el pan en el moje y de allí a poco quedó eccehomo con el pringue escullándole, barbilla abajo, hasta la pechera. A intervalos cogía el tazón de vino y lo pingaba como si hiciese brindis al techo, con un peculiar chirrido que nos arrancaba risas estrepitosas a los nietos.

Pero en esta ocasión mis primos no hicieron demasiado caso pues estaban harto ocupados compitiendo con su padre en llenar la andorga. Los tenía frente a mí con los churres grasientos chorreándoles por las comisuras, sucios, asquerosos y a su lado tío Antonio con su respiración de locomotora gangosa, llena la boca de carne y un hilillo de aceite corriéndole por la corbata.

Alargué la mano para señalar la mancha y lancé un gritito de alegría. Tío Antonio enrojeció de ira y barbotó algo ininteligible. Al mismo tiempo uno de mis primos se puso de rodillas sobre la mesa y me hizo una mamola tomando, luego, mi impoluta camisa por babero improvisado.

Gritó mamá echa un basilisco, y se enfrentó a tío Antonio diciéndole no sé qué sobre la mala educación del mostrenco de su hijo. Tío Antonio habría contestado a mamá, porque se lo vi en los ojos, pero estaba demasiado ocupado en deglutir el último pedazo de carne y se habría ahogado si hubiera intentado hablar.

Tía Emilia intervino entonces para reconvenirnos a mí, a mi primo y a tío Antonio, a la vez que llamaba panarra a tío Angel por no hacer nada y tener que ser ella quien diese la cara. Tío Angel salió de su letargo eternal y alzó los ojos vacuos en dirección indeterminada. Pareció a punto de decir algo, pero ya para entonces había tomado yo la iniciativa y, enfrentado a mis primos, comencé a hacerles visajes e improvisar muecas con habilidad de experto en la materia. A todo esto me contestaron ellos, sin dejar de comer, con patadas por debajo de la mesa que fueron a dar donde no debieran. Aulló tío Angel, chilló tía Enriqueta y mi padre dio un salto sujetándose la espinilla al tiempo que bramaba obscenidades.

- ¡Cebones! ¡Cebones!- alboroté yo, saltando sobre la silla con gran regocijo de mis primos que, sin saber que me dirigía a ellos, me imitaron en los gritos y los saltos.

El abuelo, que a estas alturas tenía más que terciado el tazón de tinto, se levantó de su silla, arrastrado por el alboroto, y empezó a mover los brazos como molinetes, tropezando en una de estas con la cara de tía Enriqueta que a más de la pierna dolorida terminó con una colosal bofetada marcada en la mejilla.

Yo quedé mudó de espanto, aterrorizado. Nunca había visto al abuelo abofetear a nadie y menos aún a tía Enriqueta. ¿Cómo había yo de suponer que una mujer destinada a vestir santos, podía ser tratada a tortazo limpio?

- ¡Abuelo, abuelo! A tía Enriqueta, no- grité angustiado.

Tomó ella mis palabras como una muestra de cariño y me arropó entre sus brazos, mientras mis cinco primos seguían con su zambra y aún la aumentaron entre grandes risas de alborozó lo que llevó a tía Enriqueta a desahogarse con ellos propinándoles azotes y toda clase de golpes que no parecía sino que tuviera delante a Cristo atado a la columna.

Intervino, entonces, tío Antonio, que al fin había dejado de engullir, y llamando a tía Enriqueta bruja y otras cosas peores que entendí, pero no puedo repetir, la agarró por los pelos para que dejase de sacudir a sus hijos y tiró de ella hacia el fondo del comedor. Tropezaron ambos con el abuelo que, para no caer, quiso asirse al tazón de vino, pero le resbaló de entre las manos y allá fueron tazón, vino y abuelo, enredados con mis tíos en total confusión, viniendo a ser todo Troya.

Tía Emilia le decía a tío Angel que interviniese y, por una vez, no fuera tan calzonazos como acostumbraba, papá trataba de hacerse oír pidiendo calma, tío Antonio seguía sujetando por los pelos a tía Enriqueta y ella se defendía descargándole puñadas en la barriga; finalmente mamá murmuraba oraciones, debajo de la mesa, en tanto ayudaba al abuelo a ponerse en pie.

Mis primos y yo salimos, mientras, al pasillo e hicimos allí causa común de nuestras quejas, aunque entre llantos y lamentos no tardaron en aparecer en sus rostros de querubines cebados el chispazo de picardía que habría de enredarnos de nuevo. Callaron los hipidos, les saqué yo la luenga, me hicieron ellos cucamonas y, en menos de lo que se cuenta, quedamos enzarzados en otra pelea sin nada que envidiar a la de los mayores.

Me sentí al fin, alzado en vilo y lejos de los puños y pies de mis primos. Era papá que tomó de una mano a mamá y a mí de otra y nos sacó a la escalera jurando no volver a poner nunca los pies en la casa mientras no viese algo de juicio en aquella familia de locos.

La última imagen que tuve del abuelo, cuando salíamos, fue la de un hombre triste y resignado, ablandando con las encías una gran corteza de pan de hogaza.

· · ·   · · ·   · · ·

De toda esta historia sólo papá salió airoso al adivinar que aquella iba a ser la última comida de Navidad del abuelo. Falleció a principios de la primavera siguiente, atragantado por un trozo de corteza mal empapado. Le dio una tos fuerte, torció los ojos y se quedó como un pajarito. Eso, al menos, dijo mamá.

- ¿Veis?- alardeaba papá-, ya os lo había dicho.

Me pareció un funeral tristísimo, pero no por la muerte de mi abuelo, pues entonces no sabía yo muy bien qué era morir ni a dónde iban los muertos, sino porque no me dejaron asistir al cementerio lo que para mí fue una desilusión grande, pues habría querido saltar entre las tumbas y llevarme a casa dos tibias para la bandera pirata que estaba fabricando.

A tía Enriqueta la encontré pasados cinco años, con motivo del entierro de papá: para el velatorio preparó su inigualable y riquísima tarta de chocolate, famosa en tantos pésames familiares. Todo eran besos, abrazos y alabanzas de donde deduje que morirse es bueno para olvidar enemistades y volver a hablarse. Desde aquel día deseé con todas mis fuerzas la muerte de mamá para volver a probar la tarta de tía Enriqueta, pero mamá aguantó y tía Enriqueta se fue un día sin dejarnos preparada la tarta de su velorio. Creo que estaba aún algo molesta por aquella comida de tiempo atrás.

A mis primos no los vi en años, cuando rondábamos todos el medio siglo. Fue en un concurso para gordos. Arrasaron con todos los premios. Estaban enormes, sebosos y cebados como gorrinos de matanza. Me vieron entre el público y me sacaron la lengua. Les hice un corte de mangas y abandoné la sala con dignidad.

Del penco nunca más supe. Oí que estaba persiguiendo sueños por algún país de oriente, pero fueron rumores sin confirmar. Eso sí, cuando murió tía Emilia, como no tenían hijos, nos regalaron a todos los sobrinos un carro de madera con su caballito de cartón con unas ruedas en las patas. *"Para mis sobrinitos del alma a los que quise como hijos",* decía en el testamento. No pude jugar con él porque tenía ya, en aquel entonces, 32 años, pero me emocionó, de verdad.

Máscaras

Todos llevan su máscara. O casi todos. Aún quedan rebeldes como yo que vamos a cara descubierta, pero cada vez somos menos. Y cualquier día de estos terminaremos cediendo a las presiones del Departamento Instructor de Máscaras. Las visitas, las sugerencias, la vigilancia a que somos sometidos por los inspectores del Departamento comienzan a hacerse insoportables. Es como tener en la nuca la mirada fija de un leproso que amenaza con contagiarnos su enfermedad.

La máscaras confieren personalidad a los individuos, encubren el yo ficticio y los hacen mostrarse tal cuales son. Al menos eso dice la propaganda oficial.

En realidad pienso que la máscara distorsiona la mente y la voluntad de las personas y las emplaza a seguir las directrices del poder. Pero esto no puedo expresarlo en voz alta, como mucho deben ser esbozos de mi mente, sin elaborar conclusiones que me podrían acarrear serios disgustos.

He taladrado las paredes de mi habitación para observar, a través de los pequeños agujeros, los otros dos dormitorios de la casa. El de la derecha es el de mi hermana. A la noche se retira ingrávida, como una aparición etérea, y cuando cree que todos dormimos la veo levantarse de la cama. Está triste y desanimada. Busca asiento frente a la mesita de maquillaje y enciende la luz de encima del espejo. Sus dedos aparentan cristales por lo frágiles y transparentes. Parece que se le fueran a quebrar al menor descuido. Se cepilla la melena de oro, que dice mi madre, mientras penetra los secretos del espejo buscando alguna arruga que pueda afearla, pero no la encuentra porque mi hermana es hermosa, una de las chicas más guapas de la ciudad y está a salvo de esas imperfecciones. Así un día y otro, casi inane, sin sorpresas.

En una ocasión se quitó la máscara para lucir en todo su esplendor. Quedé sin habla viendo brillar su rostro, envuelto en un halo de belleza que no me es dado describir. Al principio pareció dudar, permaneció suspensa un instante, pero enseguida se acarició las mejillas, hundió los dedos en la melena, alborotándosela, y se puso a danzar en el centro de la habitación. El camisón se le enredaba en el cuerpo a cada giro vertiginoso del baile formándosele una especie de tirabuzón en las piernas que le hacía trastabillar para ir a caer sobre la cama. Se levantaba ahogando un puñado de risas e iniciaba de nuevo la danza. Estuvo así una y otra vez hasta que acabó agotada. Fue al espejo, pasó la mano por él, acariciando su imagen y besó sus propios labios.

Cuando se volvió tenía colocada de nuevo la máscara y otra vez la encontré apagada, vana e intranscendente aunque seguía siendo hermosa.

La pared de la izquierda da a la habitación de mis padres. Desde mis primeros recuerdos, siempre fue un lugar frío, empachado de tristeza. Los veo entrar a ambos. Retiran el embozo de la cama, cada uno en su lado, y comienzan el ritual de desnudarse. Yo me retiro unos instantes del agujero para respetar la intimidad del acto esperando a que tengan vestidos los pijamas. Luego, sigo mirando, veo cómo se dan un beso de buenos noches, tan casto como el de una madre a su pequeño, y se acuestan dándose la espalda. Enseguida oigo el silbo agudo de la respiración de mi madre y el más espeso de mi padre mezclado con algún ronquido.

Siempre los había conocido así, con máscara, mas desde que tuve ocasión de ver el rostro de mi hermana al natural, sentí deseos de saber cómo serían sin ella y puse más empeño en espiarlos, aunque las noches seguían transcurriendo iguales. Como los días.

Esta monotonía puede llegar a romper los nervios. No hay posibilidad de discrepar. Si se me ocurre hacerlo, la sonrisa de mis progenitores se agranda hasta adquirir dimensiones colosales de aceptación. A veces, sólo por comprobar hasta donde puede llegar su servidumbre a los dictados de las máscaras, rechazo un plato o hago gestos de disgusto a una fruta y es maravilla comprobar su aquiescencia a mis deseos, eso sí, reprobando con dulzura mi poca predisposición a colaborar en la idealización que el sistema ha difundido como hogar perfecto.

El enfrentamiento, los criterios dispares, no tienen cabida en las familias. Como no tiene cabida en la sociedad la delincuencia, el gamberrismo, la vida disoluta, el alboroto, ni tan siquiera la celebración festiva de una efeméride familiar. La policía se aburre extraordinariamente y nadie es capaz de explicar el mantenimiento de un cuerpo represivo cuyas intervenciones ni los más ancianos recuerdan, si es que un día las hubo. En algún papel amarillento figuran crónicas de violencias y delitos, pero no pueden mantenerse tales afirmaciones como ciertas y se consideran producto de la imaginación desbordada de algún cronista.

Una noche, después de cenar, mis padres se mostraron más amables de lo habitual con mi hermana y conmigo. Cuando se levantaban de la mesa venían a nosotros para darnos un beso en la frente. Era un ósculo frío, de circunstancias, con el que daban fin a la jornada antes de retirarse a su dormitorio. Pero aquella noche se extendieron en afectos desacostumbrados.

- Buenas noches, querida.
- Buenas noches, querido.
- Que tengáis felices sueños.
- No os acostéis tarde. El descanso es beneficioso.
- Felices sueños de nuevo.
- Y no recojas la mesa, cariño. Mañana lo haré yo.

Había algo extraño en su comportamiento. La curiosidad me picó hasta el extremo de desear inmediatamente las buenas noches a mi hermana deseoso de ir al puesto de observación de mi dormitorio.

Cuando miré habían cumplido el ritual de retirar el embozo de la cama y estaban desnudándose, pero contrariamente a lo sucedido hasta entonces no se pusieron las ropas de dormir, sino que quedaron los dos frente a frente semejantes a enemigos que fueran a acometerse, mostrando la carnaza de sus deseos incontrolados.

Y quedé maravillado cuando, a una, como si lo tuvieran acordado, se quitaron las máscaras arrojándolas al suelo y se me aparecieron extraños. No eran mis progenitores, amantísimos padres cargados de cariño y afecto, preocupados por el porvenir de sus hijos, celosos guardadores de las virtudes familiares. El rostro de mi padre reflejaba la concupiscencia más fiera que jamás pude sospechar en un ser humano, mientras en el de mi madre adiviné el deseo brutal de entregarse sin restricciones. Cayeron ambos sobre la cama, enredados en obscenidades propias de las bestias recluidas en las reservas de los páramos, jadearon como animales sedientos de apareamiento, los vi buscarse uno a otro atentos solo al placer lujurioso en toda su descarnada realidad.

No supe el tiempo transcurrido. Pudieron ser segundos u horas. Mi padre quedó exangüe, tendido sobre el lecho, mostrando sin pudor las vergüenzas de su animalidad y, al lado, mi madre buscaba su protección procurándole la sensualidad de besos y caricias.

Me retiré del punto de observación horrorizado de aquel acto monstruoso que no habría sido capaz de imaginar, ni aún creer si otra persona me lo hubiera contado. Cuando me tranquilicé y volví a mirar, ambos se habían colocado la máscara, estaban vestidos con sus pijamas y dormían plácidamente, dándose la espalda como tenían por costumbre.

· · ·   · · ·   · · ·

Hace dos días recibí una nueva citación del Coordinador del Departamento Instructor de Máscaras. Semejaban sabuesos olisqueando la presa. Sin ceremonias ni presentaciones me introdujeron a la Sala de Audiencias. Era una habitación casi vacía, tan huera de calor y hospitalidad como los sentimientos del individuo que me esperaba, ahorcajado en una silla, abrazado a un perrillo tiñoso y disparatado que ladraba a cuanto se movía.

Desde el techo, una lámpara dejaba caer los chorros de luz sobre la mesa de cristal. El individuo del perro me indicó una silla ingrávida que parecía formar parte de una fantasmal decoración con sus formas de líneas imposibles. Durante horas perdí la noción del tiempo atento sólo a una cháchara monótona e insufrible sobre las excelencias del uso de las máscaras. Yo me defendí con asertos válidos, pero mi interlocutor los desmenuzó uno a uno, convirtió en polvo y dispersó en el aire sin perder la compostura ni alzar un ápice la voz.

Mi intransigencia, según él, estaba provocando un vómito institucional que afectaba a amplios estamentos sociales donde ya habían empezado a dibujarse grietas que terminarían acarreando el desmoronamiento del sistema con consecuencias difíciles de prever.

Luego, dejando el asqueroso chucho en el suelo para que corriera a sus anchas y me ladrase cada vez que pestañeaba o respiraba, se acercó a mí con voz meliflua, algo aflautada como la de quien quiere embaucar sin argumentos. Y, de rodillas, abrazado a mis pies, me suplicó que accediese a portar la maldita máscara. Cuando dijo lo de maldita noté cómo se le quebraba la voz, un instante, en un conato de ira reprimido.

Mi natural sensiblero me movió a lástima por este lacayo del sistema sintiéndome incapaz de negarle mi ayuda. No quería ser yo causa de desasosiegos en su ánimo ni motivo de desarraigo o pérdida de prebendas.

- Vale, pero sólo unos días. Después volveré a mi natural-, le dije

Al oírme hablar así vi que se le contraía el rostro en un rictus difícilmente descifrable y empezó a besarme las manos. Luego se volvió al perrillo para reñirle, conminándole a dejar de ladrarme pues, le explicó como si pudiera entenderle, estaba delante de un hombre que a partir de ese momento iba a ser un ciudadano ejemplar al servicio de la sociedad. Y sin dejar de hablar con el perro señaló un rimero de máscaras, apartado en un rincón de la habitación, que hasta ese momento no había visto.

- Toma la de arriba. Es la tuya-, dijo autoritario.

Me aupé sobre el montón que se elevaba varios palmos sobre mi cabeza para coger la de encima. Al ponérmela sentí que un terror convulso atenazaba mis dedos.

- ¿Quieres mirarte?-, me llegó la pregunta desde detrás de un espejo aparecido de no sé donde.

Me miré y hube de admitir que la máscara me confería prestancia. Estaba cómodo con ella y no tuve deseos de quitármela. Después de todo me quedaba muy apañada. Quién sabe, quizá no fuera tan terrible formar parte de un sistema jerarquizado.

Al salir del Departamento Instructor de Máscaras creí ver una sonrisa de triunfo en el Coordinador, mientras se frotaba las manos. Pero pudo ser un reflejo de mi torpeza en el uso de la máscara. En pocos días me acostumbraré a ella y veré la realidad sin distorsiones.

Es lo que me han dicho.

Palabras vivas

Ni por pienso imaginó tanto. Menuda, casi insignificante y quizá por ello cargada de timidez, buscaba hacerse notar, pero tampoco le preocupaba mucho pasar desapercibida, aun cuando ello le causaba enojo y ponía rabia en sus sentimientos que, enseguida, apaciguaba con dosis de mansedumbre. Pero todo tiene un límite y el de Jacoba llegó el día que un tonto de capirote trató de aprovecharse haciéndole inconfesables proposiciones.

- ¡Eres un guarro! ¡Eres un guarro!- barbotó, desorbitados los ojos, mientras trataba de imaginarse a sí misma ofreciendo su virginidad a aquel individuo. Y el tonto de capirote, puesto a cuatro patas, salió gruñendo con el sacacorchos del rabo haciéndole carantoñas el aire.

Se llevó más susto Jacoba que el guarro y sintió una comezón retorciéndole los intestinos. Primero no supo qué hacer, luego corrió tras el gorrino no fuera a ser víctima de algún predador, amigo de mondongos y embutidos, aunque esto lo pensó después, pasado ya todo, por último, se sintió aliviada cuando, de allí a unos minutos, tras un encontronazo, dos escaramuzas y varios quiebros, el gorrino se enderezó volviendo a ser el tonto de siempre.

No le dio importancia al hecho y pensó ser, aquella, cosa de maravilla pero tampoco de la que asombrarse mucho pues otras más raras se habían visto y seguramente estaban aún por verse. En esto no se equivocaba. Pronto comprobó que si decía algo con enojo o pasión, sus palabras se hacían realidad acomodándose la naturaleza a sus deseos para volver todo a la normalidad pasado un corto espacio.

Fue el caso tener un compañero de trabajo cargante en extremo, pesado hasta lo indecible, buscando siempre cómo hacerse valer aun cuando no fuera preciso ni se le necesitase e insistiendo a pesar de todos los pesares y aunque se le diese con la puerta en las narices. Hartóse un día Jacoba, arremetió con furia contra él y le dijo en el paroxismo de su rabia:

- ¡Vamos, desaparece! ¡Tus!

Fue visto y no visto, volvióse etéreo, se hizo voluta, palpitó como un soplo y estuvo una porción de tiempo moviéndose por la habitación, aunque sin ser visto ni oído. Le preguntaron, cuando volvió, dónde había estado, qué había sentido, cómo logró hallar el camino de regreso, mas no supo referir sino incoherencias tales como que no se había movido de allí, siendo así que todos vieron cómo desaparecía, por lo que fue tenido, a partir de entonces, por bastante sandio y muy mendaz.

En otra ocasión hubo de subir el tono de una disputa con la huéspeda que le tenía apalabrada la habitación, por un quítame allá esas pajas, pero fue la discusión a más y como la huéspeda insistiese en cobrarle unos gastos no apalabrados antes, soltó Jacoba, sin pensar en las consecuencias:

- Vuelen primero los burros, luego, veré si pago.

Y aquel día hubo extrañísimos rumores asegurando haber visto asnos de todo pelaje cruzando los cielos hacia el horizonte. Muchas personas fueron encerradas en celdas de seguridad por tener dudas acerca de su salud mental, hallándose contradicciones sin cuento en estos enfermos que decían, primero, haber visto lo que vieron para confesar, después, estar equivocados pues no vieron burros ni nada parecido volando por los cielos, así se lo preguntara el mismísimo Dios. Y ya podían, luego, volar cometas, ángeles o nubes que nadie osaba decirlo asegurando rodar las cosas por tierra como era natural hacerlo.

Tenía mucho cuidado Jacoba de no usar este poder pues era consciente de las consecuencias que podía traer uno de aquellos deseos suyos expresado de forma incontrolada, por eso se mordía la lengua hasta hacerse sangrar antes de estallar en amenazas, pero le era imposible, a veces, dejarlo escapar cuando la gota rebosaba el vaso de su paciencia.

¿Y si un día mandaba a la muerte a un semejante en un arranque de ira? La muerte podía ser un hecho irreversible. Todo cuanto hasta entonces había pedido o deseado en sus arrebatos tuvieron una duración de segundos o minutos, nunca más allá de lo razonable, si había algo de razonable en cuanto le estaba ocurriendo. Pero la muerte... La muerte es la inactividad absoluta, el caos total, el cierre del grifo sanguíneo a esa masa gris, en forma de laberinto, almacenada dentro de la calavera. Vuelta la sangre a su normal discurrir podrían no reanimarse ya las circunvoluciones de los pensamientos y quedar cadáver. Pensaba en todo esto mientras le corría un escalofrío desde la nuca hasta la rabadilla. En alguna ocasión estuvo tentada de probar este efecto con algún animal: mariquitas, escarabajos, una salamandra; pero ¿cómo hacer daño a tan inocentes animalitos? Mejor lo dejaba.

La idea, no obstante, siguió anidando en ella con tormenta de idas y venidas, como ese mosquito de verano al que espantamos, se marcha, y de allí a poco vuelve insistente a rondar en torno nuestro para cebarse con molestias y acoso pertinaces. Cien veces estuvo a punto de ceder a la tentación y cien salió triunfante del combate, aunque siempre le quedaba la duda abrasándole la entraña como hierro al rojo.

Una mañana, al levantarse, se sintió singularmente indispuesta. Le bailaban los nervios como azogue, tenía la piel sensibilizada de forma no acostumbrada, la vista se le nublaba con oscuros presentimientos. Fue un día tremendo, pues desde el principio empezó a salirle todo mal. Para empezar, el despertador no sonó a tiempo, fue imposible explicárselo al coordinador y se le anotó la falta en su expediente. Luego aquel cliente de ademanes lujuriosos, mirada torva y sonrisa babeante, inclinado sobre el mostrador, tratando de llegar a las intimidades de su escote.

A mediodía el camarero que la atendía habitualmente no se había presentado a trabajar. Algo de una indigestión, cólico o diarrea, dijo el sustituto. La ensalada no había sido aliñada a su gusto, el vino era de garrafón y el vaso mostraba un cerco de carmín.

Ya a la tarde, camino de casa, un bulto ominoso le salió al encuentro. Sombras agrias dibujaban la hostilidad de sus perfiles en los muros de las casas y en una de aquellas sombras centelleó la alarma de una navaja. Se le llevó el bolso y el aliento y sólo le quedó un jadeo ronco y nervioso. Alguien vino en su ayuda, la tomó de los hombros y fue con ella hasta un banco donde la obligó a sentarse. Luego llegaron otras personas. Hablaban todas, daban su opinión, le tomaban de las manos, tiraban de ella para alzarla y volvían a sentarla sin ponerse de acuerdo.

Se abrió paso, por fin, un hombre de uniforme. Debía de ser policía o guarda, o vigilante de alguno de los comercios que por allí había. Llevaba pistola a la cintura y la visera de la gorra le caía sobre el rostro, dejando ver solamente la barbilla. Hablaba muy deprisa y daba gritos pidiendo a la gente que se retirase. Le traía el bolso. Había aparecido en una calle, allí cerca, tirado al pie de los contenedores de basura. Aún contenía una porción de cosas: maquillaje, un pañuelo de tela y varios de papel, lápiz de labios, un peine, una cajita vacía, otra llena de confeti azul, una tercera tan pequeña que no podía contener nada, rimel para las pestañas, dos o tres objetos de uso indeterminado, un pendiente sin compañero, billetes de autobús usados, dos entradas de cine y un manojo de llaves.

- ¿Le acompaño a su casa?

Jacoba miró sin ver. La calle, la luz, los rostros, las palabras le bailaban en la cabeza en vertiginoso remolino.

El hombre de uniforme, sin esperar respuesta, la agarró con fuerza por un brazo y tiró de ella calle adelante. Jacoba se dejó llevar embargada por una sublime, pero desconocida insensibilidad. Sombras de incertidumbre, miedo y desconocimiento le nublaban las entendederas; no obstante, de manera incomprensible, empujada quizá por el instinto, dio con el portal.

El hombre preguntó si quería que subiese con ella hasta el piso, pero Jacoba denegó con la cabeza. Antes de cerrar la puerta tras de sí, se volvió para murmurar un "gracias" apagado.

Sentada en la cama, estuvo mirando, largo rato, la figura reflejada en el espejo que tenía frente a ella, figura grotesca, casi disforme, de una mujer de enredadas greñas, alborotado el vestido, ojerosa y humillada. ¡Humillada! Esa era la palabra, palabra rotunda que encerraba toda la mediocridad de una existencia entregada al servilismo.

Se acercó al espejo para mirar con más atención. Empezaron a llegarle recuerdos, brumas que se desvanecían para dejar expedito un camino abarrotado de injusticias y desprecios. En el trabajo, con los amigos, cara a la sociedad siempre había sido relegada como segundona, útil solo para cubrir faltas, sustituir ausencias. Y una rabia infinita le atenazó la garganta.

Corrió a la ventana, abrió los cuartillos de par en par y se quedó mirando a los estúpidos que pululaban por las aceras, con aire de bobalicones resignados.

- ¡Malditos, seáis!- gritó.- ¡Así desaparezca todo! ¡Así se lo lleve el infierno!

Y comenzó el principio del fin. La noche dejó de ser noche, nunca hubo ya mañana, ni amaneceres, ni estrellas girando en el firmamento, ni siquiera firmamento. Sólo vacío, y ni aun esto, pues el vacío dejó de tener sentido en la nada.

Las tres hilanderas

Erase un lejano país conocido por los reinos circundantes como el de Las Cumbres Altas. Y era así por las altísimas montañas, nevadas de enero a diciembre, que rodeaban aquellas tierras siempre verdes, siempre soleadas, recorridas por caudalosos ríos y pobladas por todas las especies de animales provechosos.

Pero en este país tan hermoso no era feliz su rey, ni lo eran los súbditos a los que tan justamente gobernaba, porque el príncipe pese a su juventud, lozanía, donaire e instrucción no encontraba doncella con la cual desposarse.

Y pretendientes no le faltaban, pero todas eran despedidas con cajas destempladas halladas en alguna falta de lo que prometían. Quién sabía coser sin utilizar hilo pero ni una puntada pudo dar en el descosido que llevaba el rey en su camisa, quién podía bailar valses, calzada con zapatos de nieve, cuando ni andar sabía y no faltó quien se dijo capaz de leer en libros imaginarios historias no escritas y ni leyó, ni contó historias, aunque su atrevimiento le valió ser azotada y desterrada del reino por mentirosa recalcitrante.

Nadie confiaba ya en desposar al príncipe, cuando se llegó a palacio una doncella de desconcertante belleza, labriega trabajadora de la tierra que, con candorosa voz, pidió venia al rey y solicitó la mano de su hijo el príncipe y para mostrar sus gracias y aptitudes prometió hilar en una noche, con paja, la madeja de más fino oro que jamás se hilara. Poco podía perder el reino en aquel obligado celibato principesco, por lo que ordenó el rey se apercibiese una rueca en el pajar y fuese allí encerrada la joven con fuerte guardia en la puerta para que nadie pudiera entrar o salir.

Tan pronto quedó sola la labradora limpió, en torno suyo, un espacio de suelo no mayor de dos brazas y comenzó a girar sobre sus menudos pies a la vez que decía, decía y repetía:

- ¡Acudid, pérfidas hadas,
acudid a mi llamada!

Y giraba, giraba y giraba como una tolvanera, arrebatada en la obscuridad de la noche.

- ¡Acudid, pérfidas hadas,
acudid a mi llamada!

Sudaba, se le habían soltado las trenzas de los cabellos y empezaban a dolerle ya los pies con tan desaforada danza, cuando unas sombras se despegaron de las espesas tinieblas y se aparecieron a la joven tres viejas, feas como endriagos, que al mismo diablo podrían dar miedo.

- ¿Nos llamas?- preguntó la primera.

- ¿Nos llamas?- dijo la segunda.

- ¿Nos llamas?- repitió el eco de la tercera.

Y si horrible era una, más horribles eran las otras dos. La primera de las fantasmas tenía el labio caído y la mandíbula se la tapaba con una a modo de bufanda de carne. Otra de ellas mostraba, en su mano derecha, un dedo pulgar tan grande que con él podía tapar el cuarterón de una ventana y la tercera arrastraba un pie descomunal como nunca lo tuvo el más desaforado de los gigantes antiguos. Y eran los ojos de las tres, carbunclos de los ojos de Satanás.

- Tenéis que ayudarme- suplicó la joven.- He de hilar con paja una madeja de oro, antes de la salida del sol, y sólo vosotras podéis hacerlo.

- ¿Qué harás cuando el rey te pida que hiles más y más madejas?- preguntó la primera de las viejas.

- Será tu muerte- dijo la segunda.

- Te cortará la cabeza tan pronto como vea que le has engañado- añadió la tercera.

Porque eran del grupo de las brujas-hadas que podían servir una y sólo una vez a cada humano.

- ¡Oh! No os turbéis por eso- les respondió la muchacha,- yo proveeré como convenga. Sólo os pido que, por el favor que os deberé, asistáis a mis esponsales como invitadas mías y comáis y bebáis y dancéis en mi boda hasta quedar agotadas y si en algo fueseis interrogadas contestéis a mi favor.

- Tú dirás- dijo la vieja del labio caído.

- Tú sabrás- añadió la del dedo enorme.

- Tú verás- se oyó el eco de la del pie gigante.

Y mientras la aspirante a princesa se dormía arrebujada entre montones de paja, las tres aparecidas pusieron manos a la obra y gira aquí, tuerce allá, enhebra por acullá, hilaron puñados y puñados de amarilla paja hasta convertirlos en una madeja de finísimo hilo de oro como jamás se había visto otro, con lo cual quedó satisfecho el rey, prendado el príncipe y contento el pueblo que, al fin, podría holgar, comer y divertirse en las bodas reales.

Celebráronse, pues, bodas y tornabodas con invitados llegados de todos los rincones del reino, de todos los reinos del orbe y hasta de los misteriosos mundos subterráneos donde moran duendes, gnomos, enanos y otras especies de criaturas extrañas a las que no se debe olvidar invitar en ninguna principesca boda. Se vieron así, en aquellos fastos, maravillas como no se vieron antes ni se verían después. Fueron tantas y tantas que no cabrían aquí todas si las quisiéramos contar, baste, pues, la palabra de que fueron muchas, grandes, asombrosas e imposibles de narrar.

No faltaron tampoco, pues interesan al cuento, las tres viejas hilanderas que con sus mañas y raras trazas habían propiciado aquellos desposorios. Y fue, en todos, asombro ver a tales esperpentos danzar y danzar sin cuento y cantar extrañas canciones que traían lluvia, cuando la traían, aguando el vino de las copas y acarreaban un ardiente sol, cuando lo acarreaban, agostando los campos de todo el reino y asurando con sus rayos las frentes y narices de los invitados.

Daban término ya los festejos de la boda cuando tuvo el príncipe capricho de conocer a aquellos tres adefesios y las llamó a su presencia para conocerlas mejor, pues estaba maravillado de su fealdad. Se dirigió a la primera, la del belfo caído, y con palabras comedidas la interrogó, curioso de saber por qué era así, y contestó ella que su labio había tomado aquella forma por las muchas veces que se tenía que chupar los dedos para mantener húmeda la hilada, cosa que bien sabía hacer la princesa, su esposa, a quien ella había enseñado.

Preguntó, luego, a la del dedo pulgar disforme, la razón de tenerlo así y le dijo su dueña que no era otra sino tanto usarlo para carmenar el copo del rocadero, como era notorio que ella había enseñado a la princesa.

Y, finalmente, pidió a la tercera de las hilanderas, la del gigantesco pie, le dijese cómo le había crecido de forma tan dispar hasta parecer que sólo tuviese un pie y fuese el otro, apéndice sin importancia, a lo que contestó ella que era por haber movido tanto la rueda de la rueca como vería hacer a su esposa cuando con paja hilase oro.

Quedó el príncipe suspenso y asombrado de cuanto había oído y anduvo aquella noche no poco mohíno, sin poder conciliar el sueño, pues imaginaba en su caletre el monstruo en que podía convertirse su bella esposa, si le daba por usar la rueca.

Por lo que terminó llamando en la madrugada a los chambelanes, ministros y consejeros para hacerles saber la ley que iba a dictar y ordenó a los escribientes grabarla en signos cabalísticos para los tiempos venideros:

- *"Ni princesa o reina en aqueste estado*
   hile de la paja, madeja de oro
   y el uso de la rueca sea desdoro
   de las verjas de palacio, a este lado".

Ordenó también buscar y destruir, donde se hallaren, todas las ruecas de palacio y expulsar a las más lejanas fronteras del reino a las dueñas que mataban el tiempo en aquellas artes.

De todo ello quien mayor alegría recibió fue la princesa que ni por pienso quería, ni sabía tener tratos con rueca, huso o cosa parecida. Pero su astucia y buen juicio la salvó de enojosas explicaciones y si hemos de creer a las crónicas palaciegas fue feliz con su principesco esposo, hasta que los días de ambos se cumplieron.

La tormenta

Hizo calor durante todo el día. Mucho calor, un calor espeso, pegajoso, como de brea fundida. A media tarde no se movía una brizna. Los árboles languidecían en un vano intento de apaciguar el fuego que venía del cielo y un tufo de hedor apestoso impregnaba los cuerpos.

Entonces apareció la primera nube. Era pequeña. En el azul brumoso y difuminado parecía una broma errante. Pero vino otra y otra y otras más. Luego muchas, a cual más oscura y aborregada, formando montañas de algodón sucio. Por fin un nubarrón pardo como panza de burro ocultó el sol y se alzó una brisa ardiente que abrasó los rostros.

Sebas, sentado en un banco, dormitaba entre resoplidos inquietos. Su compañera, le dio un codazo: -¡Alza, que nos vamos!

Sebas se removió entre bufidos y palabras entrecortadas. Abrió un ojo, a duras penas, luego el otro y quedó esperando un nuevo codazo que no llegó. La hora del sesteo era sagrada para él y gustaba de saborear hasta el último instante la morbidez de la somnolencia. - Como si fuesen las carnes duras y prietas de una chavala-, decía. Por fin barbotó un puñado de obscenidades deshilachadas, sacó un moquero del bolsillo de los pantalones y se lo pasó por el cuello, para secarse los churretes de sudor que le corrían.

- ¡Uf!, mira- dijo mostrando a la mujer el tizne dejado en el trapo.

- ¡Vamos, alza! Tú sí debes mirar lo que viene-, insistió ella. Y señaló con un movimiento de cabeza el nubarrón que se ennegrecía por momentos.

- ¡Diablos!- saltó Sebas-, déjalo que caiga. Así no escampe hasta mañana.

Algo zigzagueó en medio de la nube y un remolino de viento arrebató hojas, papeles y desperdicios. Al cabo de mucho rato les llegó el rumor de un trueno apagado.

- Esa no descarga aquí, Fausta.- siguió Sebas-. Está demasiado lejos.

Remoloneó otro poco en el banco, buscó la parte más limpia del moquero y se lo pasó por la cara con parsimonia enervante.

- Pero debería caer y así se llevase este maldito bochorno-, añadió y señaló a la nube con un movimiento obsceno de los dedos. Luego, se levantó y echó acera adelante seguido por Fausta. Hacían una pareja irreconciliable físicamente. El, una engañifa de hombre, menudo, encorvado, renqueante, con movimientos nerviosos de los dedos que producían desazón y agobio a quien los miraba, trastabillaba en cada baldosa mal sujeta y en cada registro desnivelado. Parecía un despojo destinado a ser zarandeado por la tormenta.

Ella, una mujerona brava con mucho de virago y poco de hembra. Grande como una montaña, de color cetrino tirando a aceituna a punto de madurar, segura de sí misma y madre protectora de Sebas, de su Sebas, como decía.

Vivían juntos hacía años. Si se les preguntaba, ninguno de los dos podría decir cuántos, pero ni tantos como para no recordar tiempos de soledad, ni tan pocos como para no sentirse ya ambos en perfecto maridaje. Uno y otra habían tenido muy mala suerte en el pasado. A él lo perdió su carácter apocado, de muermo venido a menos, que le impidió conocer mujer con que intimar, pues al primer encuentro se metía en garabatos y no atinaba palabra cuerda. Reían las chavalas y él se amuermaba más. Ella, al contrario, se arrebujó en la apariencia de machorra irredenta capaz de ahuyentar con su vozarrón rasposo al más aguerrido varón. De moza sí anduvo en escarceos con un militar sin graduación, de mirar tan espaciado que nadie se explicó nunca cómo entró en filas; pero un día se le marchó, destinado a Melilla, y no volvió a alegrar más cimborrios.

Se encontraron los dos, Sebas y Fausta, por esos mundos controvertidos, más del diablo que de Dios. Como él tenía un garito mugriento donde ahuyentar los fríos y descansar los huesos, por la noche, y ella se daba maña en agenciar privanzas y condumios, hicieron mestizaje y se maridaron en concubinato.

Nadie podría decir si alguna ver llegaron al conocimiento carnal, pero sí corrían rumores de asaltos nocturnos buscándose, uno a otro, misterios y secretos. Sebas volcaba todas sus energías en consumar el acto, pero se perdía en pejigueras y acaba agotado al primer asalto. A ratos descansaba, a ratos volvía a la brega y Fausta le acogía siempre, cariñosa, con los brazos en alto para mostrarle, a la vez, sus gracias y el formidable matorral de vello de los sobacos. Sebas bufaba ante aquella vista y soltaba una carcajada histérica sin atreverse a dar el paso final, hasta que Fausta lo agarraba de los pies, tiraba hacia ella y le hacía rebujo entre sus carnes.

Un fuerte trueno, a las espaldas, les hizo acelerar el paso de modo inconsciente. - ¿Para qué,- se preguntó Sebas,- si esa no va a caer aquí?

Vestían con miseria y tan dejados de Dios que sus cuerpos daban trazas de acumular toda la roña del mundo. Era difícil adivinar el color de la ropa debajo de tanta mugre, aunque el manteo y los vestidos parecían haber pertenecido a alguna casa de bien. Si llovía se lavarían, que sería bendición de Dios poder lavarse sin andar en baños.

Dos goterones, gordos como ciruelas, cayeron sobre la acera levantando una parva de vapor. Las tinieblas espesaban por momentos y un silencio ominoso, roto sólo por los truenos cada vez más frecuentes, se adueñaba de la ciudad.

- Anda, vamos-. Fausta tomó a su hombre por la cintura y lo arrastró como un pelele calle adelante, al abrigo de los edificios.

Corrían, huyendo, cuando Sebas cayó en la cuenta de que iban en dirección contraria. - Por aquí no, Fausta. ¡Hacia allá!

Y Fausta tomó una bocacalle llevando en volandas a su hombre. Entonces comenzó a llover. La luz cárdena de un relámpago iluminó la calle sombría y un estallido, como de roble que se arpa, tableteó entre las casas hasta perderse en una lejanía desconocida. Fue el aviso para que se abrieran las cataratas del cielo y una cortina de agua lo cegara todo. Allá donde se mirase no se percibía sino oscuridad y el chapoteo del agua golpeando suelo, muros y personas.

Corrieron a tientas, sin ver, dando tropezones con otras personas que también corrían. Un perro se cruzó en su camino y Sebas trastabilló, como era su costumbre, hasta aterrizar en un charco fangoso sobre el que flotaban verduras corrompidas.

- ¡Cielo santo!- exclamó Fausta, mientras lo alzaba agarrándolo del cuello de la chaqueta como pescado en garabito. Y siguió arrastrándolo a paso ligero por la calle incierta.

Anduvieron arriba y abajo mucho tiempo. Subían y bajaban, sin encontrar su camino. La oscuridad, los rayos, el fragor continuado de los truenos, la lluvia chorreándoles por la cara los tenían espantados y perdidos. Cada esquina era igual a la anterior, cada calle a la que abocaban, desconocida, cada casa un muro cerrándoles el paso a su covacha del alma. Y la lluvia, pertinaz, una amenaza sombría cargada de presagios espantosos.

- Fausta, tengo miedo,- susurró Sebas.

Fausta murmuró una blasfemia y lo empujó hacia adelante. El agua les cubría ya los tobillos y caía cada vez con más fuerza. A ratos se mezclaba con granizo y les golpeaba en la cara y las manos haciéndolos gemir.

- No hay mal que por bien no venga,- pensó Sebas mientras le arrastraba su compañera-. Ahora se nos irá toda esta mierda de siglos.

Cada vez mayor oscuridad y cada vez más lluvia, ya ni los relámpagos les permitían guiarse entre las sombras. Estaban perdidos. Y el agua continuaba subiendo. Habían dejado atrás la ciudad hacia rato y ahora se movían entre remolinos furiosos, golpeándoles los pechos. Los pechos de la mujer porque Sebas llevaba tiempo con ahogos y aspavientos en busca de aire por encima de las aguas. A intervalos, Fausta lo alzaba por los sobacos y entonces respiraba con alivio y aprovechaba para llenar los pulmones con ración extra de oxígeno.

- Estamos perdidos, ¿verdad?

Fausta asintió con la cabeza y Sebas lo supo aunque no podía verla. Ya no hacían pie ninguno de los dos. Se mantenían sobre las aguas, merced a las carnes generosas de Fausta, en un océano sin orillas, interminable, grande como el lago del parque, por lo menos.

¿Y cuando se les agotasen las fuerzas? Era mejor no pensar en ello. A lo mejor dejaba de llover en cualquier momento y bajaban las aguas. Pero, por de pronto, seguía la lluvia pertinaz y no había barruntos de cambio. Tenían que seguir a flote en las aguas heladas de aquel mar improvisado.

- Fausta, me canso.

Fausta tembló de angustia al comprobar que también sus fuerzas fallaban. No podría aguantar mucho más. Se le helaban los miembros a pesar de sus grasas y apenas podía agitar ya los brazos para no irse al fondo.

- No iba a descargar aquí, ¿eh?,- dijo al tiempo que tragaba un buche de agua y hacía un último esfuerzo por mantener a flote la cabeza de Sebas.

Un relámpago iluminó todo en derredor. El oleaje se extendía hasta donde alcanzaba la vista y el cielo seguía vaciando sus aljibes.

El concierto

El silencio, como plomo derretido, se abatía sobre los espectadores. Los hombres estiraban el cuello huyendo de roces almidonados, mientras las damas se afanaban en dar a sus pechos aire de picarona insinuación.

El trombón se acomodó con teatralidad y aplicó los labios a la boquilla.

Podía oírse el batir de las pestañas.

Vibró el primer acorde haciendo temblar las lágrimas de la araña que colgaba del techo. En algún palco, una mano de enamorado buscó el brazo de la amada y ambos se estremecieron.

Ahora el arpegio debía estallar como una erupción de notas ensordecedoras. El trombón hinchó los labios y se aprovisionó de aire pero sus intestinos tuvieron la ocurrencia de expelerlo por el conducto extremo y un trueno infamante arrebató la sala.

El amante quedó suspenso, la joven desilusionada, el maestro corrido y los espectadores joviales.

Un éxito de concierto.

Niña Agueda y su estrella

Enteco, menudo y arrugado como una ciruela pasa, el hospitalero correteaba a saltitos por los pasillos del albergue cuidando de que todo estuviera bien. Se paraba delante de cada puerta y grababa en su cerebro, con memoria fotográfica, gestos, datos y movimientos de cuanto ocurría en sus dominios de señor absoluto, casi de horca y cuchillo, mientras resoplaba como una vieja locomotora de vapor. Iba camino del desecho, pero acogía a los peregrinos con precisión de relojero y sabía dónde estaba cada uno, cuándo había llegado, si tenía los pies doloridos por la caminata o era de esos peregrinos de poca alforja y mucha andorga, puesta la mira sólo en una cama y un retrete. Y a cada minuto recorría el albergue de arriba abajo para detectar cualquier movimiento o cambio.

Ahora tenía ante sí tres peregrinos. Dio un repaso a sus credenciales y después a sus personas. Uno, dos, tres… La chica, casi una niña o así apuntaba su aspecto, parecía enferma.

- ¿Agueda…?- afirmó más que preguntó.

La muchacha le miró desde la lejanía de unos ojos vacuos, pero infinitamente bellos, velados por un sentimiento de desesperanza, y movió la cabeza arriba y abajo. Arrastraba, más que portaba, una mochila tan triste y rendida como ella.

Los dos hombres respondían a Torio y Jairo. Torio era enorme y se le veía pletórico, aunque había cruzado ya el ecuador de la vida y cojeaba a ratos de un pie, a ratos de ambos, según la ventolera. El otro parecía hijo o hermano suyo, era joven, atlético y se arrimaba a la muchacha para que tuviese apoyo en él y le tomaba la mochila y se la sostenía con mucho agrado por su parte y agradecimiento de ella.

- Habrá cama, habrá cama-, rezongaba entre dientes el hospitalero mientras trotaba pasillo adelante, indicando el camino.

El albergue era a tamaño y trazas de quien lo atendía. Pequeño, maltrecho, aquejado de años y usos desproporcionados. Tendría que jubilarse, él, el albergue, porque lo que hiciera o pensara el hospitalero no era cosa suya y por tanto no entraba en ello, pero había tantos peregrinos a los que atender, tantos a los que dar cobijo, y por allí las noches eran frías y aún la amanecida dejaba su rosada en verano. Por eso seguía aguantando aunque se le quebrase parte del maderamen, se le desconchasen los muros o las goteras hicieran regadera de su tejado. Las maderas crujían al paso y las camas rechinaban como debían hacerlo los dientes de los condenados en el infierno. Agueda esbozó una sonrisa cuando oyó, al unísono, el lamento chirriante de los tres somieres.

- Peor que en mi casa-, murmuró dirigiéndose a los dos hombres. Y empezó a desmigar sobre la cama el contenido de la mochila.

El hospitalero, queda dicho, se sentía amo y señor de aquellas cuatro paredes y lo asumía sin los complejos que pudieran venirle de un físico renuente y descabalado, por eso a la noche, cuando ya estaban casi todos los peregrinos ahormando colchones y llamando al sueño, hizo un gesto, con la mano, a los dos hombres; gesto imperativo, formal, que no admitía dilaciones. Torio y Jairo se acercaron a él.

- ¿Es familia?- preguntó con un movimiento de cabeza, indicando arriba o a un lado, no se sabía bien, pues marcaba una dirección indefinida. Era ese gesto que se hace por hacer, sin necesidad, pues el objeto señalado es sabido y conocido de todos.

Los dos hombres negaron con la cabeza.

- Topamos con ella en tierras de La Rioja-, empezó Torio-. La vimos débil, necesitada y le prestamos la ayuda de nuestra compañía. Caminamos al paso de sus silencios y paramos cuando sus cansancios se hacen insoportables. Creo que está enferma, muy enferma, enferma del espíritu, que es el peor de los males porque mata sin dolor, a calladas. No le preguntamos. Respetamos su secreto, pero se nos muere un poco a cada instante. La vemos desfallecer y nos angustia y tiene nuestro ánimo en suspenso.

El hospitalero hizo otro gesto y los llevó pasillo adelante acompañado de aquellos resoplidos de fuelle viejo tan suyos y tan inevitables. En la puerta, bajo el dintel, niña Agueda miraba a lo alto, fija la vista en las estrellas. La luz blanca, fría, de los luceros que titilaban en el cielo, velaba su rostro con un halo espectral haciéndole parecer más pálido, si cabe.

- Así todos los días-, explica Jairo-. En la puerta o tras las ventanas, noche tras noche, pasa horas mirando a lo alto. Dice que cada punto de luz de ese cendal lechoso es la estrella que acompañó a un peregrino hasta Compostela. Son millones, miríadas, palpitando recuerdos anónimos de devotos del apóstol. Y busca la suya. Cuando se retira a dormir la desesperanza le brilla en la mirada y sólo le caben lágrimas en los ojos y desconsuelo por no haber hallado aún su estrella. Piensa, dice con los gestos, porque no pronuncia palabra, si acaso no será bien recibido el esfuerzo de su Camino y por eso aún no tiene estrella. Y todo ello agrava su mal y la mata más aprisa.

El hospitalero arrastró lejos de la puerta a los peregrinos y les susurró al oído:

- ¡Y es tan fácil darle su estrella!

Palabras vertidas al azar, palabras dejadas caer en el cuenco de los sentimientos y enseguida nos llegan percepciones, ideas, soluciones a los más arduos problemas. A menudo tenemos el remedio en la mano, nos sarpulle la piel de pura cercanía, pero no lo alcanzamos hasta que una voz, un gesto, nos lo desgrana en una frase. Y eso ocurrió esta vez.

A la noche siguiente, en otro albergue, pues ya se sabe que el peregrino es enemigo de enmohecimientos y de hacer nido, niña Agueda, se desvanecía en miradas a través de la ventana. Y de repente, exclamó, señalando con su mano blanca, dedos como el cristal, un punto entre las sombras:

- ¡Mirad! Es ella. La he encontrado.

Siseos, refunfuños y un rumor de desaprobación salieron de entre las mantas que marcaban bultos humanos. Jairo y Torio se acercaron a ella y miraron por la ventana. Como un faro de salvación, menudo, pequeñito, pero faro de salvación al fin y al cabo, que no todos los faros son como aquel de Alejandría que tenía proporciones asombrosas, allí estaba la estrella de niña Agueda. Era un punto de luz asomando con timidez entre las ramas umbrosas de un árbol cualquiera, una sinfonía de formas y reflejos que sólo la muchacha captaba en toda su colosal dimensión. Abrazados los tres, contemplaron la estrella durante minutos, u horas que les parecieron minutos, como les ocurre a los enamorados que no ven nunca dejar de lado besos, caricias y abrazos, hasta que los párpados les hicieron fuerza y hubieron de acostarse.

A partir de entonces no faltó ninguna noche la estrella a su cita. Entre los árboles, en la maleza, colgada del alero de alguna casa cercana, sobre los tejados abrazada a una antena de televisión, incluso balanceándose en compañía de las campanas en torres y espadañas, allí estaba, pues sabido es que estas estrellas hacen maravillas para mostrarse a quienes ellas quieren y hacerse cercanas cuando lo desean. No son como las otras, las que cruzan el espacio sideral a millones de años luz que quedan lejos de nuestro entendimiento y de nuestro quehacer diario. Estas son estrellas humanas, estrellas de aquí abajo, compañeras de fatigas, veladoras de nuestro sueño, amigas, al fin y al cabo.

Hasta hubo un día, o una noche, por mejor decir, noche de demonios, noche venida del infierno, con gruesos nubarrones aplastando el aire, arrojando rayos de tanto en tanto y asustando a los niños del pueblo con su horrendo tronar, digo que hubo una noche así en que también apareció la estrella. Estaba lejos, más allá de un campo de majuelos, a espaldas del albergue. Niña Agueda la miraba cuando un relámpago y el consiguiente trueno, dieron paso a un torrente de agua. Y la estrella se eclipsó.

No es normal que en una noche así brillen las estrellas y la muchacha mostró extrañeza. Torio dijo que en medio de la tormenta debió abrirse alguna nube y, por unos minutos, dejó pasar un puñado de cielo. Es algo que a veces sucede porque nunca hay tormenta tan terrible que no dé paso a la esperanza. Y la explicación convenció a todos, incluso a niña Agueda.

Cerca ya de Compostela, a un tiro de piedra como quien dice, una noche Torio se aprestaba a salir del albergue con un pequeño fanal en la mano. Jairo corrió a él y le tomó del brazo.

- Ya no hace falta-, le dijo.

En la cama, robando blancura a las sábanas el blanco de su rostro, más blanco ahora que nunca, estaba niña Agueda tendida, inmóvil, cerrados los ojos, cruzados los dedos de sus manos trasparentes sobre el pecho núbil.

El hospitalero alzaba las manos al cielo lamentándose del suceso mientras dos peregrinos musitaban una oración apenas esbozada. Torio encendió el fanal y lo dejó en el antepecho de la ventana contra el azabache de la noche para que quienes anduviesen a aquellas horas por los páramos y los caminos viesen la luz de la estrella de niña Agueda.

Cuando el otro hospitalero, aquel enteco, menudo y arrugado como una ciruela pasa, que correteaba a saltitos por los pasillos del albergue, recibió la carta de Torio, no pudo reprimir una lágrima: *"Tu idea de hacer realidad el sueño de niña Agueda, de manera tan banal y sencilla, fue la más grande que vieron los tiempos. Ahora niña Agueda, seguro, tiene su estrella allá arriba"*.

El hospitalero enteco, menudo y arrugado como una ciruela pasa, se enjugó la lágrima con un dedo y pensó que aquella historia debería ser contaba con palabras inefables. Grandísima tontería, porque lo inefable se contradice con lo de ser contado con palabras, pero se le puede perdonar esta inconcreción morfológica por la turbación que le produjo la noticia del fallecimiento de la muchacha peregrina.

Y salió a la puerta a ver si encontraba en la inmensidad de la Vía Láctea el puntito de luz más bonito y brillante, que seguro era así la estrella de niña Agueda.

Novela corta

Quería ser recordado como el autor de la novela más corta.

Estuvo pensando dos años. Otros dos dándole forma. El quinto escribió:

"A partir de entonces todo siguió igual".

Firmó, metió la hoja en un sobre y la mandó a la imprenta.

Una obra de misericordia

Visitar a los enfermos es una obra de misericordia. Y Braulio está enfermo, muy enfermo. Los médicos lo han desahuciado, le dan apenas unas semanas de vida. Un cáncer le corroe las asaduras y su cuerpo no es sino un saco de desperdicios.

Los huesos de la calavera parecen haberle aflorado por encima de la piel. Su mirada, antes alegre, es ahora huidiza con un guiño esquivo en el revirado de los ojos, semejante al de esas enredaderas que se esconden en las hendiduras de las paredes. Las manos se le han vuelto sarmientos resecos y su respirar, entre ansioso y forzado, se hace agobiante.

He ido a verle esta tarde. La habitación me recibió con una tufarada agria, mezcla de medicina, sudor y ese característico olor a muerto que emana de todos los moribundos. Tenía los ojos cerrados. Habría dicho que ya estaba muerto si no hubiera sido por el fuelle, apenas perceptible, que se adivinaba bajo la sábana.

Me acerqué a él despacio y estuve un rato mirándole, sin saber qué decir. A intervalos dejaba escapar un resuello como el de la brisa cuando se cuela por una rendija. Al fin me decidí. Carraspeé para hacerme sentir y con la voz más natural que encontré en mi ánimo dije:

- ¿Aún rebulles, viejo malandrín?

Abrió los párpados y me sentí observado por unos ojos venidos del más allá, avecindados en lo hondo de las cuencas.

- Soy yo, maldito truhán-, le espeté antes de que dijese nada-. ¿Acaso, no me conoces?

Arrastrando las palabras por una ciénaga de hedores indescriptibles, me llegó el susurro de su voz:

- ¿Eres tú, viejo de mierda?- Y me saludó con un movimiento de cabeza.

Aquel vocabulario repleto de maldiciones y palabras malsonantes era nuestra manera habitual de tratarnos con camaradería. Nuestra amistad venía de lejos. De chavales fuimos compañeros inseparables de broncas, pedreas y luchas tribales con los del barrio de al lado. Cuando a él le descalabraban yo salía con una rodilla desollada y si él acababa con la chaqueta hecha jirones yo iba mostrando las nalgas por los rotos del pantalón. Eramos uña y carne y hacíamos gala de estar más unidos que nadie. Nos gustaban las películas de Bogart, bebíamos los vientos, en secreto, por Kim Novak y perseguíamos a la misma chica en un juego entre inconsciente y cruel. La enamoraba él, la enamoraba yo y luego nos burlábamos de sus lágrimas mientras buscábamos otra tonta a la que camelar.

Llegados a la edad de la sensatez fuimos a estudiar al mismo instituto. Braulio se convirtió en un estudiante modelo a quien yo admiraba desde mi incapacidad para comprender teoremas, ecuaciones diferenciales y variables aleatorias. Más duro de mollera que mulo de carga todo se me hacía incomprensible y me daban suspenso tras suspenso, mientras él acaparaba títulos académicos y reconocimientos. Allí empezaron a separarse nuestros caminos: él hacia el triunfo del dinero y la consideración, yo al trabajo rudo de la carga y descarga en el mercado de abastos; él a la gloria, el renombre y los parabienes, yo a la cordada anónima de la vulgaridad. Pero seguimos viéndonos de tarde en tarde en un café de época, cercano a la catedral. La camarera, una mujer inmensa, una mole de carne trémula que se sujetaba los pechos con ambas manos cuando reía a carcajadas, nos servía una taza de café negro y ardiente como el mismísimo infierno, con un guiño de complicidad que nunca entendí. Allí, sorbiendo el café a la vez que amargores de la vida, imaginábamos historias y desvaríos, nos contábamos logros que querríamos ver cumplidos y terminábamos prometiéndonos amistad eterna.

- Cuando te levantes, tenemos que ir al viejo café. Rosa sigue allí restregándose las tetas contra el mostrador-, se me ocurrió de repente. Era mentira, ya no estaba. Ahora había una moza de carnes prietas, mostrando su escote como una bandeja sobre la que reposaban jugosos melocotones almibarados.

Trató de esbozar una sonrisa que resultó una máscara de dolor.

- ¿Y qué te importa a ti?-, susurró con la mirada fija más allá del desconchado de la pared-. Esa miel tú ya no la catas.

- ¿Qué sabrás tú, viejo destartalado?

- ¡Si lo sabré!- Y con un esfuerzo sobrehumano, cargado de patetismo, se volvió sobre sí, cara a la pared.

Una enfermera apareció contoneándose tras un carrito y agitando frascos como maracas en una rumba. Extrajo dos grageas de un tubito, jugó con ellas unos instantes y quiso metérselas a Braulio en la boca.

- Antes quiero mear,- gimoteó el enfermo. La enfermera retiró las ropas de la cama. Braulio se me mostró en todo el esplendor de su decadencia. Su cuerpo era una rama retorcida sembrada de nudos anquilosados. La enfermedad se había apoderado de él de manera sublime. Con movimientos estudiados tomó la enfermera aquel manojo de miseria y lo arrastró, como se arrastra la podredumbre, hasta el retrete.

- Me avisa cuando sea-, dijo mirándonos a los dos, sin dejar muy claro quien debería avisarla, ni cuándo. Como si pudiera esperar mucho, para venirse abajo, aquel montón de huesos y pellejos.

Me dieron ganas de gritar: "¡Ya es! ¡Ya es! Avisada está". Pero un estruendo de cristales rotos, exclamaciones y prisas al fondo del pasillo, me volvió a la realidad. Me asomé a la puerta. Era de ver aquel correr, aquel agitarse, aquel preguntar qué había ocurrido, aquel fárrago de frascos rotos, pastillas perdidas y supositorios pisados.

Nada de aquello importaba a ninguno de los candidatos a muerto que se apilaban a derecha e izquierda, en los nichos de las habitaciones y Braulio, el amigo de farras y consejas no era una excepción. Me resultó cómico verlo de aquella traza, sentado en el retrete, desnudo de cintura para abajo, impúdicamente echado hacia atrás, esperando que sus esfínteres desaguasen los humores intestinales.

- ¿Qué miras?,- preguntó con el brillo del insulto en sus ojillos menguados.

Una nube color panza de burro, agorera de tormentas, se me puso ante los ojos haciéndomelo ver todo negro. El vértigo de la situación me agitó de pies a cabeza, algo hizo en mí presa de un temeroso temblor y no me resistí. De un manotazo me desprendí de silencios, miradas sumisas, coderas remendadas, mesas de encimera de mármol y somieres fríos. Un orgullo brutal me estalló en la garganta y grité a voz en grito:

- ¿Que qué miro? Tu ruina, Braulio, tu fin. Te estás muriendo, ¿lo sabías? El cáncer te está mordiendo las entrañas. ¡Sí, te estás muriendo! Pero, ¿no ves que ya ni mierda tienes en los intestinos?

Y salí con la cabeza alta, pasillo adelante. Al fondo me topé con médicos, enfermeras y auxiliares que peroraban sobre quién había sido el culpable del estropicio mientras se afanaban en poner orden dentro del desorden. Las pastillas rojas iban al frasco de las amarillas, éstas al de las blancas, los supositorios al tubo de las grageas y las grageas escapaban, rodando, por las escaleras. Una desmesurada lavativa, imaginada, supongo, para un gigante, me miraba con gesto huraño. Salté por encima de ella, pisé una bolsa de suero que dejó escapar el líquido con un chirrido y busqué la puerta.

Desde la calle miré arriba buscando la habitación de Braulio. Podía ser cualquiera, todas las ventanas eran iguales, en todas, alineadas como nichos de camposanto, se agitaba el sudario de la muerte. Saludé con un gesto de la mano pensando que ya volvería para el entierro. Mi obra de misericordia estaba hecha.

Perfectos desconocidos

El hombre me miró con extrañeza.

- No eres tú, ¿verdad?-, me preguntó.

- No-, contesté con cierta perplejidad, después de examinar atentamente a mi interlocutor, sin conseguir reconocerle.

- Perdone, le había confundido con una persona a la que nunca he visto.

- No tiene importancia. A mí me sucede constantemente-, repuse, sin saber por qué decía semejante estupidez arrepintiéndome, al momento, de haberla dicho.

- Sí, ocurre todos los días-. Y se despidió de mí con una cortés inclinación de cabeza.

La conversación había sido un auténtico desvarío, inconexa, sin sentido, avalada por las prisas del momento, lo que a ninguno de los dos permitió escoger las palabras justas. Cuando se habla con el imprevisto de la precipitación no acertamos a elegir la frase que más conviene para incluirla con propiedad en el contexto. El absurdo surge cuando expresamos las ideas atropelladamente, por ejemplo a caballo de un adiós corriendo tras el tren que sale de la estación o cuando el desenlace de la situación llega de improviso y nos quedamos sin tiempo para terminar la frase.

Pero, ya siguiendo mi camino, hube de admitir que ninguno de los dos teníamos prisa. Nos habíamos encontrado de frente, paseando con abulia bajo el otoño que se anunciaba en las hojas de los plátanos. O lo que fueran, porque el parque había estado siempre plantado de plátanos, pero entonces, al pensar en ello, dudé. Realmente no estaba seguro de haber visto plátanos y si los vi no los tuve por tales. Bueno, a lo que iba: ninguno de los dos llevábamos prisa, podíamos haber medido las palabras, incluso haber buscado sinónimos para enriquecer y formar con ellos un bello rosario de frases. Por eso me sentí desazonado al recordar la conversación.

Esta desazón fue haciéndose más intensa conforme me acercaba a casa. ¿Y si de verdad no nos habíamos reconocido? ¿Y si éramos dos perfectos desconocidos que el azar había cruzado en un parque? No era imposible. Sucede a menudo. Lo singular de la situación era que nos habíamos hablado admitiendo que, segundos antes, nada sabíamos uno del otro.

El malestar provocado por estos pensamientos fue en aumento y antes de doblar la última esquina, decidí hacer una comprobación. Quizá debo decir experimento, pues como tal se me representó en aquel instante. Los nervios me punzaron en la zona de los ijares hasta hacerme sentir dolor y tentado estuve de volverme atrás sabedor del horror con el que podía encontrarme. Pero la inconsciencia me dio las fuerzas que el consciente me negaba.

Frente a mí, al otro lado de la calle había un escaparate con espejos, grandes unos, otros menudos, algunos minúsculos, redondos, ovalados, irregulares o rectilíneos. Crucé por el semáforo y me acerqué. Cada paso era una tortura que me aguijoneaba las asaduras inmisericorde. Al llegar a la acera me detuve en el bordillo a punto de gritarme a mí mismo: ¡Vuélvete! ¡No seas loco!

Pero miré. Un sudor frío me corrió por la frente hasta las gafas, empañándomelas. Reflejado en los espejos decenas de veces, estaba aquel hombre de pronunciada calvicie, con gafas de cristal de botella, completamente desconocido para mí. Hacía los mismos gestos que yo, se movía como yo, bamboleando un cuerpo sin atributos apreciables que destacar. Había visto mil veces aquella imagen, sin haber mostrado por ella ningún interés, pero ahora las decenas de figuras bailando en el cristal tenían algo especial: me eran desconocidas. Si no hubieran estado reflejadas en el espejo me habría acercado a ellas y les habría saludado con efusión, una a una, por no recordarlas de nada, y estoy seguro de que ellas me habrían respondido con igual entusiasmo, dado que todos éramos perfectos extraños.

Ahora, estaba seguro. Me desconocía a mí mismo. Y de pronto desapareció la angustia, el miedo, el sudor frío y no tuve ningún deseo de rebelión al admitir mi auto desconocimiento. Me había sentido aterrorizado momentos antes de comprobarlo, mas al fin me invadía la serenidad. ¡Qué importaba quien fuese, mientras fuera!

Cuando entré en casa me recibió un silencio precursor de novedades. Pero las sabía y ya no me asustaban. Seguí el pasillo hasta la salita de estar. Allí, sentada a la mesa camilla, ojeando una revista de chismes, estaba una hermosa desconocida.

¿Eres tú?-, me preguntó y afirmó, a la vez, con una sonrisa.

- Sí-, le respondí.

- Tienes que ser por fuerza. No te conozco de nada...-, y siguió ojeando la revista con indiferencia. La portada anunciaba, en grandes titulares, un caviloso estudio sobre el espacio interestelar donde moran los ángeles.

- ¿Es interesante?-, pregunté por decir algo.

- Psch-, y contrajo los labios en un mohín de indefinición.

Me senté frente a ella tratando de recordar y, al mismo tiempo, grabando en mi memoria cada rasgo de aquella figura, nueva para mí.

Era, sin duda, mi mujer, la mujer con la que había vivido, pensado, tratado, sufrido y gozado durante años, pues no la conocía de nada.

La sensación de aquel olvido global era excitante y decidí dejarme llevar por la morbosa vorágine de lo imposible.

La sala de espera

La sala de espera es un cuadrado imperfecto. Desde uno de los rincones quiere parecer un rectángulo de lados inconcretos, perdiéndose hacia un fondo sin salida.

Una marea humana, atildada, sucia, cuidadosa, maloliente, indiscreta, avisada, educada, floja, molesta, sonriente, arisca, brusca, menuda, amable, lacia, empeñada, rubicunda, morbosa, agitada, tranquila, sensata, pesada, apretada, grotesca, bravía se pasea arriba y abajo, habla, susurra, sonríe o muestra gesto adusto, se besa, da un apretón de manos y dice adiós con la tristeza impresa de la despedida o con la alegría, sin pesares, del espíritu libre.

Este lugar es antesala del infierno y poterna del paraíso. Corroe ánimos, engendra y mata ilusiones, entretiene, acecha, aburre, recrea, y deja un poso plomizo de esperanza, mal hilvanado, en las almas. Se respira un olor deshumanizado de sudores perezosos adheridos a las paredes, al suelo, a los bancos y hasta a los rayos de luz de ese sol mortecino en un vano intento de romper los cristales eternamente sucios que mortifican todas las estaciones del mundo.

Brujulea por allí un crío hecho azogue. La madre es una mujer tan generosa en carnes como en permisividad hacia el corretear de su vástago que tiene despertados los odios de más de la mitad de los viajeros. Al final, el chiquillo se estrella contra el maravilloso, grandioso, excelso banco, banco vengador, apoyado contra una de las paredes.

Una sonrisa cumplida aureola las bocas de los afectados y se declaran resarcidos de tan formidable monstruo que los ha aporreado, pisado, manchado y convertido en fin último de sus incomprensibles juegos. Ahora llora, se arroja al suelo y patalea quejoso de dolores en la rodilla espetada contra la pata del banco. Y cada grito es una satisfacción incontrolada en quienes lo han sufrido con el estoico estar de saberse más educados que la enorme madre. ¡Gran Dios, cuánta dicha!

- ¡Oh, señora! ¿Se ha hecho mal el chico?- pero no hay lástima en la pregunta, ni curiosidad, ni ganas de prestar consuelo, sólo querer saber del sufrimiento del crío, de su dolor, de la autenticidad de los gritos y llantinas, sin comedias.

Y contentos y vengados miran con infinito agradecimiento al banco descalabrador, mientras el insoportable mocoso se pierde en hipidos y churretes de lágrimas que sólo conmueven el alma de su progenitora.

Entran ahora dos monjas, una joven, la otra no tanto, murmurando jaculatorias o sucedidos conventuales, pues ni aún estos dulcísimos espíritus están libres del pecado de la maledicencia. La mayor habla con un siseo incomprensible, como una válvula de vapor entreabierta. La otra acepta palabras y afirma con sonrisas los decires que le llegan.

No ríen a carcajadas, ni siquiera con risa abierta, pues sería faltar al recato exigido por sus hábitos, pero hay un deje de malicia en los gestos, miradas y asentimientos, de los que, ambas, son adorables cómplices, cuando le recuerda una a la otra el sucedido a la madre superiora mientras presidía Vísperas y se le vino abajo la toca como arrastrada por una ventolera imprevisible, dejándole al descubierto la cabeza mal servida de un pelo ralo, entrecano, rapado a trasquilones, en la premura obligada de la celda.

- ¡Ay, qué gracia, sor Andrea!
- Sí tuvo su miaja, sor María Auxiliadora de las Benditas Ánimas del Purgatorio.

Y continúan su deambular las dos tocas grises y caídas, alas de mariposa profanadas.

Mientras, más allá se despiden dos hombres. Uno llora. Es padre. O lo era, pues va a rezar al hijo, allá arriba, en las montañas, en un pueblo perdido entre quejigos añosos, encinas milenarias y pinos que cosquillean el cielo con las agujas de sus hojas. Le atenaza la pena honda de un dolor, todavía incomprensible, aflorada en noticia reciente.

El hijo cuidaba la cabaña. Tres centenares de ovejas de ordeño y un borriquillo lanudo que lo seguía como perrillo faldero a donde quiera que fuese.

La traidora serpiente acudía puntual a la colación de leche, un cuenco grande que llenaba el joven hasta el borde y se lo ofrecía. El animal lo bebía sin ansia, fijos sus ojos de cristal, uno en la leche, otro en el hombre. Venía la costumbre de antiguo, de cuando el reptil no era mayor que una lombriz de las que se ocultan bajo la tierra y el hombre aún no pasaba de niño. Crecieron ambos a una, amigos desconfiados, sin quererse, sin buscarse, unidos sólo por el cuenco mañanero de la leche.

Y un día hubo de marchar el joven a negocios en tierras lejanas donde, pasado el tiempo, le llegaron noticias de extraños sucesos, difíciles de comprender.

- Regresa, ven. Se seca el ganado, languidece y muere- decían las cartas recibidas.

Por eso vuelve y se encuentra al monstruo. Ahora es una serpiente enorme que repta entre las ovejas, cuida de ellas y pastorea como rabadán capaz. Las ordeña hasta secarlas, bebe su leche y, si aún le llama el hambre, toma este o aquel cordero, según su antojo. Cuando el joven se le enfrenta, el animal desagradece los cuencos de leche del pasado, se arroja sobre él, lo aprisiona entre sus anillos y lo devora, entero, sin prisas, deglutiéndolo con la misma parsimonia con que devora a los corderos.

Lo que no sabe el hombre es que su hijo ha sido liberado ya del vientre de su comedora, pero ahora es un bulto oscuro, seco, rebozado en una baba espesa y blanca. Por el color y las trazas parece una enorme algarroba desechada por las bestias.

- Ya sabes, si algo necesitas...- miente el otro para consolarle. Es siempre lo mismo, la oferta de ayuda a quien sabemos que no nos la aceptará. El padre se seca las lágrimas, niega a un tiempo con la cabeza, y agradece apretándole el brazo.

Ajenos a tanta desgracia, dos jubilados matan la miseria de su tiempo parloteando intrascendencias. Son los eternos entendedores de todo y comprendedores de nada, visitadores asiduos de estaciones y plazas donde todo lo encuentran aunque nada hayan perdido. Caminan con paso poético, pausado y cansino, alejado de petulancias y en los ojos se les refleja la dulce tristeza de los años que los hacen comprensibles a toda miseria. Por eso van perdonando viajes y viandantes, con la grandeza de un César, mientras desgranan soluciones.

Atención especial merece el viajero veterano, curado de espantos y enterado de sorpresas viajeras, amigo de informar de lo que nadie quiere saber y experto en contar experiencias a quienes no le han de escuchar. Pero él insistirá porque es su razón de ser en aquel y en otros mil viajes aún por hacer con la única misión, o así lo parece, de informar al compañero de asiento. Es latoso, pesado, hasta su cuerpo adquiere el informe volumen de lo molesto y cuando se acomode en el asiento parecerá ocupar aquel y el del compañero mártir sufridor del viaje. Es especie de individuo muy peligrosa de la que conviene guardarse.

- No hay remedio, usted transbordará- y lo dice con la seguridad de quien no podrá equivocarse aún cuando diga que abajo está el cielo y arriba los infiernos. Porque es experto en viajes y sabe de encrucijadas, destinos, enlaces…

Nadie como él para contar el caso del viajero atrapado en el colchón de aquella ominosa pensión. Será preciso armarse de paciencia, sentarse con corrección, entornar los ojos con expresión candorosa y volver a escuchar la consabida historia.

Y no parecía mala la pensión, no. Si hasta tenía el protector encanto de las pensiones antiguas, de habitación individual, lugar fijo en el comedor, botella de vino propia con la marca de nivel, conversación íntima dedicada sólo al compañero de mesa o a lo más al vecino de la mesa de al lado.

La habitación era un misterio, pocos la habían visto antes y nadie la vio después, cuando quedó cerrada a cal y canto para evitar otros sustos. ¡Y vaya si fue susto! Podían preguntárselo a don Genaro que lo sufrió en sus carnes. Tenía la dicha habitación, en el centro, una cama enorme como las que se ven en esos palacios donde dicen que vivieron reyes. Y había que subirse de un salto porque era alta, muy alta, demasiado alta para que no hubiera en sus entrañas busilis escondido. Y fue el busilis, que apenas cayó don Genaro en el inmenso colchón de lana, desapareció en él. Se lo tragó sin remedio como una gigantesca vulva abierta.

Dice que gritó, pataleó, aspaventó, trató por todos los medios de salir del enorme hoyo, pero nada pudo hacer, nadie le oyó. Quiso trepar por las paredes de la tela opresora, pero apenas emergía unos milímetros, la horrible boca volvía a absorberlo hasta las profundidades y quedaba sumido en la vaharada de olvido y soledad que se desprendía de aquella cárcel. Afirma, y es creíble, que incluso maldijo con palabras soeces, cosa que nunca, antes, había hecho.

Pasó la noche sin saber si era noche porque todo era oscuro en su prisión de lana y tela, hasta la amanecida de un día opaco que llenó la habitación de luces tristes. Y la mañana lo regurgitó con ayuda de los membrudos brazos de la patrona. Surgió confuso, agitado y estupefacto. Vio abierta la puerta de la alcoba, se sintió libre y huyó, de lo que creyó, el más endiablado encantamiento.

- Aquella deglución tuvo algo de obsceno- concluye el viajero veterano. Y acompaña estas últimas palabras de una ruidosa carcajada, aventando miradas por lo escandalosa.

Aún quedan el eterno desocupado, el vigilante, el descuidero, un viajero atolondrado que no encuentra su autobús, dos muchachas de mirada aburrida, perdonavidas de la humanidad, algún mendigo, oportunistas impenitentes, la buscona ajada, arrinconada allí por la inclemencia de los años, tres frailes de tonsura, un vendedor de chucherías, el torpe, dos gaiteros, aceite de motor reptando por el suelo, gases, olor, impaciencia, una informe humanidad descalabrada...

Y el nuevo día traerá otros viajeros, nuevos personajes, más historias que nunca acaban de conocerse por entero porque siempre quedan enredadas en las últimas hebras de las prisas.

Sólo la sala de espera seguirá siendo la misma en su vano intento de no parecer un paralelogramo imposible.

Ultimos recuerdos de un cerdo de engorde

¡Dios santo, soy feliz con mi grosura! Peso más de doce arrobas. Se lo he oído decir al amo. El amo es ese hombre de barba y pelos alborotados, brazos membrudos y voz aguardentosa. Tiene un carácter difícil, áspero como su físico, pero debe perdonársele por el mucho trajín de la granja. Aunque sospecho que es pura fachada la acritud de la que echa mano con el único fin de establecer la jerarquía animal.

Se levanta antes de las primeras luces y enseguida empieza con las labores de limpieza. Nos alborotamos todos apenas le vemos llegar, pero no nos hace el menor caso. Va a lo suyo, sabiendo lo que debe hacer en cada momento. Madruga tanto que siempre es él quien despierta al gallo, cuando debería ser al revés. De verdad, no sé qué pinta ese plumero pagado de sí mismo si no sirve ni de despertador en las mañanas.

Pero a lo que voy. Lo primero es la limpieza. Pasa la manguera de agua por los palos del gallinero para desbrozar las gallinazas, aunque es empeño imposible. Los excrementos de esas engreídas son duros como la piedra. Se adhieren a los palos con obstinación, resisten la fuerza del agua, incluso el raspado de la raedera.

Después les llega el turno a los caballos y las vacas. Antes estaban separados unos de otras pero desde el incendio del pasado verano, que consumió las caballerizas, están todos juntos con mucho malestar y descontento por parte de unos y de otros. Los caballos se quejan del olor a cuajada que despiden las ubres de sus compañeras, un olor insoportable que les tiene los belfos abotagados, y las vacas no paran de protestar por los relinchos continuos y el piafar sin sentido, especialmente de los potros, pero, temo, van a pasar juntos mucho tiempo pues oí al granjero hablar de dificultades económicas para levantar las nuevas caballerizas.

Lo último en limpiar son nuestras pocilgas. Nosotros somos sucios por obligación. Nos gustaría un estanque donde retozar a nuestras anchas y hozar en sus riberas en busca de raíces y bulbos, pero estamos encerrados en un cuchitril de cuatro por cuatro donde, por necesidad, esparcimos los excrementos y nos vemos obligados a revolcarnos en ellos.

Lo de los patos es distinto. Apenas los atienden. Viven independientes. Están al otro lado de la empalizada, sueltos, crían en el cañizal, chapotean en el arroyo cuando baja agua de la torrentera y alborotan allá lejos con sus cuá, cuá gangosos. Sólo de tarde en tarde vienen a este lado, cuando aparece un camión lleno de jaulas y unos hombres empiezan a decir "este sí, este no". Entonces a unos los meten en las jaulas y a otros los vuelven fuera.

Cuando está terminando de esparcir la paja limpia por la cochiquera suele aparecer la granjera llenando de alegría la mañana con sus canturreos. Es una mujer frescachona, muy activa. Ella se encarga de darnos de comer, en el mismo orden de la limpieza. Primero las gallinas.

- Pitas, pitas, pitas, pitas…-, y acuden cacareando, a la llamada, el medio centenar de ponedoras a más del chulo del gallo. A veces, mientras esparce el grano, el granjero se le acerca por detrás y le da un azote en el culo a lo que ella aparenta molestarse mucho y le persigue por el gallinero como cuando el gallo persigue a las gallinas, pero al revés.

Luego les pone el forraje a los caballos y a las vacas y, por último, nos toca a nosotros. A mí desde el pasado mes me echan de comer en gamella aparte un salvado espeso, muy nutritivo. Noto cómo aumento de peso y eso les hace muy felices a mis amos. Tanto les agrada mi abundosa grasa que hasta me dejan corretear libremente por fuera de la pocilga para lucimiento ante los demás animales.

Ayer tarde estaba vagando y hozaba en busca de un bulbo que me había dado el tufo cuando acerté a oír risas, palabras entrecortadas y frufrú de ropas. Como sin prestar atención, me acerqué a la bulla y divisé a mis amos entregados a juegos de picardía en los que él llevaba la voz cantante y ella se dejaba hacer. Estaban en lo alto del montón de paja, donde desaparecían a ratos y después volvían a aparecer, cada vez con más alboroto y muy congestionados por las risas y la agitación. Una vez desaparecieron largo tiempo y pensé que se habían ido por lo que me dediqué a saborear una raíz de rabanillo que había desenterrado y ya me había olvidado de ellos cuando se agitó la pajera y apareció el granjero bufando como el toro cuando vuelve de montar a las vacas. Hurgó, luego, hundiendo los brazos hasta los hombros, para sacar a la rubicunda ama que salió recomponiéndose la ropa con mucho azoramiento y presteza.

Quedaron ambos tendidos en la montonera quitándose las pajuelas del cabello y de la ropa con mucho amor, mientras hablaban de cosas que entendí referidas a mí.

- Hacemos buen negocio.

- Y más no ha de engordar.

Es entonces cuando se lo oí decir al amo: ¡Doce arrobas largas de magro!

- Con el tocino justo-, añadió la granjera.

- Lo prepararé esta noche.

- Mejor, porque mañana vendrá el camión con el alba.

De una parte me sentí triste por tener que abandonar el lugar donde he pasado meses tan felices, aunque, pensé, tampoco era tan malo salir de allí, ver otras granjas, trabar amistad con nuevos puercos, conocer gallos con menos altanería, patos torpones sin su eterno cuá, cuá y caballos y vacas que convivan en paz.

Al final mis pensamientos y su charla quedaron interrumpidos por un trueno avisando de la tormenta. Los granjeros se dejaron caer de lo alto y corrieron a azuzarnos para que nos recogiésemos. En el horizonte, se preparaban las nubes para llorar su diluvio y, en el cañizal, los tallos hacían guiños a la tormenta, avivados por el viento entre el revoloteo de los patos.

A la noche me separaron de mis compañeros para ponerme cama aparte en un cuartucho que había sido troje, a juzgar por las trazas, donde me aviaron la gamella con abundante salvado y patatas cocidas. Un sibarita no habría podido esperar más.

Hoy ha amanecido la mañana gris ceniza bajo un cielo que sigue amenazando lluvia. Eso me ha abatido mucho el ánimo. Muy pronto he oído ruido de motores, agitación en la casa y a los granjeros dar indicaciones de donde me tenían guardado. Entonces han venido a buscarme para subirme a un camión sucio y maloliente, sembrado el suelo de estiércol y orines.

He caído junto a una cerdita de ojos pequeños, vientre bamboleante y hociquillo gruñón. Apenas hemos podido intercambiar cuatro ideas a matacaballo, porque enseguida hemos llegado a un edificio de puertas muy grandes donde nos han hecho salir.

Ahora estamos avanzando por un pasillo embaldosado de blanco. Las pezuñas se nos resbalan en el suelo y tropezamos unos contra otros. La cerdita rezongona ha estado a punto de caer dos veces sobre mí. Creo que estamos nerviosos y, al menos a mí, me atenaza el pecho una sensación de desasosiego.

De la puerta que se abre al fondo del pasillo, hacia la que nos dirigimos, llega un olor a limpieza y humedades...

La brama

El olor a tierra húmeda inunda el bosque e impregna los cuerpos de deseo, del mismo deseo febril que acomete al venado y reclama a la cierva.

Los dos jóvenes han dejado el coche en el albero donde empieza el robledal. El tendrá la veintena mal cumplida. Es hermoso de rostro, bien parecido, apuesto en el caminar y en los modales. Desnudo y a las riendas de un corcel podría pasar por Faetón conduciendo el carro solar. Lleva de la mano a su compañera, gentil muchacha, algo más joven que él, de ademanes agraciados. Quizá no sea guapa, pero el risueño de su rostro y unos rasgos aniñados la hacen atractiva. Su figura es agradable, sus contornos sugerentes y el ajustado de la ropa, realza sus atractivos.

Suben despacio la ladera. Se ayudan uno a otro en el esfuerzo y ríen cuando tropiezan.

- Es espectacular-, dice él-. Estuve de niño con mis padres y no he podido olvidarlo.

Habla de la brama, la llamada del macho cerval que empapa de otoño los bosques y los revivifica, el acoso montaraz del ciervo a la hembra, deshilvanando la maraña de los sexos.

A mitad de la ladera, el camino se torna hostil y peligroso. Queda todavía un largo trecho entre rocas puntiagudas, piedras sueltas y raíces traicioneras que atrapan los pies en el enredo de su telaraña. Esto obliga a los jóvenes a extremar las precauciones. Ya no ríen, la conversación ha quedado reducida a monosílabos y deben ayudarse, de continuo, en el ascenso. Al principio parece más animosa la muchacha y marca el ritmo, pero luego decae, siente temblar las piernas por el esfuerzo y cede el relevo. El sudor empapa la blusa y un prurito de vergüenza le cubre las mejillas. Su compañero simula no haberlo visto. El también suda y jadea. Se sienta en una roca a la sombra de los robles y se quita la camisa. Los músculos tienen la flacidez del urbanita pero los muestra con orgullo. La joven le mira con curiosidad y siguen la marcha.

Al fin, tras casi una hora de ascenso llegan a una loma umbrosa, preñada de robles formidables. Después de descansar unos minutos, el muchacho explica:

- Algunos de estos robles tienen varios centenares de años. Mira, aquel de las ramas extendidas, apenas alzaba un palmo cuando los revolucionarios tomaron la bastilla. Y aquel otro. Ese es el más viejo. Todavía había moros en España cuando le brotaron las primeras hojas. Mi padre dice que sería una barbaridad, peor que el asesinato, cortar uno de estos ejemplares.

La tarde declinará pronto empujando el sol hacia poniente. Atraviesan una porción de bosque, donde se entremezclan quejigos y carrascas, para apostarse tras una mancha de brezo. Desde allí dominan la vaguada por donde corre el cristal de un arroyo. Abajo, avanzando hacia el hondón, clarea la arboleda y deja paso a lentiscos, majuelos y endrinos. Bancadas de espliego y romero sahúman el aire con sus efluvios y, donde se ha recostado la muchacha, las manzanillas pintan de blancos y amarillos el oscuro de la hojarasca.

La vista que se les ofrece es formidable. El pelaje pardo de los ciervos se confundiría con el pardo rojizo de la hierba que empieza a agostarse si no fuera por la agitación de los cuerpos y el entrechocar de astas astillando las cuernas.

Un macho de tremenda estampa se destaca entre todos y alza la cabeza lanzando un bramido que espanta al rebaño. Los otros machos enderezan la testa, para abajarla al momento en señal de sumisión. Varias hembras se separan del grupo y se le acercan. El las husma con atrevimiento y berrea de nuevo haciendo eco en las rocas que coronan la hondonada.

Por un momento las ciervas parecen alborotarse, hay entre ellas un conato de rebeldía, agitación, empujones y miradas torvas, pero otro bramido pone orden en el desconcierto.

El macho ha elegido. Empuja a una de las hembras, la aleja unos metros del harén e inicia la danza nupcial. Poco a poco la hembra se apresta a la monta totalmente sumisa. La excitación viril del ciervo es evidente cuando llega el momento cumbre.

El muchacho mira de reojo a su compañera y le pasa un brazo por la cintura. Ella se deja hacer, ahora es hembra solícita como la cierva que recibe allá abajo la acometida de su compañero. La sábana del viento acaricia sus pieles y los envuelve en incontinencias, mientras los labios húmedos se buscan, arrancando estremecimientos.

Al desgaire de la improvisación desfloran la ropa con decencia de amantes vergonzosos. Sus curvas se funden añorando horizontes de placer por descubrir y un caudal de piel lechosa, piel sin caricias en el recuerdo, se desborda sobre el sol amarillo de la tarde.

Un palomo zurea persiguiendo a la hembra en descarado, aunque torpe, himeneo; dos gorriones luchan con ferocidad entre el enredado de una zarzamora, haciendo valer su supremacía sobre una baya madura y animales de pelaje hirsuto se enfrentan a muerte en la espesura, destrozan los miembros del rival, le abren las entrañas para hacerse dueños de los favores concubinarios de la manada.

Mientras el ciervo inicia la segunda monta, los cuerpos de los dos jóvenes se entregan al vértigo enloquecedor de sensaciones extremas. Hay roce de desnudos, susurro de jadeos y miembros enervados. Unos senos son requeridos para el deleite. Devotos, los dedos buscan la liturgia sacra de lo íntimo y secreto.

La joven, todavía doncella, se ofrece totalmente entregada a la libido del muchacho. El deseo afectivo, descarnado y violento de la posesión se hace más intenso. El cuerpo del chico se arquea hacia arriba y cae con el impulso feroz de una ola devastadora sobre las carnes trémulas de su compañera. Esta le recibe casi con alivio. Sentirse poseída la libera de la excitación incontenible que le abrasa las entrañas, y jadea ansiosa. De sus labios escapan entrecortadas exclamaciones que mueren en un gemido mudo. Se aceleran los estertores del vientre y con el último impulso estallan los cielos, revientan planetas y galaxias, y la creación alumbra un nuevo universo de sensaciones.

Un frenesí, un arrebato de suspiros y lamentos abarca el robledo en toda su extensión. Es la brama del macho poseyendo el espacio acotado de la hembra, aguijón hurgando en la colmena de los placeres, saeta de Afrodita acometiendo. Y por un resquicio de las nubes los ángeles miran envidiosos de no poder emularlos.

El ciervo termina su arrebatada posesión cuando el sol empieza a ocultarse tras el perfil negro de las montañas. Un espeso silencio de cansancios encubiertos se extiende por el bosque.

Con su formidable bramido, el macho dominante llena el monte mientras los dos jóvenes se encaminan hacia el coche, enlazados por la cintura, mirándose a los ojos, sonriendo y pensando que la brama debería tener lugar todo el año.

El primer beso

Conocí a Carlota siendo casi niños. Ella tenía catorce años y yo apenas había cumplido los quince.

Era esmirriada de cuerpo, tenía el rostro chupado, los ojos saltones, tras los labios finos y agrietados dejaba entrever una dentadura descabalada y era maravilla verla sostenerse sobre los juncos de sus piernas. Pero desde que la vi sentí la necesidad de besarla.

El verano siguiente dio un cambio portentoso y, de pronto, se transformó en mujer. Se le abultaron los pechos como dos naranjas en sazón, sus caderas adquirieron redondeces morbosas, los ojos se le acomodaron en una cara pletórica de luz, semejante a la luna llena, y los labios le cambiaron a dos fresas sonrosadas. Hasta los dientes se le alinearon mostrando, al sonreír, una hilera de deslumbrantes marfiles. Y mis deseos de besarla aumentaron. En el silencio de la noche se me alborotaban las ideas; los fantasmas de la imaginación me embarullaban el entendimiento, perdiéndome en un fanal de labios que se llegaban a los míos, pero sin rozarlos.

No era fácil encontrar un momento para estar a solas con Carlota y, cuando lo hallaba, era tal mi azoramiento que no atinaba con las palabras; hasta los brazos se me hacían huéspedes, empapado de rubores y vergüenzas ante la risa burlona con que ella acogía mi turbación.

Uno de los días, después de mucho ensayarlo ante el espejo, se lo solté de sopetón:

- Carlota, necesito besarte.

Soltó la carcajada más argentina que había oído yo hasta entonces.

- Lo harás, querido, lo harás a su tiempo-, me dijo sin dejar de reír, desnudándome alma y cuerpo con la mirada.

Aquel querido me embargó de alegría por unos instantes, pero fue esperanza vana porque, enseguida, me desinflé como se desinfla el globo al que le pinchan con un alfiler. El suyo no era un querido de enamorada, ni siquiera un querido afectuoso. Era, sencillamente, su forma de hablar. Llamaba querido a todo el mundo y yo no era la excepción.

Una tarde bochornosa de esas que invitan a perderse bajo el ramaje de las enredaderas y sentir en la piel el frescor de la hierba, nos encontramos sentados frente a frente, en un parque de la ciudad, disfrutando de abrumadores silencios. Carlota me miraba con picardía. Sabía de mis deseos, me adivinaba el pensamiento. Yo había tomado sus manos entre las mías y jugueteaba con ellas. Tenía los dedos finos, las uñas se las había arreglado imitando nácares afilados y la tersura de su piel excitaba mi imaginación. Posé los labios en el dorso de su mano derecha, luego la volví para besarle la palma. Me sentía el hombre más dichoso de la tierra, pero para ver completa mi felicidad tenía que besar sus labios rojos, húmedos, deseables y entreabiertos.

Tiré de ella hacía mí hasta acercar mi rostro al suyo.

- Querido, eres demasiado impetuoso-, deslizó las palabras en mi oído.

Entonces, llegó un airón acompañado de ruido ensordecedor. El viento rugió entre el ramaje y el vendaval desgajó aquí y allá las ramas de los árboles, haciéndolas caer a nuestro alrededor. Un pandemónium de gritos y carreras lo llenó todo. La muchedumbre se abalanzó sobre nosotros arrollándonos. Cuando quise darme cuenta, a Carlota la había arrastrado el gentío y corría, a lo lejos, presa del pánico. Quedé de pie mirando como un estúpido las carreras que se sucedían en torno mío. No ocurría nada. La histeria se había apoderado de la multitud, pero no ocurría nada. Si acaso, había perdido otra oportunidad. El viento siguió soplando unos minutos, luego se apaciguó y una calma ominosa y siniestra invadió el parque.

Había quedado a solas con mi desencanto, y lancé un grito para descargar todas mis iras y golpeé el tronco del árbol más cercano hasta dejarme en él los nudillos y terminé de desgajar una enorme rama que el viento había dejado columpiando.

La siguiente ocasión se me presentó cuando me gradué en la Universidad. Pedí a mis padres permiso para llevar a casa a un grupo de compañeros e invité también a Carlota. Estaba preciosa. Desde que entró no tuve ojos para ninguna otra chica que no fuera ella. Me deshice en cumplidos, le agradecí su asistencia, pero tuve la fatal ocurrencia de presentarla a mi madre. ¿Congeniaron como no era posible que lo hicieran en tan poco tiempo o, simplemente, me eran contrarios los hados? Durante horas se retiraron a una habitación de la casa donde hablaron de cuantas naderías es posible hablar sin perder el hilo de una conversación insustancial y tonta. Reían a ratos, daban a su rostro un tono de seriedad caótica, otros, y se abrazaban de cuando en cuando mientras giraban dando pequeños saltitos.

Yo no entendía nada. Me sentía transportado al mundo de lo irreal. Desde la puerta, le hacía a mi madre señas de que dejase a Carlota, pero me miraba sin entender y me contestaba con extraños visajes preguntándome qué quería. Luego supe que, en algún momento de aquella conversación, había dicho con mucha seguridad:

- Carlota, encanto, creo que tengo un hijo idiota.

No me fue posible acercarme a Carlota en toda la tarde ni a lo largo de la noche y ya no pude hacerlo en mucho tiempo. Los caminos de Carlota y los míos se separaron de madrugada. Mis padres me metieron en un avión y aparecí, horas después, al otro lado del Atlántico donde me esperaba un caballero, vestido de negro, muy encorsetado, al que jamás vi sonreír en el lustro que compartí con él el trabajo.

La empresa a donde fui enviado era filial de una filial asociada al bufete familiar y el señor de luto con cara seria, el director encargado de enseñarme los entresijos y mañas del oficio. Debí ser buen discípulo, pues a los cinco años consideró mi padre que estaba lo suficientemente preparado para hacerme cargo del departamento que atendía los asuntos financieros del bufete por lo que me ordenó volver.

S poco de llegar, recibí notificación del casamiento de Carlota. La boda fue de empaque. Cuando acudí, invitación en mano, un individuo con pinta de mayordomo británico, que anunciaba a los invitados engolando mucho la voz para ser oído por encima del murmullo generalizado, me hizo los honores. El novio era un hombre menudo, rechoncho, de brazos cortos que pugnaban por darse la mano inútilmente abrazando una barriga trazada a circunferencia. Los ojillos le bailaban en las órbitas como dos planetas menudos que se le hubieran incrustado bajo la frente y la cabeza parecía pegada al cuerpo, directamente, sin adminículo alguno parecido a cuello. Hablaba en susurros, mantenía prietos los labios al hacerlo, mientras saludaba a los invitados alargando una mano de aspecto semejante a una ameba.

- Carlota, ¿dónde has encontrado eso?-, le pregunté a mi amiga cuando, por fin, pude aislarme con ella en la pista de baile. Soy un bailarín pésimo, lo reconozco; la pieza que destrozaba la orquesta parecía una mazurca, pero yo estreché a Carlota entre mis brazos y bailamos a ritmo de vals que se me daba mejor

- Es un riquísimo financiero. Chasquea los dedos y le mana dinero de las manos.

Mientras danzábamos percibí en sus ojos el brillo de las joyas, las mansiones, los yates, la vida holgada y despilfarradora. Ella debió ver en mí la existencia miserable del hombre que mendiga un beso sin conseguirlo, porque me sonrió con picardía, redondeando los labios en ademán de lanzarme uno, pero lo dejó morir a las puertas.

Cuando terminó la mazurca, un invitado se acercó a nosotros y me la arrebató. Estaba esplendorosa, bellísima, pero no como lo están las novias el día de su boda. La belleza de Carlota no cabía en esos esquemas protocolarios. Estaba bella porque lo era y en su boca había una invitación a ser besada. O eso me parecía.

De madrugada la fiesta languideció, los invitados fueron despidiéndose, yo entre ellos. Apreté la mano untuosa del novio y la cálida y sensual de ella, fija mi mirada en sus labios.

- Algún día, querido-, me pareció oír su voz en un susurro.

Al salir de la casa trastabillé borracho de emociones. Con el ánimo zarandeado por sensaciones dispares, me subí el cuello del abrigo para defenderme del relente y desaparecí calle abajo en la humedad del amanecer, tratando de sonreír, aunque fueran sonrisas ensangrentadas.

Tardé cuatro años en volver a tener noticias de mi adorada obsesión. El aviso me llegó brutal a través de una llamada telefónica. Un extraño virus, con el que los médicos disculpaban su desconocimiento de la enfermedad, se le había alojado en los intestinos y la estaba comiendo por dentro.

- No conoce. No habla. Se muere-, me aclaró el marido apenas llegué a la casa.

La habitación era especie de mausoleo en cuyo centro se levantaba el catafalco de columnas salomónicas. Aquel estúpido gordinflón la había enterrado en vida. Los crespones desvaídos del dosel contrastaban dolorosamente con la piel cerúlea de Carlota. Tenía la calavera afilada, hundidos los ojos en dos cavernas insondables y apenas se percibía la respiración agitada de la muerte bajo la holanda de las sábanas. Me acerqué al bulto con pasos apagados, igual que se hace en los cementerios cuando amortiguamos la voz y sosegamos los movimientos como si temiéramos despertar a los muertos.

- Ha llegado el momento, querido. Puedes besarme-, creí percibir en un rumor.

Posé mis labios sobre los suyos, pero no llegué a apretarlos pese al deseo. Aquellos no eran los labios frescos de Carlota. Los tenía viscosos, fríos, terriblemente fríos, como el viento que arrastra la hojarasca sobre las piedras del camino y la amontona contra la cuneta y viscosos, a semejanza de un reptil antediluviano.

Me retiré con el espanto de haber besado a la muerte.

- Esta muerta, está muerta-, lloriqueó el marido a mis espaldas, cuando salía de la casa.

Cadenas de libertad

Las sombras y las luces jugaban a dibujar espectros. A través de las cortinas, los neones rasgaban la oscuridad y creaban en la habitación una atmósfera irreal donde los colores se entregaban a la fantasía.

Enseguida vendría el hombre o lo traerían hecho un guiñapo, como sucedía a menudo cuando se pasaba con el alcohol y terminaba semiinconsciente en la habitación de cualquier prostíbulo del extrarradio. En estos casos lo arrastraba hasta la cama, le quitaba los zapatos, la chaqueta y, en ocasiones, la camisa. A más no llegaba. Las náuseas de ver aquel despojo le impedían seguir. El olor a sexo y vino barato que emanaba de las ropas la descomponían.

Lo dejaba solo, se encerraba en la habitación contigua y empezaba a llorar. Lloraba hasta que el sueño la vencía y se quedaba dormida en posición fetal, como un ovillo desmadejado. Despertaba con las primeras luces. Un silencio, que se le antojaba siniestro, dominaba la casa. Se duchaba, se vestía y preparaba dos desayunos. Uno se lo tomaba ella y el otro lo dejaba allí para cuando él se levantase. Lo haría a mediodía o quizá por la tarde, en cualquier caso exigía tener preparado su desayuno, la única comida que hacía en casa. Entraba en la cocina rezongando como un idiota, extraviada la mirada, inseguro el paso, braceando para asirse a los muebles. Comía un puñado de galletas, desmigándolas sobre los pantalones, después tomaba la taza a dos manos y sorbía el café con leche haciendo mucho ruido; de seguido se quedaba sentado, perdida la mirada en las fachadas de los edificios de enfrente, en espera de la noche para volver a la taberna y de la taberna al arroyo. Buscaría una mujer y holgaría con ella dando rienda suelta a sus más desordenados apetitos, para volver a comenzar la eterna espiral en que se había enredado. Ella también se había visto atrapada en aquella trampa de alambres invisibles, trampa tenebrosa de la que querría salir pero no se atrevía por la violencia extrema del hombre.

Cuando lo conoció era una real hembra, aunque de baja estofa. Andaba hozando de pesebre en pesebre, buscando el dinero fácil que le proporcionaba la rotundidad de sus formas, algo más que alegorías, como acostumbraba a decir.

No llegaba a prostituirse. Era solamente un juego casquivano de miradas, sonrisas, caricias hasta donde la censura permitía y algún beso robado en la espesa atmósfera de cualquier cafetería. Como acompañante era presa disputada entre hombres de negocios, solteros irredentos y caballeros necesitados de compañía. Dejaba siempre claro hasta dónde había de llegar la relación contractual, pues así consideraba el intercambio de servicios que hacía con su cuerpo, y en ese convenio nunca aparecía el acto sexual directo, a lo sumo alguna frivolidad de entrepierna.

Hasta el día que apareció él. Ahora no se le alcanzaba qué le vio de especial para encoñarse como lo hizo. Quizá su apostura, su cuerpo de héroe heleno, sus modales de caballero medieval. Cuando lo vio la primera vez pensó que el pantalón de raya perfecta y la impoluta chaqueta de espiga eran meros adminículos que estorban la contemplación de la elegancia innata de su cuerpo. De aparecer desnudo, su apostura justificaría la insolencia y lo haría admirable. Estaba de codos, sobre la barra, al fondo de la cafetería, perdido en la confusión de sombras que emanaba de las paredes.

Le observó tras la neblina del humo de los cigarrillos como se observa el decorado de un escenario donde va a representarse una obra de teatro, con el carisma y la unción ceremonial precisa. Le sonrió, devolvió él la sonrisa, y discutieron las condiciones del contrato, saltándose las reglas contractuales. Arriba había habitaciones y apalabraron una, entregándose a la más feroz de las lubricidades. La rabia sexual tantas veces retenida en los escarceos con cien hombres, afloró con la fuerza de un tornado e instó, exigió, tomó y robó hasta quedar exhausta. Hablaron luego de pasar por el juzgado y a poco quedó atada, para su pesar, con anillos de hierro que no de oro.

Porque pronto había de ver su equivocación. La distinción y el cuerpo que le habían cautivado eran fachadas de adobe. Bien armado de cintura para abajo, iba siempre pendoneando tras las mujerucas del barrio y a poco de vivir juntos se lo encontró un día mancillando el lecho conyugal con la pelandusca del cuarto, una mujer picada de viruelas que tenía a su favor ser ojituerta y patizamba.

- ¿Me engañas con semejante horror?-, le apostrofó con lágrimas en los ojos.

El hombre saltó de la cama, envuelto en una sábana para mantener el orgullo de la desnudez a salvo, y le cruzó la cara de un manotazo. Luego, se encamó, de nuevo, con la virolenta y la ignoró.

En otras dos ocasiones trató de revelarse con el mismo resultado de bofetadas y golpes. Después empezó la degradación de ambos. El alcohol, alguna droga de poco calibre y compañías femeninas de desecho dieron al traste con tanta apostura y virilidad, mientras ella se hundía en su propia ignominia, en el miedo y en la aberración de la rutina.

Esta noche no sería distinta. Sólo cambiaría la hora de llegada. Si llegaba pronto, le cedería el lecho e iría a acostarse en la otra habitación. Si llegaba de amanecida dormiría tranquila en su cama. Podía trasladarse a la sala de al lado definitivamente pero había decidido hacerlo sólo cuando estaba él. Al fin y al cabo aquella era su cama y tenía derecho a ella cuantas veces pudiera disfrutarla en soledad, era la única dignidad que le quedaba: el disfrute de su colchón, de sus sábanas, de su manta, de la colcha raída. Pero no quería compartirlo con la bestia del marido, ello la habría hundido en una iniquidad insoportable. Los últimos grumos de decoro se lo impedían.

Pensando en todo esto la invadió un agradable sopor y se sintió flotar en un lecho de nubes.

En el sueño que le sobrevino se encontró en un mundo de animales disformes de dos y más cabezas, tres rabos, siete patas y sonrisas disparatadas que acompañaban de gorjeos. Las personas iban y venían entre aquellas bestias sin prevención ni cuidado, corrían a sus quehaceres y se saludaban con mucho aparato de abrazos y zalemas, deseándose parabienes sin cuento. Todos parecían felices, sólo ella sufría enormemente. Al principio no supo por qué, pero en seguida se fijó que gruesas argollas, unidas a unas pesadas cadenas, se cerraban en torno a sus muñecas y tobillos haciéndole daño al caminar.

Alguno de aquellos animales se acercaba a ella y la olisqueaba con impudicia. Un hombre alto, de porte distinguido, se le arrimó con displicencia. Sonreía de oreja a oreja y saludaba a su alrededor haciendo molinetes con el sombrero de fieltro.

- Señora…-, le dijo con una inclinación exagerada de cabeza. Y sin dejar de sonreír le buscó los pechos.

Al retroceder, para rehuir las caricias, tropezó con un monstruo de cuerpo abotagado, sin patas, que reptaba ayudándose de una lengua viscosa y acerada.

- Querida…-, silbó el asqueroso reptil.

- Me dais asco. Os detesto-, chilló ella.

- Eres bella, muy bella. Te deseamos-, exclamaron mil voces al unísono, llenando de ecos la pesadilla.

- Ni por pienso. Antes me arrojaría a ese abismo.

El abismo había aparecido a su lado. Era una sima tenebrosa de la que no se adivinada el fondo y, sin saber cómo, le vino a mientes arrojarse a ella antes que servir de diversión a los seres de aquel mundo onírico. Sintió un viento fuerte que la empujó y empezó a caer, una caída que se le antojaba sin fin. No supo cuando llegó al fondo, ni si hubo fondo donde pudiera detenerse. La situación era confusa. Alguien orquestaba los acontecimientos desde más allá del sueño porque hubo un repique de trompas, tubas y cuernos dirigido por una batuta que danzaba enloquecida, y que apuntaba a un enorme trombón con forma de boca de volcán del que escapaban arpegios, a intervalos. De pronto, el trombón rugió apagando los sonidos de los demás instrumentos y sintió alivio en muñecas y tobillos.

Las cadenas se habían roto. Cada eslabón rodaba por el suelo y los grilletes se desmenuzaban como arena mientras los personajes del sueño huían despavoridos.

Unos golpes intempestivos, acompañados de voces, pidiendo que abrieran, la despertaron. Se sentó en la cama y escuchó con atención. Era la bestia, tan monstruosa y aborrecible como las del sueño. Dejó que siguiera golpeando la puerta y gritando mientras repasaba los recuerdos y establecía paralelismos entre lo soñado y su vida. Las cadenas empezaron a antojársele de barro cocido. No tenían consistencia, eran frágiles como la loza. Ahora podía rugir, bramar como el trombón, ser volcán incontenible, romper los lazos con su opresor. Vencería sus miedos tal como había vencido a los rijosos espantos de la pesadilla.

A través de la ventana entraban las primeras luces del día difuminadas todavía por el temor de romper la noche. Se levantó y empezó a vestirse. Guardó luego unas cuantas cosas, las imprescindibles, en una maleta de esquinas abolladas y se dirigió a la puerta. La abrió. Un espectro demacrado, sucio y abominable ocupaba el vano.

- ¿A dónde vas?-, gangueó dirigiendo una mirada extraviada a la maleta.

- Tienes las cadenas sobre la cama-, le respondió la mujer.

La estupidez del rostro del hombre se tornó más estúpida aún si cabe, al no entender nada de lo que sucedía. Cuando quiso reaccionar estaba solo frente a un desierto de paredes, puertas y ventanas.

La mujer se detuvo un segundo en el umbral antes de encaminarse con decisión hacia el infinito. La calle, acabada de regar, olía a nueva, a recién puesta, a escapada de la siniestra celda donde había estado presa durante la noche. Como ella.

Un cadáver en descomposición

Vivo en un edificio aquejado de escrofulismo. Es de la época de los césares, quiero decir antiguo. Los vecinos de los pisos altos se desgañitan exigiendo ascensor, pero nadie les hace caso. A mí me da igual. Vivo en el segundo piso y me venteo a las mil maravillas.

Las escaleras tienen algo de siniestro. Por toda luz se bambolea, en cada descansillo, una bombilla moribunda en la que las moscas han dejado el pespunte de sus deposiciones El crujido del maderamen augura el trabajo de las carcomas y obliga a agarrarse, precavidamente, al pasamano de madera, atacado de mataduras y muescas.

Ayer llegué a casa a esa hora en que las calles de la ciudad se ensucian con el plomo de la atardecida, cansado, después de una jornada de trabajo. Al llegar al descansillo del primero me detuve. A la cenicienta luz de la bombilla comunal se unía la proveniente del piso, a través de la rendija que dejaba la puerta entreabierta. Una puerta abierta es peligrosa. Todos los días se oyen casos de robos, asaltos con escalo, incluso violaciones. Tanteé con la mano la madera que se abrió de par en par. Estaban encendidas todas las luces. Di voces, llamé al timbre pero nadie contestó, aunque a lo lejos creí percibir rumor de tules y aromas de mujer.

- Voy a entrar-, dije alzando la voz-. Soy el vecino de arriba.

La casa parecía vacía. Podía oír el silencio golpeándome los tímpanos mientras avanzaba por el pasillo. De pronto, al pasar frente a una puerta, me sentí observado. Allí estaba ella lánguida, dejada, deslumbrante, ofreciendo a mi imaginación formas de sinuosa voluptuosidad tras las gasas del vestido. Sonreía como sólo a las diosas les es dado sonreír. Porque me pareció una diosa griega aupada en la cima de su Olimpo personal.

- Eres mi vecino, ¿verdad?-, me preguntó. Su voz sonaba dulce.

- Perdona-, balbuceé, haciendo ademán de retirarme.

- No, espera-, me detuvo con un gesto de su mano pálida, tan pálida como lo pudiera ser la blanca nieve-. Acércate. Te estaba esperando.

Se apartó del dintel y me dejó paso. La habitación era un laberinto de cendales, profusamente iluminado por un centenar de hachones de los que se desprendían aromas de todo tipo.

- Toma, bebe.

La copa contenía un vino espeso, dulzón al paladar.

La bebí. Debía ser zumo de ambrosía porque me encendió el corazón con un fuego desconocido. Desde algún rincón de la casa llegaban, amortiguados, los efluvios de una sonata, mientras un torbellino de femineidad me arrastraba al más lascivo de los placeres. Mis sentidos empezaban a embotarse.

- Déjate llevar-, susurró a mi oído.

Me dejé llevar y caí en un pozo de sensaciones donde cada momento acopiaba eternidades y las eternidades transcurrían en instantes, mientras Afrodita se enseñoreaba de la noche.

De madrugada, apenas hace unos minutos, se ha desmadejado sobre el lecho, totalmente dormida, y yo estoy a punto de hacerlo. Las sábanas se movían al ritmo de su respiración pausada cuando me he despedido de ella con un beso en la frente. Se ha quejado, un quejido dulce, como todo en esta noche.

Me he acostado. Pero apenas me había quedado dormido cuando se ha llenado la casa de griterío, pasos precipitados por la escalera y golpes en paredes y puertas. He abierto y me he encontrado frente a un policía uniformado que cubre la puerta de marco a marco como una grosería del duermevela en que me columpio.

- ¿Ha visto u oído algo extraño últimamente?

No acierto a abrir el ojo izquierdo. Me llevo la mano al lagrimal para quitarme el empasto de una legaña endurecida y presto atención al hombre de uniforme.

Debo mirarle con estupor porque hace acopio de paciencia antes de repetirme la pregunta:

- ¿Ha visto u oído algo extraño últimamente?

- Sí, sí-, contesto precipitadamente-. La música del vecino de arriba. Es insoportable. Empezará enseguida. ¡Pumba, pumba, pumba! No es música, es ruido, ruido machacón. He protestado, ¿sabe?, pero se ríe de mí. Abre mucho la boca como una merluza cuando boquea, pero no me contesta ni dice palabra. Sólo boquea. Creo que es estúpido.

- Arriba, no. Abajo, en el piso de abajo-, me dice el policía, remarcando la aclaración con un dedo señalando al suelo.

¿Abajo? ¡Es el piso de la...! Me guardo la exclamación para mi coleto haciéndome el distraído como si no hubiera entendido. En realidad no entiendo lo que ocurre, por qué está allí aquel policía haciéndome preguntas, cómo puede molestarse a un ciudadano a esas horas tan tempranas para señalarle con el dedo el piso de abajo, de dónde viene el ajetreo que se oye por las escaleras, los gritos, el alboroto, todo el caos que invade el edificio. Quizá estoy soñando. Pero, no. El policía me machaca, insistente, tratando de averiguar si sé algo de lo que no sé.

Por fin, decido enfrentarme a la realidad:

- ¿Qué ha sucedido? Si me lo dice, acaso pueda ayudarle en algo.

- Se trata de la muchacha del primero. La han encontrado estrangulada. Por la descomposición del cadáver debe llevar muerta cerca de un mes.

- No, no he oído nada. Perdone-. Y cierro la puerta con brusquedad.

Desde aquel día bajo y subo apresurado, sin detenerme en el primer piso. Un silencio ominoso se ha apoderado del descansillo y la puerta no ha vuelto a abrirse.

Cinco minutos de gloria

La mano provocó un minúsculo roce del arco sobre las cuerdas arrancando el acorde tenue, casi inaudible, luego, quedó en el aire, lasa e inmóvil. Fue un instante sublime. El hálito de un pensamiento se habría oído en el ambiente.

El director midió los tiempos con su batuta e hizo la señal. La mano del segundo violinista acercó de nuevo el arco a las cuerdas, con precisión, y un golpe violento, como el rayo que golpea la tierra provocando un rugido de dolor, arrancó del alma del violín los arpegios del *crescendo* que atronó los espacios hasta llenar el teatro de indescriptibles armonías.

Las notas se enredaron, trémulas, en las lágrimas de las arañas que colgaban del techo e invadieron hasta el último rincón de la sala dejando en suspenso el ánimo de los oyentes. El gemido, cada vez más intenso, de las cuerdas del violín penetraba en los oídos, cautivaba los ánimos y, antes de que muriese el último acorde, la marea humana saltó de sus butacas y se arrancó en aplausos y gritos de admiración.

El violinista, henchido el pecho de satisfacción y orgullo, se acercó hasta el proscenio, saludó y volvió a su lugar de segundo violín. Lo hizo una vez, dos. Los aplausos arreciaron y se multiplicaron las idas, venidas y reverencias. Por último, el director lo tomó de la mano y se adelantó con él. Un rugido atronador mezcla de aplausos, vítores, hurras y silbidos, los arropó largo espacio de tiempo.

Al fin se hizo el silencio, la orquesta retomó la interpretación y el segundo violinista, rasgó las cuerdas mezclando sus acordes con los acordes anónimos de los demás violines.

Había tenido sus cinco minutos de gloria.

Aburrimiento

El cadáver estuvo quince días en la biblioteca.
Luego, se cansó y se fue.

Cálculo fatal

Entre ellos se abría un abismo de falta de entendimiento.

Un día él decidió salvar el vacío, pero calculó mal el salto y quedó colgado en la terrible nada de dos existencias.

Angel

No es que ser ángel colmase sus expectativas. En realidad ni se había planteado aquella posibilidad. Fue un pensamiento pasajero desechado al momento por inoportuno. Agitó la cabeza con violencia imprimiendo a sus hermosos cabellos rubios un movimiento giratorio cargado de voluptuosidad y lo dio al olvido. Pero la idea de su eventual transformación en un ser incorpóreo siguió acompañándole en días sucesivos tan machaconamente que empezó a hacérsele insoportable.

Aquella madrugada volvía de fiesta con unos amigos cuando el frío de la noche se le clavó, como un cuchillo, en el cuarto espacio intercostal izquierdo. El dolor le hizo detenerse en medio de la calle. Al momento no le dio importancia, pero las molestias se le reprodujeron en los días siguientes y decidió acudir al médico.

La habitación donde le metieron olía a asepsia y a narcóticos. Le habían vestido con una bata de color azul a la que le faltaban los botones, lo cual dejaba su pudor muy mal parado. Continuamente tiraba de este extremo o de aquel, pero si tapaba el pecho dejaba al descubierto las nalgas y no le era posible centrarse en cual era la parte más comprometida de su anatomía a la hora de cubrirla según aconseja la decencia.

Al fin apareció la doctora, una mujer asexuada de gestos impersonales, envarada como vara de medir, con mirada a medio camino entre la desconfianza y el desprecio. Se le acercó haciéndole sentir la peste de su aliento a desinfectante de hospital. Una vaharada le vino a la boca desde el estómago y estuvo a punto de arrojar la digestión del desayuno en la interminable planicie que se adivinaba bajo la impoluta bata blanca.

La doctora, ajena a todo este desarrollo metabólico, procedió a un exhaustivo examen con presiones de su mano gélida, alguna punción, y carraspeos escondiendo connotaciones de duda. Cuando terminó el reconocimiento se sujetó las gafas, que amenazaban resbalársele narices abajo en una pirueta suicida sin precedentes, a la vez que sentenciaba:

- Podría ser una cifosis deformante con curvatura anormal posterior en el plano sagital debida a procesos patológicos desconocidos.

Abelardo babeó ligeramente, sin entender palabra, y se le humedecieron los ojos. El hombre era un amasijo de ternura que, conmovido por la revelación, apoyó la cabeza sobre el hombro de la doctora, llorando amargamente, totalmente desmadejado.

- Estoy desahuciado, ¿verdad?-, preguntó entre hipidos.

- Si acaso condenado a lucir una giba de dromedario, pero nada grave que no pueda solucionarse con cirugía.

La vida volvió al cuerpo de Abelardo cuando oyó estas palabras de esperanza. Miró con dulzura a la mujer y le estampó dos sonoros besos, uno en cada mejilla. Estaba exultante, tenía ganas de saltar, de gritar, de proclamar al mundo su felicidad. ¡Había pasado tanto miedo pensando en una carencia cardiaca! Y resultaba ser sólo una corcova…

Se fue a casa a esperar acontecimientos. El tiempo diría si se hacía necesario entrar en el quirófano o la enfermedad se enquistaba en sí misma quedando todo en un susto.

Pero volvieron las obsesiones angelicales, ahora acompañadas de pesadillas en las que se veía volando por el empíreo en compañía de angelotes de sonrosada tez y brazuelos regordetes que entonaban aburridísimas canciones de alabanza al Creador.

Pensó, entonces, si no se le estarían trastornando las entendederas y acabaría deambulando por las calles haciendo tonterías y diciendo memeces que harían reír a todos entre mofas y escarnios. Porque aquella era locura y no pequeña de la que debía desprenderse cuanto antes. Y así andaba, un día, con la preocupación de terminar cheposo y otro con la de volverse orate, sin acertar a quedarse con ninguna, pues las dos le parecían terribles.

No conocernos nos desinhibe y libera de prejuicios. Esto pensó Abelardo y trató de emplearse en mil ociosidades haciendo lo posible por olvidarse de sí mismo, convertirse en un desconocido, llevándolo a extremos tan ridículos como mirarse en el espejo y negarse una y cien veces, teniendo la imagen reflejada por la de un perfecto extraño. No recibía visitas por considerar, a cuantos se le acercaban a saludarle, personas nunca vistas y negaba ser Abelardo o haberlo sido alguna vez si acaso habían existido Abelardos en el mundo.

Resultó todo vano, porque a los sueños de los rubicundos angelotes sucedieron enseguida cambios anatómicos que le hicieron volver a la realidad. Duchándose uno de los días se reconoció a la altura de los omoplatos unas nacencias que, a poco, rompieron la piel y, conforme crecían, se cubrían de plumón suave y menudo con lo que ya no le quedó duda de estar convirtiéndose en ángel.

La doctora de las gafas suicidas le invitó a resignarse con su destino por no ser posible operar lo que no era enfermedad ni anomalía anatómica, pues, le dijo, es propio de un ángel tener alas en las espaldas bien sujetas a los omoplatos y operar sería ir contra la naturaleza de las cosas. Por ello debía avenirse a lo que el destino le deparaba y ser ángel con todas las consecuencias como otros son perros, vacas o gallinas sin oírseles queja alguna por ello. Si, después de todo, aún quería querellarse debería hacerlo a instancias celestiales donde correspondía el caso según se estaba viendo por las plumas y todo lo demás.

- ¿Qué sería si todos nos mostrásemos disconformes con nuestra natural apariencia y quisiéramos ser distintos a como hemos sido destinados? ¡Aviados estaríamos!-, terminó diciendo mientras abría la puerta de la consulta mostrándole la calle.

A partir de aquel día Abelardo se resignó a la metamorfosis que sufría, pero vinieron a perturbarle nuevas cuestiones derivadas de ella. Una, no poco importante, a su juicio, fue la de la sexualidad. Por ser los ángeles andróginos, según tenía leído, temía con razón que le habrían de desaparecer los atributos o, en todo caso, quedar dueño de un péndulo inútil como badajo sin campana que tañer.

Tomó por eso costumbre de vigilar con tiento los testigos de que la naturaleza le había provisto, y los saludaba con alborozo cada mañana al hallarlos donde les correspondía. Luego realizaba una inspección más minuciosa en que, ora se mostraba contento de su pujante virilidad, ora le invadía la congoja tanteando lacios despojos, según el estado de ánimo que mostraban tan caprichosos compañones.

Otra preocupación, no menos grave, fue la de la incorporeidad. Se miraba en el espejo tratando de adivinar grietas, honduras o escapes de materia en la masa sólida de su cuerpo, porque si había de ser ángel pronto o tarde habría de desprenderse de la grosera corteza animal para adquirir el estado difuso común a todo espíritu.

A esto dedicó mucho tiempo en vano, pues no veía ningún cambio en las carnes ni en la grosura por lo que pensó si no sería que, mudando a un tiempo todo su cuerpo y pasando de material a inmaterial, de corpóreo a incorpóreo, tonándosele quintaesencia también la mirada, no podía apreciar en sí mismo ninguna transformación.

Tanteaba a veces una puerta o un tabique por ver si lo podía atravesar, pero se le resistían sin remedio.

- ¿Y si fuera falta de intento? , pensó.

Así, un día, tras darle muchas vueltas al caletre, dijo llegado el momento de probar y se arrojó en tromba contra una de las paredes de la casa, quedando empotrado contra ella y esbozada su anatomía en el yeso.

Después de aquello pasó varios días en cama con el cuerpo como colegio de cardenales, un brazo en cabestrillo y varios dientes de menos. Sus comienzos angelicales no podían haber sido menos afortunados.

Obligado a permanecer inactivo hasta la recuperación siguió dándole vueltas al asunto hasta venir a caer en otra idea no menos descabellada que decidió llevar a cabo desde aquel mismo instante: sublimarse en una catarsis absoluta.

Se embebió en profundas meditaciones de sublime intrascendencia. Buscó el karma en los entresijos de su conciencia y decidió no perturbar en adelante su espíritu con groseros alimentos con lo que vino a negarse a tomar cualquier comida por no ser ello propio de un aspirante a ángel. Y como viniese a debilitarse y enflaquecer hasta extremos que parecía, ciertamente, más espíritu que materia, fue obligado a comer, pero tan pronto como quedaba solo, se provocaba arcadas con los dedos índice y corazón para arrojar el contenido de su estomago en medio de convulsiones y pasmos. Quedaba entonces pálido como la cera, con la mirada perdida, lo que le daba el aspecto catártico que tanto convenía a su estado de ángel.

Estuvo al borde la muerte y ello le avivó el seso y le hizo recapacitar aviniéndose, por último, a compaginar ambas esencias, humana y etérea, y se dejó alimentar y comió y engordó retomando en poco tiempo el aspecto saludable que siempre se le había conocido.

Aunque ser ángel le obligó a arrastrar una vida mediocre, escondida, perseguido siempre por la curiosidad y la burla, a más de las muchas horas que todos los días había de dedicar a mantener tersa la albura de las plumas con aceites y ungüentos que se procuraba.

¡Y para lo que le servían! Jamás consiguió remontar el vuelo con ellas.

Serrín de circo en las venas

Nuestro circo era pequeño. Íbamos de pueblo en pueblo porque nos quedaba grande ir de ciudad en ciudad. A veces nos atrevíamos con capitales importantes pero desde lejos, al abrigaño del extrarradio, perdidos en una periferia de fábricas malolientes donde se asentaba el desecho de la población. A pesar de todo teníamos ínfulas de grandeza. Destilábamos orgullo a través de los desgarrones de las lonas y del chirrido de las desvencijadas camionetas.

Yo, siempre que podía, me escondía entre bambalinas para ver la función del hombre forzudo. Ciertamente era un individuo singular. Tenía el cuerpo enorme. Las piernas parecían columnas robadas de algún templo antiguo; los brazos, de bíceps descomunales, terminaban en dos puños capaces de derribar un árbol de un mazazo y todo él era una montaña que causaba asombro por donde iba.

Reía con estruendo agitando todo el cuerpo y el habla era cavernosa como si llegase de muy lejos, de algún lugar acomodado en lo más hondo de su caja torácica. La cara tenía aspecto de selva donde los pelos de la barba simulaban un boscaje de zarzas. En cuanto al comer era conforme a las trazas, siendo capaz de zamparse hasta tres lechones de una sola sentada, regándolo con vino, cerveza o lo que hubiera lugar sin dar tregua a quien le llenaba la jarra.

Sin embargo, aquel corpachón de bestia escondía un mundo de sentimientos, pero llegué tarde a averiguarlo.

Ocurrió un verano durante nuestra gira por el norte. A los lejos se perdían los perfiles umbrosos de las industrias y más allá se adivinaban apenas las formas de los rascacielos. Habíamos asentado reales en una explanada donde se cruzaban cuatro caminos de asfalto leproso. Aguantamos allí hasta un mes pues, aunque algo alejados, los fines de semana llenábamos el circo con manadas de chiquillos llegados de la ciudad.

Los primeros días fue todo normal, pero pronto advertimos un cambio preocupante en la rutina del gigantón. El primero en lanzar la voz de alarma fue el hombre gusano.

- ¿Os habéis fijado?-, dijo una mañana mientras reptaba entre los bolardos colocados al efecto-. Ha dejado de entrenar.

Era cierto. Miramos hacia su caravana a tiempo de verle alejarse en traje de calle, un traje a todas luces estrecho donde trataba de meter la estructura de los músculos.

- ¿A dónde irá?-, fue la pregunta de todos.

A partir de entonces todos los días abandonaba el circo de mañana y no volvía hasta por la tarde, minutos antes de comenzar la función. Se cambiaba precipitadamente y salía a realizar su número. El espectáculo era espléndido. Mayores y niños estallaban en una tormenta de aplausos cuando le veían alzar, en cada mano, una pesa de 200 kilos o dar dos vueltas a la pista arrastrando con los dientes una camioneta cargada con treinta o más personas del público, sin dar muestras de cansancio. La carpa vibraba bajo los gritos de "más, más, más" mientras la encargada de las taquillas, ataviada con un traje de baño de pésimo gusto, salía a la pista y cargaba con dos pesas de utillaje lo que causaba la hilaridad del público que arreciaba en sus aplausos.

Así llegó la tarde de la despedida. Al día siguiente, de madrugada, el circo partiría hacia otros lugares.

El redoble de tambor atronó precediendo a la entrada del hombre forzudo. Tenía el aspecto formidable que acostumbraba. Se despojó de la capa sin el manteo de otras veces y apareció cubierto con una especie de piel grosera que le daba aspecto antediluviano. Apretaba mucho los puños a fin de realzar el bulto de los bíceps y se mordía los labios para parecer tremendo.

Pero no era el hombre forzudo de otros días, de otros tiempos, sino una parodia de sí mismo. Algo había cambiado en él. Fue una premonición y nos estremecimos ante la certeza de lo irremediable: cuando intentó levantar las pesas de 200 kilos, se desparramó como un higo maduro y quedó muerto sobre la pista.

- No tenía corazón-, dictaminó la autopsia.

Al día siguiente supimos que lo había dejado en prenda a una rolliza euscalduna de Derio.

- Circulaba serrín de circo por sus venas-, sentenció en seguida mi madre queriendo, acaso, hacerme sentir el orgullo de mi ascendencia circense, aunque no lo necesitaba, pues siempre me había ufanado de ser hijo de ella, de la mujer pájaro, y lo tenía por un honor. Pero aquel aciago día parecía ser el de las revelaciones.

- No soy tu madre-, me dijo, de sopetón, al amparo de las patas de una elefanta preñada que barritaba con estruendo barruntando el parto-. Llegaste del arroyo, hijo de madre desconocida.

Y me contó. Una noche me llevaba mi padre en brazos, envuelto en una toquilla, camino de la cárcel donde debía ingresar por delitos de sangre, cuando se topó de frente con el jefe de pista del circo, un hombrecillo corto de piernas, vientre orondo semejante al de una garrafa, sin cuello apenas donde atornillar la cabeza. Mi padre me dejó en sus manos con un "gracias" apenas musitado y siguió camino del presidio.

El jefe de pista cargó conmigo hasta el circo y me metió en la jaula de los tigres, quizá con la esperanza de que me devorarán y solventar la cuestión. Pero una de las tigresas había parido el día anterior y me acogió entre sus cachorros. A los once meses superaba en tamaño a mis hermanos de leche y casi a mi nodriza. Fue entonces cuando se fijó en mí la mujer pájaro y decidió adoptarme. Era la triste historia de mi origen.

La hasta entonces mi madre me besó la frente y se secó una lágrima que le corría por la mejilla.

- No llores-, le dije-. Podrás seguir siendo mi madre, si lo deseas.

Aquella noche, se fugó con un turiferario loco de la catedral de Burgos y no volví a saber de ella.

La muerte del hombre forzudo, el descubrimiento de mi origen y mi seguida orfandad me abstrajeron el ánimo y dejaron postrado en un letargo de consunción. Me encontró exangüe, barbotando serrín por la herida de la muñeca, Duvidna, una trapecista venida a menos por males de altura. Chilló como loca, en el paroxismo de la histeria, antes de correr a la caravana de Randonwoskhy a pedir ayuda.

Randonwoskhy era veterinario, sanador y cirujano, todo en uno. Atendía por igual a los animales y a las personas. Para él todos eran animales con la consciencia más o menos despierta y no veía mucha diferencia entre abrir en canal a una pantera o componerle las asaduras a un semejante.

Me amañó la herida, me cortó la hemorragia y veló los desvaríos de mi convalecencia, turnándose en tan menesterosa función con la trapecista.

Tardé días en volver en mí. Cuando lo hice estaba a mi lado Duvidna que corrió a avisar a Randonwoskhy.

- ¡Se aviene! ¡Se aviene!-, dicen que le dijo.

Randonwoskhy se sentó en el borde del camastro que me servía de lecho. Debíamos de componer un cuadro desolador, él con su casaca deshilachada ocultando los remiendos de la culera de los pantalones y yo, trémulo, virando los ojos a los lados, envuelto en trozos de manta ratonados, porque Duvidna, sólo de vernos, se deshizo en lágrimas en el mayor de los desconsuelos.

- ¿Mi madre...?-, pregunté en un susurro cuando tuve conciencia de lo sucedido.

Randonwoskhy me atusó el cabello con los sarmientos resecos de sus dedos, para darme ánimo:

- Olvídala, muchacho. Era una advenediza. Ella no tenía, como tú, serrín de circo en las venas.

Duvidna se pasó llorando todo aquel día, el siguiente y el otro hasta quedarse sin lágrimas. Luego lloró serrín y regresó al trapecio.

Cuando volví a pisar la pista me sentí extraño pateando mi propia sangre.

El origen

Cuando llegaron los visitantes hacía un día fatal. Bueno, entonces el tiempo no se contaba por días sino por unidades. Pero hacía fatal.

El planeta apenas se había consolidado, formando alrededor del magma central una capa rocosa de pocos kilómetros de espesor, perforada por miles de bocas que vomitaban ríos de fuego. La temperatura era abrasadora. El agua caía a raudales sobre el suelo incandescente donde, apenas llegada, se evaporaba levantando surtidores que ascendían a lo alto para enfriarse y precipitarse de nuevo, como un torrente impetuoso, en un ciclo interminable. Por todas las partes, la atmósfera se espesaba creando una bruma maloliente de gases irrespirables.

Lo poco que alcanzaba la vista era desolación y espanto; más allá el espectáculo no debía de ser mejor.

Desde la nave, Kedistos miraba con displicencia a través de los monitores. Aquella misión le había caído mal desde el principio. El no debería encontrarse allí. Ahora podía estar tendido a orillas del Ecléctico dejándose arrullar por el roce ectópico de las pizarras sobre la gran barrera de óxido ferruginoso. Y, ¡quién sabe!, hasta podría haber disfrutado ya del primer romance con sus gónadas, que ya tenía edad para procrear su sosias, pues había recibido el beneplácito del Maestro Benefactor con las instrucciones al uso para no equivocar el procedimiento. Esto de las instrucciones era importantísimo. No seguirlas al pie de la letra podía devenir en una debacle de ectoplasmias y perder, de por vida, su condición de ente de carbono. Conocía individuos que se habían volatilizado como humo y andaban ahora buscando un lugar en el universo, clamando sin concierto y lamentando el error.

Por eso la fecundación y posterior división gonadal debía hacerse con la precisión aconsejada en los Libros Santos del Gran Hacedor. Estos libros estaban escritos con caracteres complejos, en lenguaje críptico,

150

comprensible sólo para los Maestros Benefactores. Nadie más tenía acceso a ellos y querer llegar a su conocimiento se castigaba con el destierro a alguna de las lunas de Amnios. Allí la vida, según decían, era dura y difícil, aunque, pensaba, no más de lo que podría serlo en aquel maldito planeta al que iba a bajar.

Desde el gobernalle el timonel había iniciado el descenso y la nave se hundía en la atmósfera hostil. Los controladores habían detectado un punto del planeta donde podría salir al exterior a realizar sus observaciones, un mar de torbellinos ardientes, una sima que había empezado a ocupar el agua.

Mientras descendían a las profundidades se encorajinó consigo mismo porque las cosas se le habían complicado de manera absurda. Su sosias progenitor era quien debería estar allí, cubriendo el cargo de analista en la visita a aquel planeta de características abominables. Pero el día anterior al de la salida se le había ocurrido barruntar. Y el barrunto era el más sagrado de los acontecimientos en la vida de un amniota, comparable solamente al de la consustancialidad con el Gran Hacedor en el momento del tránsito.

Comenzó a barruntar a media tarde. Se le atrofiaron las extremidades superiores, perdió sensibilidad en las medias y, de las inferiores, se le apoderó un paroxismo enloquecedor. Al tiempo comenzó a profetizar incoherencias y el Consejo de Sabios lo encerró sin miramientos en el cubículo del Orden Supremo. Debían ser grabadas todas sus palabras por extrañas que parecieran para estudiarlas y trasladarlas después a los Libros Santos. Aunque sobre esto de las profecías, los Libros Santos e, incluso, del mismo Hacedor, Kedistos tenía sus dudas, pero se cuidaba bien de exponerlas en público so pena de ominoso destierro. Mas, las guardaba en su corazón.

¿Cuántas faltas eran condenadas con el destierro a los satélites de Amnios? La lista era farragosa y sin profundizar, para facilitar el trabajo del Consejo de Sabios, autoridad suprema legislativa y ejecutiva. Había visto partir, desterrados, a muchos conocidos, algunos, jovencitos apenas desarrollados, sin haber disfrutado aún de sus gónadas, condenados para siempre a no engendrar sosias en los que perdurase su herencia y también a venerables ancianos arrastrando el estupor de la edad, degradados e envilecidos por el estigma de albedríos intentados.

Entretenido con estos pensamientos se había ido embutiendo en el traje protector, había probado el sistema de respiración y esperaba la llegada de la nave a lo hondo de la sima. Cuando le avisaron que habían tocado fondo examinaba los cartuchos de alimentación que llevaría consigo.

Aquel sería el único paseo por el exterior. La presión en aquellas profundidades era enorme, la temperatura extrema y sólo la masa de la propia agua gravitando sobre sí misma, impedía su evaporación y la mantenía líquida. El consumo de energía para liberar de presión a la nave y a él mismo haría imposible un segundo intento. Debía ser, pues, meticuloso hasta en el más mínimo detalle.

Cuando se abrió la escotilla, el espeluzno burbujeante del líquido le arropó con un escalofrío. Era su primera incursión en un mundo extraño. Pronto comprendió que la salida sería corta. Los detectores anunciaban algo sabido: el planeta estaba en formación, como el sistema estelar y toda la galaxia a que pertenecía. La temperatura enloquecía los marcadores, la presión podría desmenuzar las rocas y convertirlas en arena y el tronar de los volcanes era enloquecedor incluso a aquella profundidad. Dio una vuelta a la nave, recogió muestras líquidas y sólidas y se sentó a hacer tiempo en una basa de granito. No quería volver pronto porque podría dar a entender poco interés en la investigación, pero seguir buscando era abundar en la nada. Resultaba imposible que en aquellas circunstancias se desarrollara allí cualquier forma de vida.

Se acordó, entonces, de la comida. Comprobó la estanqueidad del tubo alimenticio que se ajustaba al lateral del traje y sacó uno de los cartuchos, pero apenas lo hizo, el calor del agua disolvió el envoltorio de gelatina y el contenido se perdió en el entorno acuoso.

- ¡Amnios!-, exclamó para sí. Aquel juramento le habría valido una reprimenda de haberse sabido, pero en la soledad de su asombro podía permitírselo.

La situación era grave en extremo y debía dar parte de lo sucedido. La normativa exponía claramente el protocolo a seguir: *"Todo cuerpo planetario que sea contaminado por cualesquiera causa, deberá ser destruido de inmediato".* Iba a pulsar el activador de voz para informar del incidente, pero se arrepintió. Esperó un tiempo mientras escuchaba, como si de un concierto se tratase, el burbujeo de las aguas a su alrededor. Podría parecer tonto, pero estaba empezando a encariñarse de aquel planeta. Quizá fuera por ser el primero que pisaba en su vida expedicionaria, acaso por encontrarlo indefenso ante las brutales convulsiones de que era objeto o quién sabe por qué otro motivo. Además la sustancia vertida ya habría sido consumida por el calor o por la presión a que estaba sometida aquella sima.

Por otro lado, destruir el planeta, a más de farragoso, les llevaría un tiempo considerable, con estudios de acción-reacción del producto contaminante en el entorno, cálculos del teorema de la gravitación aplicados a las características del sistema estelar para no alterar al resto de la galaxia y los informes, aquellos informes interminables con datos, fechas, circunstancias, motivaciones, efecto-causa, resultados, probatorios…

- ¡Amnios!-, volvió a farfullar y pasó su extremidad media derecha por la roca que le servía de asiento. Fue una caricia cargada de ternura como hubiera acariciado a su mascota depredadora de haberla tenido al lado. Pareció decirle: "Tranquilo, no te ocurrirá nada malo".

Luego, vuelto a la nave, apenas perdidos en la soledad de los espacios, lo olvidó todo y empezó a hacer planes para el día que volviese a Amnios. Nunca supo que un ápice alimenticio del cartucho destruido, halló condiciones favorables en aquel magma acuoso en estado de efervescencia y había empezado a reproducirse por simple fisión protoplásmática.

Le llevaría millones de unidades de tiempo transformarse en un ente de complejidad celular y muchos millones más recibir el hálito de la inteligencia. Su cabeza no formaría un bloque armónico con el cuerpo, sin fisuras; perdería las dos extremidades centrales y, con ellas, precisión y celeridad a la hora de desenvolverse; tampoco rezumaría la baba viscosa que protegía el revestimiento epitelial de los amniotas. Sería un monstruo. Pero cuando Amnios ya no existiese y su civilización se hubiera perdido de la memoria colectiva del cosmos, ese monstruo se enseñorearía del tercer planeta de aquella estrella amarilla.

Noche perdida

Caminaban al socaire de los edificios. Era una tarde que amenazaba lluvia, buena para revelar secretos abrazados al amor de la lumbre.

- ¿Subimos?

Ella titubeó unos instantes. Lo deseaba y lo temía a la vez. Era el piso de él, su cubil, antro donde estaría a su merced. Cuando la asaltase se defendería como defiende la cierva a su cría del ataque del lobo, pero, como la cierva, sabía que la lucha sería desigual y acabaría devorada. Este pensamiento la excitó sobremanera, se sintió agradablemente vencida y musitó un "sí" entrecortado.

El cuartucho, abuhardillado, era menudo a semejanza de una casa en miniatura. La luz cenital de la claraboya emplomaba con grises el ambiente envolviendo en una atmósfera de incertidumbre los muebles que habían sido amontonados contra las paredes para dejar espacio donde moverse. Las paredes desaparecían bajo estantes donde se apilaban libros, ropas, cajas y todo tipo de cachivaches sin utilidad inmediata. Tras la puerta, velado por los cendales de una cortina rala, se adivinaba el retrete compuesto de inodoro y aguamanil en el que goteaba un grifo manchado de cardenillo.

La muchacha buscó con avidez los muebles y respiró tranquila al observar que en la estrechura del desván no había sitio para camas. Luego, se sintió, de repente, desilusionada. ¿Para qué había subido, entonces? ¿Hablarían de cine, del último éxito musical de ese grupo con nombre impronunciable, del libro de moda sobre zombis, hombres lobos y vampiros empeñados en dominar el planeta? Y seguro que no tenía ni una cola para beber.

- Vamos, siéntate aquí-, dijo él y señaló con la mano los cojines de un sillón de dos plazas.

Obedeció sentándose con mucha modosidad y recomponiéndose la ropa aunque no la tuviera alborotada. Después, debió pensar que aparecía demasiado formal y se desabrochó el botón de arriba de la blusa mientras se sacudía el cabello para dejarlo al desgaire. Al final, terminó abrochándose el botón y se atusó el pelo. Batallaba con su propia indecisión. No quería parecer fácil, pero tampoco estrecha e inalcanzable.

Hablaron de naderías, de insustancialidades, de lo humano y de lo divino dando aires de filosofía a lo vulgar y vulgarizando prioridades.

La lluvia empezó a arreciar. Lo que había sido mero chispear se había convertido en aguacero y golpeaba en los cristales de la claraboya aportando un componente de relajación. Las palabras de su compañero le llegaban lejanas, semejantes a una conversación mantenida por alguien al otro lado de la pared, conversación entre desconocidos sin ningún nexo con ella. La lluvia, las palabras, la mortecina luz del atardecer envolvían su cuerpo en una flojedad placentera a la que se iba entregando, perdida la consciencia.

A la mañana siguiente una luz vivísima la despertó. Se encontraba directamente bajo la claraboya. Los cristales jugaban a irisarse con los primeros rayos de sol y uno de ellos le daba en la cara. Miró alrededor. El sillón de dos plazas se había convertido en la cama donde se encontraba. Escuchó con atención y llamó a su compañero, pero sólo contestó el silencio. Estaba sola, a través de la claraboya empezaba a cernerse la sombra de una nube y, al otro lado de la pared, una voz aguardentosa blasfemaba a gritos. De pronto, se sintió acometida por pensamientos infames y levantó con aprensión la sábana. El grito murió, antes de nacer, y apenas quedó en un murmullo de impotencia: ¡estaba desnuda!

Se vistió con rapidez, sin prestar atención al orden de las prendas ni a su acomodo. Frente al espejo que colgaba encima del aguamanos se atusó los cabellos y, mientras lo hacía, pensó que estaba horrorosa. Por fortuna había vuelto a nublarse y caían ya las primeras gotas, gruesas y pesadas como perdigones. La gente corría a sus quehaceres buscando refugio bajo los aleros y no tenía tiempo de ocuparse de ella.

Llegó a casa empapada. Había caminado sin prisas, tratando de recuperar recuerdos que se le resistían, pero no conseguía concentrarse en nada de lo sucedido. Sólo le llegaban retazos de hilvanes donde se le aparecía la lluvia repiqueteando en los cristales y la voz monocorde del muchacho envolviéndola en un sopor semejante al de adormideras acariciadas por la brisa. Lo demás era todo noche cerrada, sin el menor resquicio de luz.

Había perdido ocho horas de vida, quizá ocho horas de goces indecibles, de placeres inacabables, de pasión enloquecedora. Y ahora que lo pensaba, ni siquiera sabía el nombre del chico. ¿Se lo había dicho? Bueno, ella tampoco le había dado el suyo. El la llamaba liebrecilla o conejita, si eso, "mi conejita", y le había permitido utilizar aquel apodo que ahora se le antojaba vulgar y molesto, casi ofensivo por las connotaciones sexuales que conllevaba. Debería haberle dado su verdadero nombre y obligarle a llamarla por él. Y haberle pedido el suyo, pero no se lo había preguntado. Siempre se había dirigido a él impersonalizando. Ahora caía en la importancia de saber el nombre de la persona con la que había compartido su "primera vez". Bueno, si había habido primera vez porque tampoco de eso estaba segura.

Pasó aquel día y pasó otro. Al tercero volvió a la buharda. Estuvo rato golpeando la puerta sin recibir contestación. Las puñadas retumbaban en el hueco de la escalera haciendo eco en cada descansillo. Al fin se abrió la puerta del piso de abajo y apareció alguien preguntando qué eran aquellos golpes.

Allí no vivía nadie. Aquello no era buhardilla sino una tejavana donde se acumulaban trastos viejos y desechos de todo tipo, ni conocían inquilino joven o viejo y pretender pasar allí la noche era locura, pues solo las ratas podrían moverse por entre los resquicios que dejasen libres los objetos acumulados.

Y, a la paz de Dios, que aquella era casa decente donde no gustaban esos modos.

Nunca volvió a encontrarse con aquel muchacho, si lo hubo. Nunca pudo recordar lo sucedido, si sucedió. Y ya anciana, seguía añorando su única noche de amor, noche de ternuras, noche de entregas, noche sin sentido por haberla perdido. Y rememoraba en los andares y gestos de su hijo al padre que no existió.

Incidente en el autobús urbano

Subí en mi parada habitual, a la hora de siempre.

Está al principio de línea y es fácil sentarse. Luego el autobús se llena rápidamente y la gente empieza a apelotonarse riñendo por un asiento.

Como todos los días busqué sitio cerca de la puerta de salida. Yo me bajo en el centro y allí llega el autobús abarrotado. Si te pilla la parada en los pasillos tienes que movilizar a todos los viajeros, abrirte paso entre empujones y disculpas hasta la puerta, algo que me incomoda sobremanera.

Iba, pues, plácidamente sentado. La mañana era luminosa, alegre, lucía un sol esplendoroso caldeando con sus rayos el ambiente primaveral. Me proponía dar un paseo, para serenar mi espíritu, desde la plaza donde me dejaba el autobús, hasta el parque, siguiendo el curso del río, aguas abajo.

Atrás fueron quedando los bulevares amorfos de la ciudad moderna mientras el autobús brujuleaba por calles cada vez más estrechas, llenas de coches buscando aparcamiento y bicicletas en disputa con los peatones por un palmo de acera.

Cuando arrancó el autobús de la parada anterior a donde debía bajarme, me levanté. Frente a mí tenía a una señora de edad mediana que acababa de subir. Esbocé una de esas sonrisas de comprensión con que pretendemos disculparnos sin haber motivo para ello indicándole con un movimiento de cabeza el asiento que dejaba vacío.

- ¡Oh, no, caballero! No lo permitiré. Siga usted sentado-, y apoyó una mano en mi hombro empujándome contra el asiento.

- Señora, yo…- empecé a decir.

- Ni por asomo-, insistió ella-. Quedo agradecida pero el asiento es suyo.

Y me presionó de nuevo en el hombro. El autobús había llegado a mi parada. Las puertas estaban abiertas y yo aprisionado entre la butaca de plástico y el prominente vientre de la pasajera. Fue entonces cuando advertí que se hallaba en estado de buena esperanza, aunque aún no muy avanzado. En esta tesitura dudaba si alzarme y empujar a la mujer para abrirme paso hacia la puerta, lo que podría ser considerado como una descortesía, o explicar los motivos por los que deseaba levantarme, pero para entonces ya se había puesto en marcha el autobús.

Azorado por las circunstancias volví a insistir: Si me permite señora…

- No, no le permito y debería ser menos machista-, fue la contundente respuesta.

¿Machista? ¿Por qué? ¿Qué había hecho para merecer esa consideración? Varias mujeres de la más variopinta condición se habían arremolinado en torno a nosotros. Una mascaba chicle, marcando mucho las mandíbulas, mientras me dirigía una mirada de enojo. Otra que taponaba con su colosal humanidad la totalidad del pasillo refunfuñaba algo por lo bajo y hacía gestos hostiles en mi dirección en tanto media docena más apoyaban con gestos y murmullos a la embarazada.

- Si me dejan explicarme…-, me atreví a insinuar.

- Son todos iguales-, exclamó la masticadora de chicle-. Piensan que pueden humillarnos con sus favores. ¡Cómo si no tuviéramos dignidad!

E hinchó una enorme pompa que le estalló sobre la nariz.

La señora gorda se removió entonces tratando de escapar de las barras que la aprisionaban, alborotando todo el autobús. Al fin pareció encontrar acomodó para dirigirme una perorata incomprensible. Hablaba con ahogo, se le escapaba el aire por los dientes ralos y jadeaba al final de cada frase como si fuese a expirar en brazos de las demás mujeres.

- ¿Le gustaría, caballero, caso de ser usted el embarazado que, por el solo hecho de serlo, se le ofreciese asiento como si estuviera impedido?-, dijo sosegándose un tanto para que se la entendiera. Luego se volvió a la embarazada para continuar: Sí, hija, sí, piensan los hombres que si estamos embarazadas no servimos para nada y hemos de quedarnos en casa inútiles y desvalidas.

Un coro de voces se alzó apoyando sus palabras, mientras me zahería a degüello y daba muchas razones por las que debía callarme, abrir la boca sólo cuando debiera y no dejar en tan mal lugar a una mujer por el mero hecho de hallarse en estado, quién sabe por qué hombre, que esa era otra historia pues a lo mejor había que mirar en ello y averiguar si no era una preñez forzada.

Traté de defenderme alegando inocencia, pues si alguna persona había allí, en aquel instante, verdaderamente embarazada, era yo por mi mala suerte, pero se alzó el grupo de voces femeninas protestando y hasta una pandilla de chicas jóvenes, al fondo del autobús, pidió al conductor que parase y me obligara a bajar, pues no les era cómodo a ninguna de las mujeres presentes ir en compañía de un hombre que albergaba semejantes sentimientos hacia ellas.

- ¡Qué más quisiera que poder bajar!-, pensaba yo en mi ánimo viendo cómo el autobús se alejaba del centro y entraba en los sórdidos suburbios del extremo opuesto de la ciudad, siendo inútil cualquier intento de levantarme del asiento aunque fuera eso lo que pedían ya todas las mujeres e incluso algunos hombres que se les habían unido en sus demandas y me echaban en cara el flaco favor que, con mi actitud, estaba haciendo al colectivo varonil.

Cuando llegamos al final de línea me sentía abrumado, trémulo, perdido, desbordado por un súbito desconcierto. Me hundí en el asiento mientras los viajeros desalojaban el autobús entre miradas torvas, ademanes despectivos y alguna obscenidad. Fue el conductor quien me advirtió de la última parada.

Bajé. Traté de orientarme en aquellas callejuelas desconocidas y empecé a andar.

Nunca he vuelto a tomar un autobús.

Pesadilla

Fueron las últimas palabras del cadáver:
- Abrenuncio de ti y de tu estirpe.
Luego, se encogió en posición fetal y esperó la inhumación.

Pirueta perfecta

Tas años ensayándola, decidió presentarla en público.

Acomodó los pies sobre los hierros, tensó los músculos y, como impulsado por un resorte, dio dos volteretas en tirabuzón estrellándose contra el suelo.

Había logrado la pirueta mortal perfecta.

Feliz Navidad

Navidades recordadas las de antaño, quizá porque los que peinamos canas (por decirlo de manera grata pues a algunos ya ni canas nos quedan) añoramos el pasado, como el niño recién destetado echa de menos los pechos nutricios de su madre.

Eran años de penuria, quizá también de hambre, de alguna hambre al menos, si no de pan, sí de un tasajo de cordero con patatas o un pescado presentado con salsa verde, animando a chuparse los dedos, como lo habíamos visto en el cine o en la foto de alguna revista y cuyo recuerdo guardábamos, revoloteando ansias, en la imaginación del estómago.

Por entonces se montaba el Belén en el zaguán de entrada, el buen Belén, claro, el Portal con figuritas. También se montaba el otro, ¡qué duda cabe!, pero ese quedaba en el secreto más hondo de los dormitorios conyugales con sus palabrotas, alguna blasfemia insinuada y un amago de bofetada. Nada grave, también hay que decirlo: jamás llegaba la sangre al río y, a la noche siguiente todo se volvía ardientes rescoldos que asuraban sábanas y pijamas mientras se hacían las paces.

Pero vuelvo al Belén de las figuritas. Había algunos tan sencillos y pobres que tenían sólo las tres imprescindibles en todo Portal que quiera parecerlo: el Niño, San José y la Virgen. Otros, más ambiciosos, añadían un buey y una mula amorfos, a más de unos Reyes sobre camellos rencos o desrabados y los muy vistosos tenían sus pastores cuidando exiguos rebaños, alguna zagala en edad de merecer con cordero sobre los hombros, patos, gallinas y conejos, corrientes de agua hechas con papel de plata, un Herodes de rostro ferocísimo, rodeado de soldados romanos, y el angelote turiferario cantando el "Gloria in excelsis".

El Niño aparecía siempre rollizo, sonriente y juguetón, ajeno en su desnudez al espantoso frío que se adivinaba en la harina esparcida por los tejados simulando nieve. Y una Virgen y un San José a punto de levitar de puro absortos y encandilados.

La cena de Nochebuena era exigua pero muy bien llevada en familia. Por una noche no había adultos ni niños y todos disfrutaban de los mismos privilegios. Se comenzaba con una sopa castellana donde lo de menos eran el pan y el caldo, pues se la aderezaba con huevos estozados, chorizo de la reciente matanza y un sembrado de morcilla rota que hacía las delicias del estómago menos avenido.

Seguía el chicharro impregnado en una salsa sustanciosa donde todos, a porfía, hundían los dedos untando el pan, y si el año había sido bueno hasta podía haber una o dos chuletas a la plancha a repartir en buena compañía.

El postre era siempre el mismo y plural. Primero una fuente rebosando rodajas de naranja embadurnadas en aceite y sal, manjar de dioses reservado a estómagos poco delicados. Yo probaba una por no quedar al margen de la fiesta, pero luego me aplicaba a mi propia naranja, a reventar de azúcar, que hacía menos ascos a mi paladar de niño. Venía detrás una imponente cazuela de castañas cocidas con anises a la que todos nos aplicábamos con fruición y cuando ya languidecían naranjas y castañas, venía el plato de turrón, no mucho, debo reconocerlo, lo justo y un poquito más para matar el gusanillo de las fiestas. No estaban los tiempos para alegrías y el turrón, aunque español, se prodigaba más en mesas mejor abastecidas.

Terminaba con ello la cena y era el momento de cantarle al Niño uno o dos villancicos, con más entusiasmo que acierto, de lo que quedábamos muy pagados los críos y abundando en sorna los mayores. Luego alguien mentaba de ir a la Misa del Gallo. Las mujeres más propensas a beaterías de rezos y sotanas se abrigaban como si fueran a conquistar los polos y nos dejaban a los hombres y a los críos en casa.

Se abrían entonces las botellas de coñac y de anís, se escanciaba un chorrillo, sin esmerarse mucho que habían de durar hasta final de las fiestas, y en seguida empezaban a pintar oros, bastos, o espadas sobre la mesa. Después, cambiaba el encarte a los órdagos y envites del mus mientras se nos iban cerrando los ojos a los más pequeños. Cuando las mujeres volvían de la iglesia, con la gracia del recién nacido brillándoles en los ojos, yo dormía hecho un rebujo en algún rincón de la cocina. Las manos amorosas de mi madre o mi abuela, me llevaban a la cama y me arropaban sin quitarme las ropas para que no me despertase.

A cualquiera que no haya vivido aquellos tiempos le sonará a cuento de Maricastaña esto que digo. Hoy no se conciben una fiestas navideñas, sin pitanzas con empacho, gastos desorbitados en fruslerías innecesarias y felicitaciones a todo trapo para cubrir el expediente verbenero.

Se nos han colado de rondón demasiados barbarismos costumbristas y pienso que no para bien. Ahí tenemos, como muestra, ese gordo grasiento, vestido de rojo, con su risa bronca y destemplada, que a saber de qué tontería se reirá, y su campanita hirientemente desestabilizadora.

¿Hemos pensado bien a quien rendimos pleitesía cuando reímos las gracias de ese personaje o lo añadimos a nuestro mobiliario particular? Rostro abotagado, ojos menudos, narizota colorada y mejillas surcadas de venas transparentes, imagen de alcoholizado irrecuperable. Vientre descomunal propio de un glotón irredento, pies torpes, andar grotesco sin dejar de ser engreído y compañero de juegas y jaranas de uno de los renos que arrastra su peculiar medio de transporte, a juzgar por esa trufa roja como la nariz del dueño.

Y se nos aparece machacón y molesto en centros comerciales y grandes almacenes, animándonos a un gasto incontrolado y masivo, envenenando las necesidades de grandes y pequeños, manipulando nuestras preferencias y haciendo que unas fiestas que deberían ser alegres y familiares, se nos tornen horrorosamente desagradables y angustiosas, presos de la insatisfacción consumista.

- ¡Ho, ho, ho!- ríe sin entonación, haciéndonos barruntar falta de sinceridad en cada "ho", matices de alegría forzada, maldad perniciosa por hipócrita e inhumana.

La risa abierta y sincera, siempre ha sonado: ¡Jaaaja, ja, ja ja…!

Desconfiad de quien no sabe reír.

En cualquier caso, sintáis como sintáis estas fiestas y os arropéis en las haldas que más gusto os den, para todos, ¡feliz Navidad!

El pendejo de Dios

Se acabó el estudiado manteo de reminiscencias abaciales, el frufrú sinuoso de la sotana y el decadente saludo de la teja alzándose levemente sobre la calva abacial de don Honorio.

El eterno e incombustible párroco de San Efraín se ha jubilado. Airoso aún, aunque empezaba a tropezar con los impedimentos de la edad, se mantuvo cerril en su puesto hasta unos meses atrás. Había pasado de los noventa y aún tenía la prestancia de los tiempos mozos, pero en muchas actitudes se mostraba ya achacoso. Decía misa con tal parquedad de palabras que en evangelio y paternóster se le iba toda y comulgando él las dos especies daba por concluido el sacrificio. En sermones ya no cumplía y daba nombre de confesión a un diálogo sin sentido en que él preguntaba, respondía y absolvía todo en uno, repartiendo, en ocasiones, entre sus santas penitentes pecados que, ni por pienso, hubieran imaginado cometer.

Paseaba por entre la feligresía despacio, pero con solemnidad, envuelto en una grandísima capa irisada por el roce de los años, se cubría con una teja deshilachada, hacía gala de muchas bendiciones entre las viejas que se le acercaban en demanda de gracia y para todas tenía una sonrisa acartonada en el marco terroso de su rostro. Y de repente, un día se levantó encorvado como un acento circunflejo.

El sustituto es el envés de don Honorio. Se llama Emiliano, así a las bravas, sin dones. Emiliano y de tú a tú. Es joven, con presencia. Irradia familiaridad, parece afectuoso y produce un rechazo instintivo en las beatas tan proclives a correr, otrora, tras la sotana de don Honorio.

El nuevo cura ha revolucionado la parroquia. Las mujeres hablan maravillas de su vitalidad, de su donosura y amabilidad. Alguna jovencita deja escapar, a escondidas, sentidos suspiros de incontrolada emoción a caballo entre un enamoramiento inesperado y un desgarrado drama pasional. Mientras, él va a lo suyo, a enderezar una parroquia desquiciada por el hacer decimonónico de su predecesor y atraer con sugestivos actos religiosos a unos feligreses despegados y adustos.

Como Antón, el de la carretera, el marido de Engracia. Engracia hace honor a su nombre y se desenvuelve con el donaire de una mujer que se sabe aún hermosa y atractiva. Quiere mucho a su marido y por nada del mundo le sería infiel, ni él a ella y sea Dios servido en tales propósitos porque es mujer muy fiera y arrancaría los ojos a quien mirara más de lo necesario a su Antón.

Engracia no fue muy dada a misas ni beaterías en tiempos de don Honorio. Cumplía con sus deberes de buena cristiana yendo a misa los domingos, comulgando tales cuales días, confesando por la Pascua y pagando sus diezmos de tanto en tanto con una monedas dejadas en el cepillo, sin excesivos estipendios, aunque tampoco con mezquindad.

Pero ahora ha empezado a frecuentar los salones parroquiales con pretexto de enmendar yerros, desembarazar el alma de demonios y buscar consuelo para los novísimos. Rezos, singladuras catecumenadas, palabras susurradas al oído tras la celosía oscura del confesionario, indiscreción en preguntas de vergonzosa intimidad y un trémulo balbuceo en la respuesta.

Emiliano la acoge con complaciente sonrisa, toma su brazo y la conduce, apoyada la otra mano en la espalda, a las habitaciones rectorales. El olor agrio de las cosas sagradas le penetra por la garganta y se le fija en los pulmones con la turbia pesadez de polvo y telarañas seculares.

- Y tu marido, Engracia, ¿para cuándo?- sonríe Emiliano adoptando un aire de resignación aparatosa.

Por la pechera abierta de la camisa se adivina un pecho robusto, varonil, sin achacosos complejos de seminarista. Aquel hombre, piensa Engracia por un momento, no ha debido pisar muchos seminarios, quizá se hizo cura a sí mismo con una bendición aventada por su propia mano. Y habla del marido, de Antón, el de la carretera, como todos le conocen. Antón es un hombre bueno. No va a misa es bien cierto, aunque tampoco ella iba mucho antes, con don Honorio, y no por eso se consideraba mala, aunque ahora va más y reza por ella y por su hombre. Sí, su Antón es bueno, con sus arrebatos, sus palabrotas. A veces incluso blasfema cuando las cosas no salen a su gusto, pero no es una blasfemia con intención, es una válvula de escape que amordaza furias mayores. Y es cariñoso. Un poco bestia, pero cariñoso. En la cama se lanza sobre ella como un animal sobre la carnaza y la posee sin miramientos, a la carrera, parándose en uno o dos besos donde derrocha todo su afecto. Luego, si ella le hace carantoñas, él se remueve y refunfuña. Entonces le deja en paz y trata de dormir.

Así va desgranando intimidades sin darse cuenta del lugar donde se halla. Aquello no son las tablas sacrosantas del confesonario bendecidas por miles de cantiguadas absolutorias, ni hay celosías separando el sudor del varón de la fragancia femenil. Entre aquellas paredes de Cristos aparatosos y Vírgenes voluptuosas la cercanía de los cuerpos se confunde y apelotona en ambigua promiscuidad.

Y sin saber cómo, se desnuda en una habitación velada por sombras de eternidades mal calculadas. El suelo está cubierto de telas blanquísimas como sudarios de niño, manteles ribeteados de ganchillo, un tapiz con guerreros de aspecto fiero mostrando armaduras griegas. Al lado un garabato de sombras difuminadas le hace entrever el cuerpo musculoso y bien formado de Emiliano. Le fascina la piel del sacerdote, blanca como la túnica purísima de un querube, acercándose a ella, cubriéndola, envolviéndola en un turbión de sensaciones desconocidas. Hay algo de arriscado en el acto de la posesión y de la entrega, pasión y dulzura, benevolencia y rapto.

Cuando vuelve a casa, Antón la mira. Adivina la voluptuosidad del pecado, la garra de la concupiscencia aprisionándole todavía la garganta, los pechos, la cintura, las entrañas agredidas por la animalidad del sacerdote. Lo percibe, lo siente, lo palpa en el silencio de Engracia, en sus ojos intranquilos y recelosos, en su pasar esquivo.

Las miradas chocan como trenes desbocados, lanzados uno contra otro por los raíles de la vía única de sus existencias. Pero la tormenta es fugaz, el nubarrón se disuelve, la lumbre muere sin dejar ni un triste rescoldo y la vida vuelve a rodar con la monotonía de todos los días. Ahora la mujer se siente superior, querida, amada realmente con amor dulce y entregado, protegida por la posesión del sacerdote, tan violenta, quizá, como la de Antón, pero distinta, muy distinta aunque no sabría decir en qué o cómo.

A los pocos minutos Antón sonríe. Sonríe y perdona. Perdona la brutalidad de la ofensa y se consuela pensando que, dentro de lo malo que es ser un pendejo, no lo es tanto ser pendejo de Dios.

Mano de póquer

En toda su vida de jugador jamás había tenido una mano como aquella. Escalera de color a ases, y más de un millón sobre la mesa.

- No puede ser cierto-, pensó, mientras se secaba el sudor frío de las manos.

Y no lo era. El trallazo de un trueno le despertó en medio de la noche.

Daños sin importancia

Pasó como iracunda tolvanera, como pasaba siempre, de atropello en atropello, marcando los clavos de las botas en la tierna juventud de las plantas que ella había cuidado con tanto amor, amor que le habría gustado compartir con aquella bestia, aunque lo sabía imposible.

La casa no era gran cosa, apenas unos muros mal aventados con ventanucos estrechos para que no entrase el rigor del invierno y, si entraba, quedase pillado entre las cuatro paredes y muriese al amor de la chapa de la cocina.

El jardincito se abría, coqueto, frente a la entrada. Era su mundo, su ilusión, su espacio de menudo poder frente al omnipotente del marido, un bruto de comprensión cerril, hirsuto, gordo y acomplejado.

El nunca había sido muy hablador, ni ella habría de serlo y la noche de bodas lo dejó claro:

- Tú, chitón. A tu sitio, a lo tuyo y chitón.

Y acompañó la sentencia con un sopapo que sonó a blasfemia. Lo suyo y su sitio estaban claros: aquel miserable zaquizamí donde nunca se rehogaría un filete o un pescado. Como mucho sopas, verduras y algún hueso para dar sustancia que para más no había si el hombre quería volver borracho a la noche. Y, junto a la fregadera, la tabla de lavar donde las manos suplían al jabón con renovados refrotes hasta arrancar la última maca, sin importar sabañones, quemaduras de lejía o padrastros infectados.

Pero un día se rebeló. Rebelión sublime, sin altanerías ni orgullos, una rebelión callada y tímida. Con las manos, porque herramientas no tenía ni por pienso habría de conseguirlas, arrancó las hierbas, removió la tierra, la dejó deslizarse entre los dedos con alegría de lugareño terrateniente y muy despacito, al modo de las hormigas que grano a grano van agrandando el hormiguero, la alisó pasando los dedos con cariño sobre ella. Luego echó unos cubos de agua y sacó del bolsillo del halda un puñado de semillas menudas como polen.

Pacientemente esperó un día tras otro el milagro de la vida. Echaba unas gotas de agua sobre la tierra gris y temía y se preguntaba si sería mucha o poca aquella agua, si no ahogara las minúsculas semillas o perecían en la sequedad del terrón.

Una mañana aparecieron los primeros brotes, unas puntas chiquitas, apuntando un verde casi amarillo. Corrió por el cazo y les echó agua en abundancia. Por vez primera no pensaba en ahogar las plantas, sólo alimentarlas, darles el agua de vida que precisaban. Las tenía allí, estaban brotando como un milagro sin importancia, como hace los milagros la naturaleza, y necesitaban aquella humedad, la sustancia de la tierra, su cariño de mujer, un cariño hasta entonces estéril, amontonado en su corazón. Estuvo buen rato mirando con atención, viéndolas crecer de verdad. Y comenzó a contarlas: una, dos, siete, quince, montones y montones de hermosos brotes.

A los nueve días empezaron a asomar los primeros botones y dos después, decenas de florecillas saludaron al sol. Unas flores tímidas, blancas, amarillas, rosas, de colores apagados y tristes como convenía a ella, a su carácter, pero hermosas como sus sentimientos.

Y, entonces, llegó él, iracunda tolvanera, como llegaba siempre, de atropello en atropello, marcando los clavos de las botas en la tierna juventud de las plantas que ella había cuidado con tanto amor, amor que le habría gustado compartir con aquella bestia, aunque lo sabía imposible.

Ella lloró, chilló, corrió a acariciar sus plantas maltratadas, envuelta en la risa burlona del hombre y una frase dura y sangrante:

- ¡Bah! Paparruchas. Daños sin importancia. Deja de llorar y ¡adentro!

Miraba, sin ver, tras el velo desdibujado de las lágrimas. Un diente de león aplastado, una amapola deshojada, el tallo de una prímula tronzada, daños sin importancia. De pronto sonó con insistencia retumbante un trueno y el viento trajo aromas de tierra húmeda cercana. El segundo trueno se acompañó de unas gotas de lluvia.

Entre trémula y desconcertada entró en casa y recorrió un larguísimo pasillo, un pasillo eterno por el que jamás anduvo antes. A derecha e izquierda se abrían habitaciones desconocidas para ella, grandes y pequeñas, abigarradas o vacías como desiertos inhabitables, heladas u horneadas con el fuego de la ira, oscuras o iluminadas por llamaradas fatuas, habitaciones inconsistentes y frías. Y descargó sobre el hombre toda la furia de mil vejaciones, de insultos y humillaciones sin cuento, de burlas descarnadas, de bofetadas recibidas en el alma, de pisadas brutales en las flores de su existencia pasada y en las flores indefensas del jardín de la entrada. Lo descargó una y otra vez, con machacona insistencia, desgarrando las carnes de aquella bestia con las tijeras que tenía en la mano, tijeras venidas de no sabía dónde ni cómo, tijeras menudas como ella misma, pero eficaces abriendo venas, destrozando miembros, horadando la yugular de la que salió un borbotón de sangre infecta y maloliente.

Luego, se acurrucó junto a la ventana, abrazada a su perro de peluche como la niña menuda y tímida de años atrás, como la rebelión menuda y tímida con que hasta ese día había contestado a las provocaciones del hombre, y quedó mirando la lluvia que caía en cendales sobre la ciudad, lluvia sucia y ominosa pareja a la angustia que le embargaba.

- Han sido daños sin importancia- murmuró-. Daños sin importancia...

Y cayó rendida en un profundo sueño reparador.

El fabricante de sueños

Ha tenido un sueño. Un sueño imposible. O quizá no ha sido sueño y todo lo ha vivido realmente. ¡Quién sabe! A estas alturas resulta difícil decidirse por una u otra alternativa.

Se palpa, acaricia, examina. Ha oído decir que un pellizco puede devolverlo a la realidad y se pellizca. Si está dormido, el pellizco no deberá dolerle pues se halla en la región onírica donde nada es lo que parece; pero si está despierto, el pellizco le dolerá. Y se pellizca.

Lanza un ¡ay! casi desganado, sin consistencia. Le ha dolido, pero no lo suficiente para discernir entre realidad y sueño y vuelve a pellizcarse, esta vez con más fuerza, retorciendo la carne hasta llevarse una porción de piel entre las uñas. Un dolor agudo, como pocas veces lo había sentido, le despierta y se ve sentado en la cama, preso del terror. ¡Estaba soñando, pero le ha dolido! ¡Y ahora sueña que está despierto! ¿O piensa, despierto, que está soñando y debe volver al sueño para despertarse?

Todo comenzó un día, día estúpido donde los haya, un día de amanecida turbia, de nubes cubriendo el sol con jirones de suciedad. Otro día de mañana cargada de colores, reventando la luz por entre el ramaje de una arboleda donde los pájaros intercambian sus trinos, no habría ocurrido, no habría podido ocurrir.

A mediodía empezó a chispear con desgana y pronto aquellas cuatro gotas se convirtieron en chaparrón. Se aplicó al rebufo de un quiosco donde se exhibían revistas de todo tipo, desde las más extrañas hasta las vulgares de siempre, y aguardó la escampada leyendo títulos y remirando fotos. Una revista, en especial, le llamó la atención. La tomó y empezó a ojearla bajo la mirada esquiva del quiosquero. Allí estaba, con letras rotas, rojo sobre negro, simulando churretes de sangre: *"Sueños a medida. El onirismo a su alcance. Sueñe sus propios sueños"*. Y una dirección, casi equívoca, como si hubiera sido sacada de una hoja de papel olvidada en alguna buhardilla con el polvo de cien años sobre ella.

Y fue. Casa impregnada de tufaradas de humedad. Escalera de maderamen dolorido gimiendo a los acordes de la carcoma invisible. El fabricante de sueños era alto como una espadaña, algo echado de espaldas para compensar su altura, de mucho hueso y poca carne, cabello fosco, mirar huidizo y puro azogue en cada movimiento. Le faltaba algún diente, tenía la voz rota a semejanza del gemido de un eje de noria y a la legua se le adivinaba mohatrero de espeluznos, rufián de confiados, almacén de morralla y espelunca de miserias. Vestía bisutería por joyas y la decencia la traía aherrojada en mazmorra, pero hablaba como ilustrado. Los sarmientos de los dedos se le atrofiaban en un vendaval de anillos y sellos atrabiliarios y los movía con la pesadez propia de tanto metal inútil.

Le recibió en un apartamento decorado con colgaduras de lutos, un cuerno de rinoceronte, dos o tres máscaras de licántropos y un vampiro de linajudo aspecto en ademán de arrojarse al vacío. El eco de unos susurros imaginados tremolaba en el ambiente como desgarrados pendones en el campo de batalla. Una entidad imperceptible vagaba entre sombras, velones, murmullos y lamias. Esta sensación se hacía más intensa en el rincón extremo de la habitación, donde un caldero sobre trébedes desprendía tufo a hierbas maceradas, muy propio todo para espeluznos y sustos.

Con gesto desvaído le mostró una silla invitándole a sentarse y se desparramó, luego, en una melopea ininteligible de conceptos extraños.

- Sueños, sueños… quieres soñar, pero no sabes qué, como todos…- dijo de pronto. Y fijó, un instante, los ojos en sus ojos, para volver a rehuirlos al momento.

- Quizá. Estoy confuso. No soy experto en sueños y mi capacidad de soñar no va más allá de alguna desnudez vergonzosa o el vértigo de una caída.

Tomó el fabricante de sueños un pomo y vertió el contenido espeso y maloliente en una artesilla de vidrio. Volutas verdosas como el sabor que se agarra a la garganta tras el vómito ascendieron hasta el techo impregnando la habitación de un olor acre, desagradable, que hizo carraspear a ambos.

Fue todo. Así de sencillo, sin más aspavientos. Quizá pensó escuchar un agudo trémolo seguido de acordes vigorosos como los sones tremendos y vibrantes de un órgano inundando con sus sones las bóvedas de algún monasterio ruinoso, pero no ocurrió nada. Se hizo un silencio opresivo y casi doloroso que le lanzó a la calle como un turbión.

El asco le revolvía los mondongos mientras regresaba a casa y aquella noche empezaron los sueños que no eran sueños sino un marasmo de duermevelas, atalajes sin forma de modorras que desembocan en sueños enredados en otros sueños. Y despertares para soñar con otros despertares en los que el sueño le arropaba en nieblas donde se perdía y le perseguían animales de cuentos de la infancia.

Hasta ahora. Ahora sueña que está despierto. O piensa, despierto, que está soñando y debe volver al sueño para despertarse.

Y se arrepiente, se arrepiente a cada momento, de cada instante, en cada sueño… pero es demasiado tarde porque los sueños son sólo eso, sueños, y en los sueños no caben arrepentimientos.

Cuento breve

¡Pobre muchacha!

El maldito fraile le arrebató el alma, la envolvió en una mortaja de pecados y de seguida la sepultó en los infiernos. El cuerpo lo abandonó al albur de siniestros compadreos, a la puerta del convento.

Después, sin prisas, se atusó la cuerna y salió a decir misa.

Trilogía cidiana

Batalla

El contrincante es joven y tiene el vigor de los cortos años, pero el brazo de Ruy Díaz está bregado en cien batallas y lo humilla.

A punto de descargar el golpe decisivo queda al descubierto el rostro del sarraceno. Más que joven, es un niño. Moreno, ojos despiertos, sin barba aún que mesarse.

El Campeador amaga recuerdos: Diego, Consuegra...

Mira en torno suyo, toma un caballo de crines ensangrentadas y ayuda a montar al muchacho. Lo aguija, luego, con el hierro y espera hasta verlos perderse en la lejanía.

No ha tiempo para más. Una cimitarra enemiga le reclama.

Tizona

Las estrellas se estremecen bajo el relente.

Todo duerme. Duerme la noche al abrigo de una luna entreverada por las nubes. Duerme el monasterio tras la seguridad de sus muros, arropado por frailunos ronquidos que se escapan de las celdas. Y duermen las niñas María y Cristina totalmente ajenas a la tragedia del adiós.

Sólo Jimena vela la ausencia del hombre que la arrebató un día de sus montañas para darle nobleza en tierras de Castilla. Espera asomada a la ventana del torreón aguzando el oído que le anuncie el galope nervioso de Babieca.

Espera abrazada a Tizona y sonríe el olvido del guerrero.

··· ··· ···

A orillas del Arlanzón, sesenta lanzas, las mejores de Castilla, esperan la llegada del día para marchar a tierras hostiles. Rodrigo pasea nervioso por la glera mientras ordena guardias y dispone vigías. Algo se le escapa en aquella noche nacida para el olvido. Y de pronto se apercibe de la causa. Ha echado mano al costado y no topa empuñadura.

- ¡Presto! ¡Babieca!-, ordena.

Sin gualdrapa ni jaeces, sólo con bridón y silla, aguija a Babieca hacia Cardeña. Pretexta la espada, pero el motivo es la desazón de su última noche en Castilla. Y la noche se hace cómplice de cabalgadas, sombras y susurros sin mengua de tan grande honor.

··· ··· ···

Al alba, regresa resplandeciente con la Tizona al costado.

Valencia

El ejército muslim cubre la carrera con golpeo de cimitarras contra los escudos.

Por el medio de las dos filas avanza Jimena, negro escofión de raso, sayal ceñido con cinturón de plata, manto cordobán y borceguíes de terciopelo. Tras ella cuatro corceles zainos arrastran el túmulo de Ruy Díaz. Negro sobre negro y tristeza en la mirada.

Al pie de la torre albarrana la espera el taifa sarraceno que le besa las manos y saluda con la zalema:

- Selam aleih, ¡ye sayyideti!

Jimena abaja la cabeza, arrasados los ojos, y aguija el caballo.

Valencia queda atrás. Delante amanece Cardeña.

La desfloración

La mujer había decidido entregarse. La virginidad le molestaba no tanto por lo que de ella pudieran pensar otras personas, como por el gusto de probar las tan cacareadas delicias de Venus.

Había elegido a un zote fornido, rugoso, atrabiliario, velludo como oso, perdido en una majada allá en monte, del que se decían maravillas.

Mientras se desnudaba, el hombre la miraba entre divertido y burlón haciendo muchas muecas y visajes con los ojos.

- ¿Y bien?-, preguntó cuando se hubo desnudado poniendo pose de actriz de película.

El rústico fijó en ella sus ojos como platos y se le acercó a los pechos. Eran dos manzanas en sazón. Se los miró, sobó, pellizcó y acarició.

- ¿Y bien?-, volvió a preguntar viendo que el hombre no se arrancaba.

- ¿Y cuánto?-, dijo él.

- ¿Cuánto?

- Si le doy gusto a la cabra me entrega su leche, la oveja su lana y sus corderos y hasta la burra me lo agradece con su trabajo. ¿Habías de ser tu menos?

Y se alejó sendero adelante, dejándola allí con las bragas en la mano y el rubor de la vergüenza destilándole cuerpo abajo.

La volubilidad de las ranas

Los dos enamorados miran a la noche, a través de los cristales, sentados en el borde de la cama.

- ¡Preciosa noche, querido!
- Preciosa, sí.
- Mira cómo titilan las estrellas.
- También titilan los puntos de luz.
- Quizá sea porque las estrellas son puntos de luz.
- O los puntos de luz semejan estrellas para poder titilar.
- Titilar es una actividad bonita.
- ¿Titilaremos nosotros también, vistos desde la lejanía?
- No me importa siempre que estemos juntos.
- Si alguna vez se detienen, yo las haré titilar para ti.
- ¿Lo harías, querido?
- Lo haría.
- ¡Oh! ¡Oh!
- ¿Te privas?
- Es este calor angustioso.
- Yo no siento calor.
- Lo tengo. Abre la ventana. Deja entrar el relente de la noche. Bañemos nuestros cuerpos en el relente.
- ¿Dejarás, luego, que te lo seque?
- Tú, siempre tan picarote.
- Tú, siempre tan hermosa.
- Abre, pues. Nos entregaremos a la vorágine de la noche.
- ¡Abro! ¡Abro! Entra, noche dichosa.
- ¿Oyes?
- Sí, oigo a la noche susurrar secretos.
- No.

- ¿No?

- Se oye croar.

- Será una rana.

- Naturalmente. Es consustancial a la rana croar.

- También lo es arrojarse al agua.

- Pero entonces no croa. Nada.

- Puede nadar y croar.

- Si croase mientras nada se le llenaría la boca de agua. La pobre rana moriría. Eres cruel con la pobre rana. Eres hombre, al fin y al cabo.

- Soy hombre, pero amo a las ranas.

- Si las amases no querrías que se ahogaran, croando, mientras nadan.

- ¿He dicho tal cosa, querida?

- Lo has dicho. No tienes sentimientos.

- Cerraré la ventana y olvidaremos la rana.

- Sí, cierra. Empieza a notarse frío. El relente no es bueno para nada. Entumece los cuerpos. Abotaga las mentes. ¿Pasará frío la rana? Su recuerdo me arrastra al pasado con la fuerza de un vendaval. Nuestra primera noche también croaba una rana.

- ¡Sí, lo recuerdo! Estuvo croando hasta el amanecer. Croaba y croaba mientas te recatabas de mí.

- ¿Recatarme yo? Eras tú el temeroso.

- No confundas. Protegía tu pudor.

- Nunca tuve pudor. Desde niña fui una mujer liberal, abierta a los conocimientos de la filosofía empírica. Eras tú quien se debatía en la debacle de la ignorancia.

- ¡Quién fue a hablar! La muchachita que pensaba que los niños venían de París.

- Algunos vienen. Los vecinos del bajo derecha. Pregúntales. Fueron a París. Estuvieron quince días y se trajeron un crío, algo tonto pero crío.

- Ella volvió embarazada. No es lo mismo.

- ¡Oh, no, no es lo mismo! Se llevó el crío de aquí y allí se lo inseminó. ¿Es eso lo que quieres decir?

- No quiero decir eso. Digo solamente…

- Dices, dices, pero a su hijo lo trajo de Paris. Luego, hay niños que vienen de París. Negar la evidencia es de tontos.

- Tonta tú.

- ¡Sátiro!

- ¡Estúpida!

- ¡Lascivo!

- ¡Escolapia!
- ¡Neutrino!
- ¡Burjaca!
- ¡Zuzón!
- ¡Farandola!
- ¡Rijoso!
- ¡Idiota!
- ¡Mujeriego!
- ¿Mujeriego yo?
- ¿Lo negarás?
- Lo niego.
- ¡Odioso!
- ¿Por qué?
- Bien me dejaste en entredicho, el otro día, en la fiesta. Te entregaste a libidinosos besos con la vecina, la del niño de París.
- No te tolero…
- Me lo tolerarás porque es cierto. La besaste.
- No la besé.
- La besaste.
- ¡No!
- ¡Sí!
- ¡No!
- ¡Sí!
- ¡No!
- ¡No!
- ¡Sí!
- ¡Lo reconoces!
- No reconozco nada. Has roto el normal discurrir de la diputa.
- ¡Sutil excusa!
- Si la necesitase… Fue ella quien me besó.
- ¿Hay alguna diferencia?
- Naturalmente, la hay.
- Un beso es un beso.
- Pero un beso robado no es beso.
- Es beso.
- Pero robado pierde su culpabilidad. Aboca a la mediocridad absoluta. Nadie admitiría delito en un beso robado. Si acaso en quien lo da, pero nunca en quien lo recibe.
- ¿Es cierto? No sentiste…

- No.
- No, ¿qué?
- No sentí nada.
- ¿No eres hombre?
- Bueno, sí sentí, pero me contuve.
- ¿Y eso que sentiste, te excitó?
- No lo sé. ¿Qué quieres que te diga?
- La verdad.
- ¿Existe la verdad?
- Existe nuestra verdad.
- No la conozco.
- ¡La besaste!
- ¡Un instante!
- ¡Canalla!
- Concomitante…
- ¡En público!
- Atenuante…
- ¡Te aborrezco!
- Exorbitante…
- ¡Promiscuo!
- Diletante…
- ¡Crápula!
- Febricitante. Irritante.
- ¿Te burlas?
- ¡Arbotante!

Silencio. Los amantes se miran con desaprobación mutua. La noche sigue su curso, impertérrita, ajena al devenir de los acontecimientos. Si pudiera reír soltaría una brutal carcajada, pero es sabido que la noche no ríe. Quizá la rana, pero tampoco. Ahora está empeñada en croar hasta desgañitarse.

- ¿Has dicho arbotante?
- ¡Arbotante!
- Rima en "tante", mas se sale de contexto.
- No, querida. Forma parte del rompecabezas. Tiene su lugar aunque, ¡pobre cabecita!, ahora no lo recuerdes.
- ¡Ayúdame!
- Viaje de novios… Una noche sin perfiles… Concebías tú, mientras yo engendraba…
- Lo recuerdo.

- Estábamos en una ciudad berroqueña.
- Era habitable, dulce, con hermosos jardines.
- Pues a mí me pareció berroqueña.
- Lo sería en tu imaginación. Siempre has sido muy dado a ver el lado turbio de las cosas.
- Berroqueño no es turbio.
- Pero tu visión, sí.
- Vale, no era berroqueña. Pero tenía una enorme catedral.
- Eso sí. La catedral era colosal. Se perdía más allá de donde alcanzaba la vista. Era imposible abarcarla de una sola vez. Desbordaba los límites urbanos. La calificaría de lujuriosa.
- Una catedral es de piedra. Por eso le digo berroqueña.
- También es una selva de columnas y la selva es lujuriosa.
- Lujuriosa, a tus ojos.
- Aquel día todo era lujurioso. Hasta tú me lo parecías.
- Era tu marido recién estrenado.
- Enseguida te desmadejaste. Como un muñeco de guiñol.
- Me reservaba.
- ¿Era eso?
- El arbotante tenía en lo alto una gárgola con forma de rana.
- Una rana viscosa.
- Una rana berroqueña.
- Podría ser la que estuvo croando toda la noche.
- Las ranas de piedra no croan.
- Aquella, tal vez, sí.
- Las ranas de piedra son mudas.
- Croó toda la noche.
- No croó.
- ¿Me lo aseguras?
- Por el amor que te profeso.
- ¡Oh, querido! Había, entonces, dos ranas. ¡Benditas ranas!
- Cantaba la una.
- Era muda la otra.
- Nos olvidamos, entonces, de esta.
- Nos olvidamos de la rana-gárgola
- La dejamos en la noche, cantar su canción de piedra.
- Y llegaste pletórico.
- Con tus hijos.
- Con nuestros hijos.

- Esperábamos niña y niño.

- Tuvimos niño y niña.

- Yo quedé desolado.

- Te reconforté. ¿Qué importaba? Superaríamos juntos la terrible burla.

- La superamos.

- Eramos jóvenes. A esa edad todo se supera.

- Queríamos llamarles…

- A la niña Antonia y al niño Julio.

- Al niño Antonio y a la niña Julia.

- Discrepábamos.

- Discrepar es bonito. Une. Acerca. Las discusiones se alargaban durante horas en la noche. Los vecinos golpeaban las paredes reclamando silencio.

- Nos reíamos del silencio

- Lo despreciábamos.

- Al niño le llamamos Albogasto por una tía segunda tuya.

- A la niña le pusimos Quiteria sin venir a cuento, porque quisimos.

- Fue una buena idea, querido.

- Las buenas ideas benefician a la sociedad.

- Algunas personas no se benefician de las buenas ideas porque no son parte de la sociedad.

- Nosotros somos parte de la sociedad, luego nos beneficiamos de las buenas ideas. ¡Hemos formulado un silogismo!

- En el parque llamábamos "¡Albogasto!, ¡Quiteria!" y venían corriendo a nuestro lado.

- Las otras madres gritaban el nombre de sus hijos y acudía un tropel de críos, todos los críos del parque porque todos se llamaban Luis o María o Radegunda. Nombres vulgares…

- Llegaban niños de todos los parques de la ciudad. Era un alboroto de mucho compromiso. Los padres no encontraban a sus hijos; los hijos lloraban buscando a sus madres. Era una cuestión de orden público

- La policía hubo de tomar cartas en el asunto con discreción y disolver los tumultos utilizando vehículos antidisturbios.

- Los niños eran recluidos en campos cercados de alambrada hasta que aparecían sus progenitores.

- Las madres sin niños eran castigadas con rotundidad. A alguna se la desterró por concubinato.

- ¿Cómo lo solucionaron?

- ¿El concubinato?
- La cuestión de los nombres.
- No sé, no nos atañía el problema. Con Albogasto y Quiteria lo teníamos solucionado.
- Fue una buena idea, querido.
- Las buenas ideas benefician a la sociedad.
- No, no, el silogismo ya lo hemos formulado. Sigamos…
- …mirando la noche.
- Abre la ventana. Me ahogo.
- Antes también te ahogabas. Luego, tuviste frío.
- Fue a modo de un vahído espiritual. Los vahídos espirituales trazan circunferencias en torno nuestro y nos hacen sentirnos extraños.
- O puede que sea la parábola de la noche. La directriz de la parábola oscila sobre nuestras existencias haciéndolas efímeras.
- Será eso.
- Lo es.
- Abre.
- Abro. Nos empaparemos de directrices, abscisas y tangentes direccionales. La noche es geometría absurda, un enredo de dimensiones distorsionadas.
- Donde la rana croa.
- ¡Oh, sí! La oigo croar.
- Las ranas croan.
- Y nadan.
- Nadan y croan.
- Será la misma que croaba antes.
- Acaso sea la de nuestra primera noche.
- O la del arbotante de la catedral.
- Quizá.
- Tal vez.
- Acaso.
- Seguro
- Su croar tiene algo de ronco.
- Pétreo. Berroqueño.
- Eso es porque está ronca de tanto croar.
- Croa a la noche.
- A las estrellas que titilan.
- También titilan los puntos de luz.
- Quizá sea porque las estrellas son puntos de luz.

- O los puntos de luz semejan estrellas para poder titilar.

- Titilar es una actividad bonita.

- ¿Titilaremos nosotros también, vistos desde la lejanía?

- No me importa siempre que estemos juntos.

- Si alguna vez se detienen, yo las haré titilar para ti.

- ¿Lo harías, querido?

- Lo haría…

Los dos enamorados miran a la noche, sentados en el borde de la cama. Y se besan…

Los espejos distorsionan la realidad

- Un vientre generoso se agradece.
  - Pero no es bello.
  - Es atractivo.
  - Es grosero.
  - Tiene un punto de disfunción anatómica, lo reconozco.
  - Los vientres planos cimbrean los ahogos del deseo.
  - Eso no es deseo. Es concupiscencia.
  - Quizá sean concupiscentes, pero cimbreantes.
  - Lo uno lleva a lo otro.
  - Mejor lo otro a lo uno. Primero se cimbrea el cuerpo, luego llega el deseo.

Estas divagaciones son vedijas amorfas, inconsistentes, del dialogo que mantengo con el otro. El otro es el individuo que aparece reflejado en el espejo, hiperónimo de mi existencia. Me persigue, acosa, abruma, acogota contra la intemperancia de mis limitaciones. Procuro ser vacuo e intranscendente en mi trato con él. Cuando dialogo me atribuyo insensateces dándole a entender una idiotez congénita inexistente. Me arrogo la pertenencia a ese mundo de los tontos infinitos, ese mundo que, cada día, crece en proporción geométrica.

Por eso nadie debe imaginarse mi verborrea como irracional. Yo estoy de este lado del espejo, del lado del racionalismo. Ello no me convierte en poseedor de la verdad, naturalmente, pero me permite actuar como factótum de mi albedrío. Tampoco quiero parecer racionalista puro, entiéndaseme. Mi maleabilidad me permite adaptarme a formas larvarias latentes de donde emerjo cuando las condiciones se presumen óptimas. Puedo asegurar que creo en los dioses, unos dioses voluptuosos, aferrados a la vulgaridad más espantosa, que se revuelcan en el estercolero del vicio, pero solamente creo hasta donde permite la ética de la razón.

- Observa a esa diosa de curvilíneo vientre, redondeadas caderas, muslos prietos, pechos cadenciosos.

- Es una cerda, fango de voluptuosidades.

- Quizá sean cerdos todos los dioses. Quizá no existan los dioses, solamente sus ideas cerdosas.

- Y nosotros, sus excrementos.

- Los dioses griegos tenían debilidades. Eran dioses cercanos al hombre.

- De esa promiscuidad nacían héroes.

- Sin promiscuidad no hay héroes. Sin héroes todo es vulgar. Debemos volver a los tiempos homéricos.

- De la incestuosa Hera nacieron dioses.

- Engendrados por el del tonante rayo.

- Hijos de Zeus, vulgar botarate, esclavo de sus pasiones. Mejor haría en escardar cebollinos antes de andarse persiguiendo ninfas.

- Hoy los dioses se abanican contumaces.

- Bambolean el capazo de sus preceptos como una espada de Damocles.

- Y sus sacerdotes descargan la vejiga ritualizando el acto.

- La sibila desparrama la facundia de lo abstracto.

- Habla a quien sabe escucharle.

- Profetiza falacias.

- Es la verdad en el estado más puro.

- Sólo el racionalismo es perfecto. Rehuyo los mitos perturbadores de los endiosamientos.

Aquí vuelvo en mí. Soy yo de nuevo. Una vez más he podido liberarme.

La imagen del espejo fluctúa desde una irisación acuosa hasta los grises del apocalipsis. Pienso si no debería desprenderme de su influencia, romper la perniciosa relación que nos une, pero no acabo de decidirme. Una especie de morbo me ata a él con fieras ligaduras. Nuestros universos se acarician sin llegar a rozarse, intuyéndose apenas. Vivimos ambos en un sistema de conveniencias. Salirse de él nos convertiría, quizá, en desechos orgánicos, basurero de ideas.

- Queda quedo.

- Juegas con la fonética en aras de la morfología.

- Es el rompecabezas extremo.

- Los silencios distorsionan el apercibimiento bloqueándolo a nuevos entendimientos.

- Es, sí, como la lluvia persistente. Su tenacidad sobre la umbela del tejado produce los efectos de un bebedizo.

- Bebedizo de dioses.

- Bebedizo que trastorna el entendimiento.

- Canto de sirenas.

- El efecto multiplicador estimula la libido.

- Saca al animal de su jaula. Lo arroja en manos de la concupiscente Afrodita.

- ¡Concepto sublime!

- ¡Bestialidad!

- Afrodita cubre a los amantes con su paño de pudor.

- Pudor testimonial, terquedad memorable.

- Somos rebeldes freudianos abocados a romper las barreras de la decencia.

- Las frustraciones esconden bajo una careta de normalidad la más insoportable de las contumacias.

- Sus formas, su sonrisa, la calidez del tacto incitan a la fatalidad.

- ¿Habremos de buscar en las estrellas la razón de ser?

Esta noche he llegado al límite de la paciencia. Debo destruirle. ¡Es tan fácil! Basta levantar el puño y dejarlo caer sobre la lisa superficie. Sonrío malévolo ante las connotaciones siniestras de mi decisión. Mataré la agonía en que me tiene sumido tanta insensatez y seré libre. Al menos, eso creo, desdichado de mí.

- Las ideas me emborrachan el entendimiento.

- Convencionalismos sociales. La verecundia de la libido pone fieros candados al pudor. Los aherroja como a la bestia que guarda las puertas del Tártaro.

- ¡Hay tanta ignorancia!

- Si pelamos la estulticia, bajo la monda quizá hallemos conocimiento.

- Prefiero apacentar mis dedos en suave conversación con las curvas sugerentes de unos muslos desnudos.

- ¡Basta! ¡Basta ya!

Astillo, de un golpe, el insano vidrio. La rotura semeja un cráter de donde parten hilos radiales rasgando la superficie.

Ahora es una figura fractal. Cuento hasta ochenta y siete nuevos elementos, ochenta y siete nuevos espejos donde se reflejan ochenta y siete nuevos otros, amenazándome con su conversación sin sentido, con la falacia de sus argumentos, con el agobio de su estúpido discurrir.

Roberto

Roberto es sentimental por naturaleza. O lo era. Quizá lo sea todavía, aunque después de lo ocurrido hoy no lo tiene muy claro.

Comenzó todo esta mañana cuando salió de casa. A la vuelta de una esquina se encontró con el crío. Gimoteaba, sentado en suelo, preso de espasmos.

- ¿Qué te ocurre, pequeño? ¿Te has perdido?

El niño clavó en él los ojos, enrojecidos por el llanto. Tenía las mejillas húmedas, cubiertas por churretes de un moco amarillento que se había restregado con la mano. Las pupilas, abiertas al miedo, reflejaban la angustia que debía sentir ante su desvalimiento. Hipó un par de veces y alargó su manecita. Roberto le asió de ella y se dirigió a la comisaría más cercana.

El guardia era un hombre acostumbrado a mandar y ser obedecido. Le recibió tras una mesa de madera a rebosar de papeles y hostilidad. Sin responder a su saludo le miró fijamente desnudándole el alma para descubrir al delincuente que podía albergar en su interior. Estaba acostumbrado a detener malhechores y los olía a distancia.

Roberto carraspeó inquieto.

- Traigo este niño-, acertó a decir.
- ¿No lo quiere?
- Sí, lo quiero, pero...
- Sin peros. Si lo quiere, quédeselo.
- ... pero, no es mío.
- ¿Y si no es suyo por qué lo tiene?
- Me lo he encontrado.
- Eso dicen todos, pero habría que verlo.
- ¿Qué se ha de ver? Me lo he encontrado y vengo a dejarlo aquí.

- ¡Ah, si todo fuera así de sencillo! No, caballero, el niño lo ha traído usted. En tanto no se aclare la situación el niño es suyo y su abandono podría acarrearle graves consecuencias.

- Me explicaré, agente…

- Está claro. Sobran explicaciones superfluas. Usted tiene un niño, no lo quiere, lo trae para que nosotros nos hagamos cargo de él. Está clarísimo. Abandono de patria potestad. Veamos…

Y se aplicó a consultar un grueso manual de reglamento.

El pequeño seguía aferrado a la mano de Roberto. Miraba hacia arriba como una imagen suplicante de María Dolorosa.

- Aquí lo dice-, el policía señaló con el índice un párrafo en la página abierta-. Artículo 154 y siguientes del Código Civil: relaciones paterno-filiales. Caballero, se ha metido en un buen lío.

- Pero…

- Los peros los dará usted al juez. Acompáñeme, señor. Y no suelte al niño de la mano o habrá de vérselas conmigo.

Los introdujeron a ambos en un vehículo policial. La sirena aullaba enloquecida mientras atravesaba la ciudad lo que hizo las delicias del crío a quien pareció escapársele el miedo del cuerpo y hundirse en un extraño trance de regocijo.

Les hicieron esperar en un cuartucho de dos por tres, sin ventanas, iluminado por un fluorescente en continuo parpadeo que dañaba los ojos. Al cabo de un rato apreció una matrona de formas rotundas en busca del pequeño. Luego empezó la larga espera. Roberto no supo el tiempo transcurrido. Pudieron ser minutos, horas, quizá días. Aquellas cuatro paredes le miraban ominosas, burlándose de su soledad.

Por fin fueron a buscarle para comparecer ante el juez.

Los jueces suelen ser hombres de catadura cetrina, rostro anguloso y mirada fría. Todo muy estudiado para amedrentar al acusado en las vistas preliminares, desarmarlo y conseguir una declaración de culpabilidad que evite procesos judiciales engorrosos. Pero Roberto se encontró ante un hombrecillo menudo, redondeado de vientre como una pipa de amontillado, ojos alegres, ademanes paternales y sonrisa a medio camino del perdón que, aupado en un estrado, ojeaba el legajo de su expediente por encima de unas gafas de montura de nácar.

- Caso curioso-, decía cada vez que pasaba una de las hojas-. Curioso, extremadamente curioso…

Cuando terminó la lectura se ajustó los lentes sobre el puente de la nariz y preguntó:

- ¿Roberto Barquillo?

- Sí.

- Si, señoría-, corrigió el hombrecillo.

- Perdón. Sí, señoría.

El juez pareció sentirse inclinado a la benevolencia y sonrió.

- ¿Ha sido condenado alguna vez por rapto o secuestro?

- Nunca, señoría.

- ¿Robo con escalo?

- No, señoría.

- ¿Muerte dolosa?

- No, señoría.

- ¿Malversación? ¿Inmoralidad? ¿Perversión? ¿Dejación? ¿Estulticia? ¿Abulia? ¿Dengue? ¿Mal de bubas? ¿Ablación escrotal? ¡Responda! ¡Vamos, responda!

- ¡No, no, no, no, no! ¡Nunca, señoría!

- Ha dudado.

- No he dudado, señoría. Eran demasiadas preguntas.

- Preguntas sencillas, concretas, fáciles de contestar.

- Me han llegado en montón.

- ¿Diría que le he acosado?

- No osaría tal, señor juez.

- Pero sí osa desprenderse de un niño.

- Una criatura encantadora, señor juez.

- Criatura a la que quiere abandonar.

- No, ¡así me condene si lo hiciera!, jamás abandonaría a un ser indefenso. Pero, no es hijo mío.

- ¿Espurio?

- Lo he encontrado en la calle.

- ¿Recoge a cuantos niños se encuentra en la calle?

- No, señoría.

- ¿Y de quien es hijo?

- Debería preguntárselo a él, señoría.

- Se lo pregunto a usted. Usted lo ha traído.

- Necesita un padre. Necesita a sus padres.

- De quienes usted lo ha apartado.

- Lo he recogido.

- Con perversa intención.

- No tal.

- Eso se verá.

Un mazazo encima de la mesa dio fin al interrogatorio.

Ahora los han vuelto a encerrar a los dos en la habitación del fluorescente parpadeante. Al niño le han arreglado, lavado la cara y adecentado las ropas. Le han dado un pedazo de pan con chocolate que come, sin prisas, mientras mira a Roberto sonriente, con agradecimiento. Entonces se da cuenta el hombre de que lleva sin comer desde por la mañana y debe de ser ya muy tarde. El aguijonazo del hambre en el estómago se lo recuerda.

Mira al pequeño con envidia de pan y chocolate mariposeándole las tripas.

- Caso curioso-, murmura, por lo bajo, remedando el gesto concentrado del juez-. Curioso, extremadamente curioso…

El hombre que trastabilló

- Pues, sí, dicen que trastabilló y desde entonces se volvió raro y se le escurren las ideas.

- Y, ¿cómo fue ello?

Jacinto es hombre de bien. No habla sino en sentencias y son de tales maneras sus decires que nadie puede poner en duda la verdad de cuanto dice.

- Mire, se lo cuento- se dirige a mí como en conciliábulo, en la comisura de los labios, en milagroso equilibrio, una colilla húmeda, eternamente apagada, oliendo a tabaco viejo.- Juzgará así, usted mismo, si este hombre de Dios quedó, o no, tocado cuando trastabilló.

Y dice y no para y me cuenta cómo, en cuanto llega el invierno, el trastabillado se hace agua en dolores y pesares. Allá donde va arrastra una humedad molesta que llena la casa y las cuadras, que afecta a los animales y a las personas, que humedece la ropa de las camas. Por eso Ana, Anita, su mujer, tan pronto llega el invierno le dice: "Hala, fuera", y le hecha de la habitación porque si no lo hiciese dormiría en un charco de sábanas y mantas.

Y él se va sumiso. Se sienta a la puerta de casa y queda allí, abierta la boca como un bobalicón y los ojos tan redondos que parecen lunas, observando la naturaleza empapada de lluvia en esos días brumosos de invierno cuando empieza a llover y es una cantinela inacabable, monótona, insistente, continuada. Parece como si el repiqueteo de la lluvia en los charcos le llenara de alguna esperanza extraña y le vivificara. A veces, se hace arroyo y baja con las aguas a mezclarse en las turbulencias del gran río. Y entonces está días y días desaparecido porque le gusta llegar hasta el mar, ese lugar inmenso donde hay tantas y tan distintas aguas que ninguna conoce a las demás.

Desde aquel día, desde que trastabilló, pasa así los inviernos, sin apenas comer ni dormir, haciéndose agua, yéndose en cada gota de lluvia, calando poco a poco sus sentimientos en la tierra agradecida, buscando olvidos en alguna sala oscura cuando sale el tímido sol a calentar los campos.

Luego, en primavera, se hace viento. Un viento que sopla sin atender razones, ni conveniencias, que se mezcla con el aire que baja de la montaña y va presuroso y ligero a llevar nuevas formas a la naturaleza sedienta de vida.

Se viste con un blusón gris y largo, sin abrochar, libres los faldones, inflados como un globo, y corre así por las trochas de las lindes, o monte arriba hasta tocar con sus manos las ramas obscuras y tristes de las carrascas, o acaricia la superficie de algún arroyo, torrentera de las nieves de las cimas, y ondea el agua y la hace saltar y la vuelve cantarina. Y se ríe con tonta alegría, inflado el blusón, mientras se desliza sobre el lomo de las bestias que han abandonado los corrales para sentir en los bofes los aires limpios que les traen efluvios de excitación.

Es viento y lo dice, lo grita. Cada racha es un susurro en el que se esconde su grito de alegría: "Voy, corro, vuelo, paso, soy el viento que trae clamores de primavera".

Cae, después, en un bochornoso pesar, el bochorno de los calores que agostan la tierra. Vuelve a sentarse ante la puerta de la casa, sobre la gran piedra que hace las veces de banco y permanece allí, filtrando por todo su ser la luz y los sonidos del entorno.

Bordonea el moscardón y una libélula madrugadora viene a espantarlo con su vuelo de diosa griega. Chicharras impertinentes se apoderan del día y en su aserrar rasgado traen el imposible calor. Por un momento la tarde se hace silencio. La vaca espanta las moscas con la inquietud de su rabo a la sombra de una encina, el burro clama gozoso en la penumbra de la cuadra y un rumor, apenas susurro, habla del paso reptante de la víbora tras el rastro de un medroso ratoncillo oculto en su forado.

El también es, entonces, fuego. Dicen que un día bajó a la taberna a beber porque el calor era desmesurado. Hacía años que no había calentado tanto. Y pidió una jarra de cerveza. Pues lo asegura quien lo vio: cuando cogió la jarra la calentó de tal manera que la cerveza comenzó a sisear como cuando caen unas gotas de agua sobre la chapa caliente de la cocina. Tal siseó y se levantó una columna de vapor entre sus manos.

Y cuando se aproxima la siega, cercano agosto, recorre los ondulantes mares de trigo y los agosta si el sol aún no lo ha hecho. Lo malo fue el año que se le murió la vaca al herrero. Fue un año malo para todos, pues hubo peste en los conejos, pepita en las gallinas y además de lo del herrero, el sacristán aireó intimidades que no debiera, pues a quien se le ocurre decir que va a acompañar a don Millán, el cura, a ayudar en la procesión de san Mateo, al pueblo de al lado, cuando todos saben que las fiestas son por santa Marina. Ni la más lerda se lo habría tragado, cuánto menos la lagarta de la sacristana. ¡Buena se armó! Pero, aún hubo de ser peor venir el trastabillado a agostar los campos e írsele la mano, de tal modo no sólo las mieses, sino toda la tierra y aún el cielo, que ardió el carrascal hasta quedar sólo tizones y se perdió el monte y se perdió la caza.

Pero nadie le culpó, pues bastante desventura tenía él con haber trastabillado cuando la vendimia. Y mira si fue tonto el suceso y de no verse no creerse. Porque, vamos a ver, ¿era la primera vez que lo hacía?, ¿era nuevo en tales menesteres?, ¿no llevaba desde los doce años acarreando cuévanos como el panadero panes?

- Pues atienda cómo sucedió y dígame si no fue desgracia harta- sigue Jacinto, mientras cambia la colilla al otro lado de los labios con un movimiento imperceptible de la lengua.

Todo fue que andaba de acá para allá con los cuévanos, trayendo estos, acercando aquellos, retirando los otros y había cinco o seis pilas de ellos sujetas con cordeles, como en escalera, que el diablo los ataría pues de otra manera no se entiende. Se subió a la más alta de las pilas, a la que estaba arriba que le decía entre burlona y retadora: "¿Subirás, subirás? No creo que te atrevas y, si subes, caerás".

Pues, se atrevió. Y se rompió la cuerda que ataba las pilas y empezaron éstas a rodar y él, claro, a querer mantenerse en pie, hasta que trastabilló y se golpeó la cabeza contra el suelo. Fue entonces cuando se le dañaron las entendederas.

Así no es de extrañar que al llegar el otoño, se sienta alicaído, triste y mortecino, y acompañe a la hoja en su caída. Y es caída literal porque se viene al suelo muerto y va de acá para allá, confundido con el polvo, como si lo empujase el viento.

Se le va la piel en hojas de escamas, imperceptiblemente, y pasa a formar parte de esa alfombra vegetal con combinaciones de colores descompuestos. Y le amarillean la cara y los brazos, como amarillean las hojas de la chopera de allí abajo, junto al gran río, hasta quedar como un palo. Puede decirse que ni respira. Está así días y días, igual que un tonto, sin ver, sin hablar. Creo que ni siquiera oye cuanto se dice a su alrededor. Es hoja seca caída, pero ya no la empuja el viento porque se ha pegado a la tierra y tiene que descomponerse allí, hacerse humus gratificante que agradecerán las plantas. Y una noche o una mañana, nunca se sabe, de pronto, con las primeras lluvias, ya cercano el invierno, ¡hala!, vuelve a convertirse en agua y humedad molesta y su mujer le echa otra vez de casa.

- Pero, bueno, a parte de todo esto, ¿de verdad se le escurren las ideas, como dicen en el pueblo?- pregunto.

Jacinto, me mira entre paciente y compasivo, mientras le tiembla en la comisura un pringue de nicotina.

- Vaya si se le escurren y se le corren, pernera abajo, hasta el suelo. ¡Pues no cree el infeliz que todo cuanto le acabo de contar, le sucede de verdad!

Y tras dos chupadas inútiles a la colilla, me hace un guiño de complicidad maligna.

Josafat

(Trilogía)

Incertidumbre. (Primera entrega).

Buscó con ahínco en el inhóspito desierto, en las selvas lujuriosas, bajo tierra, asomado a la bocana del infierno.

Pero era el único superviviente y sólo encontró su imagen reflejada en el espejo de las aguas.

La llamada del instinto. (La saga continúa).

Se avitualló de esperanza antes de comenzar el éxodo bajo la mirada solícita de las arpías.

Una perversión incontrolable le empujaba hacia su destino.

Los dioses tienen la palabra. (Exterminio final).

Si alguna vez existió el Edén estuvo allí, el lugar adonde le habían conducido sus trémulos pasos. Plácido, silente, al abrigaño del musgoso murallón que detenía los fríos del norte

- Arroja tu semilla en la tierra-, le dijo la voz-, y tu descendencia será innumerable.

Obedeció ciegamente, desperdiciándola en vano, porque no había mujer que la recibiese y ello aceleró su propia destrucción.

Fue el último humano que acarició los musgos de la escarpadura, luego las arpías se aburrieron mortalmente.

Sanatorio mental, habitación 129

Cuando abrió los ojos percibió un limbo a medio camino entre la luz y la oscuridad y de seguida le pareció que el techo de la habitación hacía una cabriola como si quisiera desplomársele encima. Trató de llevarse las manos a la cara para protegerse, pero estaba firmemente sujeto con correas a los hierros de la cama.

Luego, poco a poco, empezó a llegarle la luz, una luz que saturaba la habitación de blanco. Blancas las paredes, blancas las ropas del lecho, blanco el día que penetraba a raudales por la ventana, blanca su mente golpeada, a intervalos, por grises de olvidos que se mezclaban con recuerdos.

El hombre que estaba junto a él se inclinó para hablarle.

- ¿Me reconoce, señor?

Le miró con ojos vacuos tratando de recordar. Reminiscencias de un acontecimiento reciente pugnó por salir a flote en su cerebro embotado.

- Soy Gastón, Gastón Reginal, su mayordomo.

- ¿...?

- Me alegra, señor, verle tan bueno.

- ¡...!

Un silencio áspero y pegajoso envolvió a los dos hombres removiendo la intimidad de sus sentimientos. Durante un rato, el hombre postrado en cama siguió tratando de desasirse de las ligaduras mientras el otro le miraba con indiferencia. Al fin pareció comprender lo inútil de tanto esfuerzo y se rindió a lo inevitable.

Por los pasillos iban y venían hombres y mujeres con las batas abiertas, ondeando al viento como oriflamas. A ratos encuadraba el rectángulo de la puerta un rostro, ora rubicundo, ora fibroso, pero siempre inquisitivo que asentía con benevolencia antes de desaparecer en el fárrago hospitalario.

La habitación 129 era una más de aquel complejo dedicado al estudio de la mente. En sus veintidós pisos, trescientos ochenta kilómetros de pasillos y cientos de salas y consultas se atendía a los pacientes, se analizaban sus comportamientos y se curaba su locura enmascarándola con el disfraz de la sensatez. Entrar allí era no salir o salir con ribetes de cordura sin tenerla, lo que venía a ser ir de mal a peor o de peor a pésimo.

- Hace un día maravilloso, señor. Ayer también lo hizo. Y seguirá así lo que queda de mes.

Gastón acercó el rostro a quien llamaba su señor. Olía a fresco, a tintura de afeitado reciente. Aparecía perfecto en todo, pulcro y atildado con exageración; hasta los dientes los tenía alineados con odiosa pulcritud, solamente una gota de fijador que escurría por su sien derecha rompía la armonía del conjunto.

- ¿Recuerda, señor, lo sucedido? ¿El armario donde exponía la vajilla de 220 piezas heredada de sus bisabuelos? Sevres purísimo. Cada pieza una obra de arte, iluminada a mano por artistas de renombre. Fue el caso que me puse a limpiar el polvo de la araña, la de cristal de roca, que colgaba cerca de él. Como no me alcanzaba la escalera me apoyé en el armario y quisieron los hados, adversos donde los haya, que trastabillase una las patas y se viniera abajo, arrastrándome en la caída y llevándome conmigo la lámpara.

"Acabamos los tres en el suelo con gran estrépito y escándalo de roturas. Lámpara y vajilla se hicieron añicos no quedando trozo mayor que una uña de mi pulgar, y yo tan maltrecho y dolorido que me era imposible moverme. Llegó el señor, atraído por el ruido, y viendo el estropicio quedó como muerto y bien pensé que se había ido con su recordado padre, cuando se le inyectaron los ojos en sangre, engarfió los dedos y empezó a apretar mi cuello acompañando todo de horribles gritos.

"En mi estado no me era posible defenderme. Empezó a faltarme el aire y mal lo hubiera tenido de no ser por dos criados que apartaron de mí al señor, sujetándolo a una silla donde lo tuvieron atado hasta la llegada de los médicos que sedaron al señor, primero, y atendieron luego a mí. Eso fue todo, que no es poco, y bien puedo dar gracias a Dios por no haber dejado los sesos con los demás pedazos que allí se hicieron.

"Aconsejo ahora al señor sosiego y buen ánimo, no vuelva a excitarse que le miro y veo cambiarle la niña de los ojos a color sangre y engarfiársele de nuevo los dedos. Mire bien en reprimirse, haga tabla rasa de lo pasado y cúrese dando al olvido pequeñeces que no harán sino traerle disgustos.

A estas palabras, el señor se alborotó mucho, bramó primero, rugió después, gritó más tarde, y vino, al fin, a dar en tales blasfemias y obscenidades que el mismísimo Lucifer terminó escandalizado de oírle y anduvo por los infiernos días y noches persiguiendo con su tridente a los más pervertidos de entre los condenados.

La bulla atrajo a los doctores que rogaron a Gastón abandonar el lugar y no volver en tiempo, hasta que a su señor se le acomodasen las meninges y le volviera el seso si estuviera de Dios volverle.

Salió, pues, del sanatorio con la seriedad que convenía al caso, y no había andado seis metros cuando sintió llamarse por su apellido. La mujer que le llamaba era ya terciada en años aunque mantenida en belleza y agradable de formas.

- Señor Reginal, ¿qué fue?

- ¡Doña Santas!, ¿usted por aquí?

- Vine por preguntar.

- Al señor, aunque lo agradecería, le desazonaría saber que su ama de llaves dejó más graves ocupaciones para interesarse por su salud.

- ¡Señor Reginal!

- ¡Doña Santas!

Y rieron, alborotando sus rostros con un mohín de complicidad.

- ¿Cómo está? ¡Diga!

- ¡Bárbaro! ¡Formidable! Se debate entre la inconsciencia y la admiración, entre la rabia y la conformidad.

- ¿Le dan remedio?

- Los médicos desesperan. Apostrofa, blasfema. Sus benevolentes oídos, mi querida doña Santas, no soportarían las obscenidades que vomita. Quizá nos lo devuelvan vegetal inerte.

- De haberlo sabido…

- No fue suya la culpa.

- Alguna habré tenido en ello.

- Ser bella y deseable.

- Fue imprudencia por mi parte.

- E indiscreción por la mía.

- Estaba entreabierta la puerta.

- Pude apartar la mirada.

- ¿Pudo hacerlo?

- ¡Pero era tan dulce el hechizo!

- ¡Tan excitante el juego!

- Vi sus carnes mórbidas, sedientas de caricias voluptuosas, ávidas de besos prohibidos.

- Me conturbó su mirada.

- El rubor que le afloró al rostro veló las desnudeces, como el agua cristalina protege a la pudorosa ninfa de miradas obscenas.

- Es usted poeta.

- Mayordomo tan solo.

- Mayordomo enamorado.

- Rendido a sus encantos.

- Aunque frases manidas, me suenan a nuevas.

- Las recopilé esta mañana ex profeso para usted.

- ¿Y pudo guardarlas hasta ahora?

- Me quemaban la lengua y alborotaban el pecho.

- Jugaremos con ellas.

- Tendremos, por delante, una eternidad de días con sus infinitas noches para esos juegos a que me incita.

- ¿Incitarle yo, atrevido?

- Será el olor a almizcle de sus cabellos.

- Será.

- Una ciénaga de sentimientos…

- …Donde hundirnos…

- …Disformes…

- …Atrevidos…

La mujer y el hombre respiraron el aire tibio que llegaba de unos arrayanes cercanos, y después de días de sinsabores sin cuento se sintieron, por fin, pletóricos de felicidad, henchidos de deseos de vivir tras los violentos desaires de su señor, empeñado en negarles la felicidad por considerar incompatibles sus menesteres de mayordomo y ama de llaves con el vínculo matrimonial, lo que les obligó a maquinar alguna traza que los liberase de tan enojoso estado, y estando en ello vinieron a idear la manera de destruirlo, aniquilarlo, brumarlo de mente como él los había brumado de sentimientos, y resultó el ardid como se había podido ver, teniéndolo ahora en lastimoso estado, sujeto con correas, por su seguridad y la ajena, a los hierros de la cama 129 del abominable sanatorio mental donde sería enloquecido hasta el paroxismo para volverlo a la cordura en la más sublime de las contradicciones que haya podido maquinar el hombre y, así, cogidos de la mano, ella escamoteando sonrisas, él burlando sinsabores, almas gemelas sobrenadando la placenta primigenia, se perdieron en la inmensidad de un cosmos que les abría caminos a la felicidad.

Aguas ascendentes

Cuando las aguas comenzaron a subir hacia el nacimiento del río, Sergio se extrañó, aunque no le dio demasiada importancia al suceso. El disparate se le antojó exótico, simplemente.

A más de esto, y de llover del suelo hacia las nubes, habían sucedido otras cosas extrañas los últimos días, hechos inexplicables, como el del anciano que se plegó en cuatro dobleces mientras daba de comer a las palomas del parque o la cabriola del niño que subió, subió y subió hasta perderse más allá de las estrellas.

Hubo expertos que, apenas conocidos lo hechos, se apresuraron a dar su opinión para general conocimiento. El primero fue un coleccionista de lagartijas jubilado que presentó estos casos, y otros que a su juicio aún estaban por verse, como devaneos de la naturaleza; luego, un sabio de gruesos lentes que denotaban la profundidad de su saber, expuso una extraña teoría que nadie entendió aunque fue muy comentada por todos; finalmente, un tonto profetizó el fin del mundo.

Los medios de comunicación se hicieron eco de estas declaraciones, la gente quedó admirada de los razonamientos y se abrieron enconados debates entre los partidarios de una u otra facción, llevando la discusión del cafetín a la calle y vuelta de la calle al cafetín.

La prensa no quiso quedar atrás. Un semanario de tirada provincial aconsejó no andarse con milongas y dar el do de pecho sajando la herida para detener la infección. Pero quien de verdad acertó a poner el dedo en la llaga fue el boletín *Ciencia y Saber* cuyo editorial abordó la cuestión sin tapujos. Según esta publicación deberían cambiarse las leyes físicas y reescribirlas para adaptarlas al nuevo estado. De hecho, alguna medida ya se estaba tomando en el campo de la medicina y hablaba de un joven aquejado de apendicitis a quien se le había operado de amígdalas con grandísimo éxito, aunque el editorial callaba, taimadamente, otro caso de un centenario con cataratas, cuya operación de próstata terminó en muerte. Pero el hospital corrió con los gastos de la inhumación y al cirujano se le degradó a matasanos eventual, quedando todos a la paz de Dios.

En este estado de cosas se pensó formalmente convocar foros donde pudiera debatirse un asunto de tanta importancia para el porvenir de la humanidad. Así, se invitó a los tres expertos a sentarse a una mesa redonda donde traerían a colación sus pareceres, pros y contras, no abandonando la mesa hasta llegar a un consenso. Lo de la mesa redonda fue por evitar roces ya antes de comenzar los debates, pues había quien consideraba que, de ser la mesa rectangular, la cabecera debería asignársele al sabio, como era de derecho, por la enjundia de su discurso. Otros propugnaban ceder la presidencia al jubilado coleccionista, en razón de su edad, y estaban, por último, los que abogaban por la ingenuidad del tonto y el doble valor de sus apreciaciones, viniendo como venían de una mente limitada. Quedóse, pues, en hacer la mesa redonda y dejarse de problemas de cabecera, cuántos más de cabeza.

Dos meses se alargaron los debates sin alcanzar, en ese espacio, soluciones, ni claridad de ideas, por el contrario se embarullaron más las cosas y parecía aquello campo de Agramante donde todo iba manga por hombro, por no dar nadie el brazo a torcer, ni ceder ninguno un ápice en sus posturas.

Sergio asistió a los debates desde el primer día. Escuchaba, socarrón, los despropósitos de uno u otro ponente y chascaba la lengua dando a entender su disconformidad con todos.

El sabio profesor fue el más tenaz de los tres conferenciantes abundando con denuedo en una tesis que consideraba irrebatible. Pugnaba por soluciones a partir de un bombardeo sistemático de las partículas ondulatorias con neutrones o positrones, aleatoriamente, para que cada una de las partículas se dejase llevar de sus propias querencias a la hora de ser bombardeada, conque volvería a su ser, de forma natural, el actual desconcierto. Oponerse a este parecer era caer en las iras de un Zeus tonante con su descarga inmisericorde de rayos e invectivas, y algo supieron de ello el jubilado coleccionista de lagartijas y el pobre tonto que oía, sin entender, la irrefrenable verborrea del profesor.

El coleccionista calificó, luego, de patraña la solución de su docto oponente por confusa, desalentadora y bruñida, (sin que entendiese nadie a qué venia lo de bruñida, pero así lo dejó dicho), aferrándose a su idea primera de ser todo una broma del cosmos que no había de tenerse en cuenta, sino dejar seguir el curso de los acontecimientos hasta el arreglo de consuno. Se lamentó mucho, todo ha de decirse, día sí y día también, de la desgracia que le acometía los últimos tiempos con los animales y plantas de casa y era que se le morían en veinte días a más tardar y lo achacaba todo a aquel desbarajuste cósmico y no a que, quizá, no alimentase a unos o no regase a otras como era de rigor hacer. En su alocución del último día, sin venir a cuento, recordó a los presentes un dicho oído en su infancia:

- Si tordo y cárdeno mezclas, saldrá mulo remendado.

La frase le valió sonoros aplausos, algún ¡hurra! que otro y menciones especiales en los rotativos de la mañana.

En cuanto al tonto, en su turno, abrumado por los anteriores discursos, quedó largo rato suspenso como si buscase en la concurrencia un auxilio que no le había de llegar. Cuando empezó a mover los labios los asistentes esperaron con expectación sus palabras, pero no dijo sino:

- Tengo hambre.

Y añadió que era tanta la hambre que al hambre misma se la comería si se le pusiese delante. Algunos rieron la chanza si por chanza podía tenerse, pero los más lo tuvieron por muy sensato, pues del hambre viene el ingenio y solamente el ingenio podía dar luz al grave problema a que se enfrentaban.

Pusieron, pues, todos mucha atención mientras le presentaban, por ser tiempo de ellos, un plato de higos brevas con que saciar el hambre. Miró por espacio de mucho tiempo el plato y después, haciendo desprecio de él, sentenció:

- Quizá sea mejor que me coja el fin del mundo en ayunas, no venga a marearme en ese último viaje y, dándome vuelta el estómago, quede como Eccehomo.

Fue toda su exposición en aquel día y en los sucesivos, pero mereció elogios y comentarios por lo acertado del pensamiento, más propio de filósofo avezado que del tonto que parecía ser.

Tras dos meses de arduos debates y de no haber consenso ni conclusión alguna, pese a lo primeramente previsto de no moverse de la mesa hasta acordar concierto, se decidió levantarla y mandar a todos a sus casas para que no embruteciesen más las mentes de los asistentes con pamplinas, ni causasen alarma innecesaria con bombardeos de neutrones o locuras semejantes, siendo la idea más apoyada la del coleccionista de lagartijas de dejar obrar a la naturaleza por ser sabia y saber lo que más convenía al caso.

Sergio se acostó, aquella noche, como tantos millones de personas, seguro de encontrarse ante una nueva era de asunción sublime. El único inconveniente que le encontraba a la situación era, por las mañanas, a la hora de lavarse. Cada vez que abría el agua, una especie de surtidor subía del desagüe y se perdía por la boca del grifo.

Un inconveniente que sabría superar con el tiempo.

Somos como somos

Siempre lo mismo. Astucia incontrolada e incontrolable. Las idas se hacían eternas, las venidas jamás llegaban a cumplirse. Y el bochorno no ayudaba a despejar la desidia de los agosteros apoyados en los varales.

Era el infierno. Sólo lo sabían quienes baldaban sus cuerpos recogiendo los granos desperdigados tras la siega. Eran mujerucas anónimas, agobiadas por la necesidad.

Desde la sombra afilada del mediodía los hombres burlaban con frases de desprecio a las hembras. Podían estar entre ellas las madres, las hijas, las esposas de cada uno de ellos, pero la necesidad de regocijarse superaba todos los pudores y barbotaban obscenidades.

La impudicia de sus lenguas era un tesoro demasiado precioso para desperdiciarlo en dialécticas de salón. Por eso disparataban a la carrera mientras engullían tasajos de pernil entre toque y toque al pellejo.

- ¡Rediós!

El juramento se mezcló en los labios del blasfemo con la gota de sudor que le corría por la mejilla.

- ¡Rediós! Mantengo que no hay hembra como la Remigia.

Se alzó un hombretón como un castillo y fue hacia el intrigante. La navaja, grasosa de tocino y adobo, restañaba su advertencia contra el sol.

- No es para tanto, ¡bordones!

- A la Remigia, no.

- Era broma.

- ¡No hay bromas con mi Remigia!

- Espera.

- Abrenuncio.

Y desapareció el acero en el cuarto espacio intercostal izquierdo del bravucón. Se dobló como un saco vacío y rodó por el suelo.

...   .

A la salida del cine el grupo de amigos alaba el buen hacer del director. Ninguno recuerda su nombre pero saben que se le mienta con unción en ambientes de culto. Es todo un personaje en el mundo cinematográfico. Hablar mal de él supone hundirse en el fango de la ignorancia, ser desterrado con la mediocridad.

Por eso parlotean y dicen palabras altisonantes aunque desconozcan su significado:

- ¡Hórrido!
- ¡Hierofante!
- ¡Enfurruñado!
- ¡Díscolo!
- ¡Cáustico!
- ¡Fétido!
- ¡Túrbido!
- ¡Antifonario!

Alguien expone una idea sobre el destino de los dioses griegos aupados en su mediocridad y todos le aplauden con entusiasmo, sin saber el por qué de semejante tontería.

Caminan dejando ronchas en las esquinas. La noche es lóbrega, como los sentimientos de culpabilidad del condenado a muerte que se dirige a su destino final, y no atinan por donde andan. A la luz del ventanuco que se abre en un piso bajo se dan las manos, abrazan, besuquean, despiden, toma cada uno, en fin, el camino de su casa.

- ¡Adiós!
- Buenas noches.
- Buenas…
- Con Dios.
- Abrígate que rezuma.

Arcadio es el más bajo del grupo. De edad imprecisa, entre cuarenta y cincuenta, columpia la pequeñez de su cuerpo sobre dos piernas entecas. Camina dando saltitos. Si hubiera un ápice de luz alguien podría confundirle con un saltamontes huyendo da la hembra depredadora.

Cuando se ha alejado de sus compañeros escucha con atención para cerciorarse de que está solo, antes de sacar una linterna eléctrica con la que se alumbra. No lo ha hecho hasta ahora por reserva. Buscar el camino en aquella caterva de callejuelas, ayudándose de una luz, habría sido humillante para su dignidad de pandillero. Todos ellos se ufanan de poder moverse en la oscuridad más absoluta. La lumbre es un recurso grosero para el taimado grupo de necios al que pertenece, pero ya a solas no le parece tan malo tener con qué guiarse en la negrura.

Camina seguro a la luz de la linterna. Al pasar junto a un solar oye alboroto de bufidos y roces. Dirige el rayo de luz hacia el ruido y ve varios ratones correr, perseguidos de cerca por una pareja de gatos.

- ¿Los alcanzarán?

Pero los ratones huyen por un horado desapercibido en el muro del fondo. Los dos gatos quedan chasqueados y durante unos instantes cambian acaloradas impresiones justificando la pérdida de la caza con maullidos y zalamerías. Al fin, el que parece llevar la voz cantante zanja la disputa con un bufido y se van.

- Otro día caerán-, piensa Arcadio.

Cuando llega a casa se le asienta en los pechos una cólera silenciosa. Su espíritu semeja un mar agitado por la galerna. El orden, su orden, ha sido agraviado. Los libros descansan en las estanterías, el fregadero está vacío de los platos con restos de comida de siete días, el retrete huele a camomila, la inviolable capa de polvo, añosa como el edificio mismo, ha desaparecido.

Mira abobado. De detrás de un biombo se desprende la figura de una joven. Cela la rotundidad de sus formas con un aparatoso vestido difícil de describir, aunque a ratos parece ir desnuda de tan tenues las sedas. Semeja una ondina escapada del lago.

- He arreglado el piso.

- Lo has abominado.

- Estaba impresentable.

- No ha de venir la basca en esta tesitura, pues me abochornaría.

- Modernitos irredentos les diría yo.

- ¡Qué sabrás!

- Te conozco, Arcadio. Aborreces esas verrugas que le han crecido a tu pasividad de hombre.

- Son de los míos. Compañeros de farra.

- A vana fortuna te arrimas.

- Se exige un orden para ser alguien.

- ¿No eres alguien conmigo?

- También he de serlo con ellos.

- Amanerados todos.

- ¿Dices…?

- Ceban murmuraciones que en ti no cuadran.

- La gente respira sentimientos de envidia y los vomita. No han de tenerse en cuenta.

- Pero la gente suma. Y divide, que es lo malo, y cuando divide las honestidades quedan mal paradas.

- Eso es desaliño vecinal, mala peste de la convivencia.

- Murmuraciones que envenenan.

- No nos hacen daño. Somos tan machos que despreciamos a las hembras... y a los murmuradores. ¿Qué hay de malo en ello?

- La falsía.

- Nunca nos verán con mujeres. Sólo vino y tabernas.

- ¿Por qué, entonces, te me arrimas?

- Tú no eres...

- ¿Hembra?

- Hembra soberana eres. Quise decir...

- Olvido de tu terquedad diaria.

- Sí.

- Es algo.

- Es mucho.

- Mañana...

Una mano apaga la luz y se deslizan las sábanas del lecho.

¡Al diablo la parva jaranera! Mañana será otro día. Vendrá con su ración de vasallaje tribal a la comuna, veneración al cine de culto, trompicones contra las esquinas en la oscuridad buscada, alboroto libreril en las estanterías, restos del desayuno en tazas y cubiertos.

Y los gatos volverán a la greña con los ratones. Corridas, maullidos, silencios...

Pero eso, mañana. Ahora es tiempo de una noche tremenda, plagada de presagios.

Somos como somos, difíciles de cambiar.

Cruce de destinos

Era una encrucijada comprometedora, arisca podría decirse. Las cuatro calles se estrechaban con impudor en el nudo de la cruz.

El hombre y la mujer, al encontrarse de frente, tropezaron saltando por los aires sus pertenencias. Se agacharon ambos y con el embarazo del caso recogieron cuanto les vino a mano, suyo o de la otra persona, objetos sin identificar, piezas anónimas, mientras a su alrededor, se apresuraban los viandantes camino de sus deprimentes destinos.

- ¡Perdón!

- ¡Perdón!

- Soy yo quien debe disculparse, señorita.

- Señora, si no le importa.

- Disculpe nuevamente. Esa cabeza de factura griega llevada con tanto donaire me confundió.

- Quedo agradecida por el requiebro, joven.

- Caballero, si le es lo mismo.

- ¡Oh!, tan grácil y ya casado. ¡Cuan injusto es el destino!

- Me siento halagado y confundido.

- Confundida yo que, alocada, no le he visto venir y lo he atropellado.

- He sido yo el alocado. Iba ensimismado en mis cosas, fútiles asuntos, banalidades que me embargan a menudo, sin venir a cuento.

- ¿Seremos almas gemelas?

- Pues, ¿qué?, ¿también usted desvaría?

- Estaba acurrucada, vea, contra aquellos contenedores. De todos y cada uno de ellos rezuma el olor agrio de la basura en descomposición y yo me emborrachaba con sus vapores. Entonces he visto las estrellas allí, en el cielo, veladas a intervalos por rebaños de nubes en desbandada y he sentido la necesidad de huir. Corría, por eso, desalada.

- ¿Vio las estrellas a la luz del día?

- Están perdidas, como yo. Buscan, en su extravío, el relente de la amanecida pasada. Están ahí y me miran temblorosas.

- Quisiera verlas yo también a la luz del sol.

- ¡Tendría que renunciar a tanto!

- No habrá de importarme la renuncia.

- Es dolorosa.

- ¿La visión?

- No, la renuncia.

- ¡He dejado atrás jirones de mi existencia y no me ha importado!

- Está, entonces, en el buen camino.

- No veo estrellas en el día, pero se me aparece, a ratos, una tortuga con alas como espumarajos, lanzada en mi persecución.

- Es el principio.

- Viene hacia mí amenazándome con su pico córneo. Me ovillo, entonces, contra una sombra de mujer, buscando el calor de sus brazos, mientras revolotean, ingrávidos, unos copos de nieve sobre nuestras cabezas. Estoy arrecido. Nos besamos y la tortuga huye. Me siento confundido, pero audaz, ante el desafío.

- ¡Oh!, qué gratificante es hablar con usted, caballero.

- No tanto como escuchar el devaneo de sus palabras, señora.

- Su hubiéramos tiempo, si el tiempo fuera estático, le contaría por menudo miríadas de historias amontonadas en el desván de mis recuerdos.

- Las escucharía con agrado. Ciento, mil…

- Las tengo ordenadas como muñequitas de salón. Desde el número siete, hasta uno inconmensurable.

- ¿Y las seis primeras?

- Son avatares de una principesca existencia, muerta antes de empezar a vivirla. Residuos de un pasado horrendo. Legajos escritos en una aleta de esturión, dados al olvido.

- Yo ordeno mis recuerdos en círculo, sin principio ni fin, un círculo interminable, abierto a los espacios siderales, donde el vacío de Dios se estremece en los espasmos de la creación.

- ¿Es, quizá, filósofo?

- Soy barítono.

- Barítono filósofo.

- No, barítono en paro.

- ¡Admirable conjunción!

- De poca sustancia, pero admirable, sí.

- Querría reír.
- Ría, tiene la boca hecha para reír.
- ¡Ja, ja, ja!
- Su risa es argentina.
- Plata bien bruñida.
- Perlada de coral.

En estas y otras fruslerías terminaron de recoger las pertenencias esparcidas por el suelo y se despidieron con un melancólico adiós, consternados ambos, con el ánimo suspenso.

El hombre caminó hacia su casa. Se sentía eufórico, alborozado, jayán llamado a descomunales gestas. Le esperaba su esposa, una mujeruca de mirada torva y labio belfo. Quizá no tuviera aún la mente sucia, pero se barruntaba el día en que bocanadas de hedor habrían de trasudarle de cada poro. Le miró boqueando por la sorpresa.

- ¿Qué traes a la cabeza? Es pamela o lo parece.

El hombre, tras descubrirse, la miró y remiró quedando tanto o más sorprendido que la mujer.

- Pamela es, a no dudar.
- Y, al brazo, bolso de cachemir con lentejuelas y dorados.
- Tal parece. Y no acierto a dar con la causa.
- ¡Botarate! Con alguna pelandusca habrás andado. Y como a pelanas te ha engatusado hasta adormecerte las mientes.
- No digas eso mujer, que desbarras.
- Pues, ¿qué excusas?
- Te explicaré. El diálogo, las prisas y el alboroto crearon mucho desconcierto. Quizá ella…

Se rebuscó en los bolsillos para echar en falta una agenda, hojas perladas de rasgos enriquecedores, fechas, nombres, miradas de perfil, agujas finas. Tampoco encontró el pañuelo ni la minúscula insignia que siempre le campeó en la solapa.

Un silencio ominoso abrazó la estancia hasta la mañana. Ella huraña, él lejano, ella despectiva, el abotagado por sensaciones encontradas, ambos perdidos en una noche sin salida.

Al día siguiente otra vez la encrucijada comprometedora, arisca. Donde las cuatro calles se estrechan con impudor en el nudo de la cruz, volvieron a encontrarse el hombre y la mujer, pero ahora adrede, con manifiesta intención de devolverse las pertenencias cambiadas.

- Su pamela.
- Quizá sea suya la agenda.

- El cachemir.
- Y el pañuelo que esta noche me hizo soñar. Y esta insignia.
- Veo dolor en su cara.
- La noche fue horrenda.
- La mía fría.
- Ni la más fragorosa tormenta me hizo temblar así. Siempre hubo odio en los ojos del hombre que me esposó.
- Desposó.
- Nunca fui desposada. Esposada solamente en horrendo contubernio.
- Como veo, ahora, haberlo sido yo.
- Mas ayer el odio se hizo violencia. La agenda desató los celos, el pañuelo los furores y la insignia golpes desabridos.
- ¿Te golpeó?
El tuteo caldeó las palabras.
- Me golpearon sus palabras, sus miradas.
- Como a mí la pincelada ocre del desprecio.
El hombre tomó, entre las suyas, las manos de la mujer.
- ¿Vienes?
- ¿A donde?
- Allá.
El gesto fue impreciso, anodino, sin señalar a ninguna parte.
- Vamos.
- Vamos.
- Te enseñaré a ver las estrellas a la luz del día.
- Yo te presentaré a mi tortuga alada de pico córneo.
- Te contaré la miríada de historias que dije, empezando por la primera.
- Yo destejeré el círculo de mis recuerdos y los pondré en línea recta para que desfilen ante de ti.
Y se perdieron, cogidos de la mano, en el imperturbable fárrago de viandantes anodinos, camino de no se sabe a dónde para no se sabe qué.

Armarios abiertos, armarios cerrados

Creo haberme librado de mis fantasmas. Eran espectros que acudían en la noche a atormentarme con ruidos, aleteos, susurros y ataques descarados. Tan disolutos como bellacos y tan deformes como disformes, me buscaban en la ambigüedad del sueño o acosaban apenas me entregaba al duermevela.

Tan pronto como apagaba las luces y se hacía el silencio anunciaban su presencia, amparados en lo negro, en confuso tropel, deseosos de invadir mi intimidad con el primer sopor. El descanso se me hacía entonces imposible.

Un zumbido de alas anunciaba su llegada e invadía la habitación con su ronroneo. El primero de estos fantasmas en aparecérseme surcó las sombras sobrevolando la cama con descaro de entidad superior. Me rozó el rostro su aleteo, manoteé para espantarle, pero se deslizó en lo oscuro componiendo un paso de enredo. Su baile semejaba arabescos en sintonía con las estrellas que filtraban su luz a través del ventanal de la habitación.

Cuando los ojos se me acostumbraron a la negrura pude ver la maldita polilla girando sobre sí misma, entregada a cabriolas de locura. Palmeé tratando de pillarla entre las manos, pero su burla era interminable. Sólo encendiendo la luz conseguí ahuyentarla y devolver a mi ánima el valor perdido.

A la mariposa nocturna siguió una borrachera de flores abarrotando los edredones de la cama. Infinidad de flores plantadas en pensiles erráticos que me embotaban los sentidos con su aroma y empachaban hasta la arcada. Bacanal sin límites en una pradera de sábanas.

Pero esto fue sólo el principio de una riada de despropósitos. Vinieron luego los dioses de ideas aberrantes, las jóvenes impúberes con su carga de maldad, la altivez, la insolencia, los rostros altaneros e imponentes, una silenciosa procesión de entidades que me rodeaba como la niebla envuelve la montaña para ocultar el arriscado de sus laderas, aunque no por eso se me hacía más llevadero.

Una noche se me apareció la grotesca figura de un dios quisquilloso. Traía en la mano un hachón de cera cuyo pabilo, tan grande, bastaba a iluminar la estancia como si fuera de día. Anduvo por la habitación revolviendo cajones, abriendo ventanas, pellizcándome las orejas, tirándome de la nariz, mientras me hacía guiños obscenos desde su ojo derecho.

- ¿Qué me quieres?-, le pregunté.

Acercó el cirio a mi cara de tal modo que pensé si no querría abrasarme.

- Nada. Eres un insignificante mortal.

Me molestó que tuviera tan bajo concepto de mí.

- ¿Por qué, entonces, vienes a mí? No tendrás nada mejor que hacer en tu cielo…

- ¿Qué cielo?

- ¿No vives, acaso, en el cielo donde moran los dioses?

Soltó una risa aguardentosa como de habitual de taberna.

- ¡Estás borracho!-, exclamé.

Pero no me dio tiempo a decir más pues me pilló los labios con sus dedos en pinza y empezó a apretármelos hasta hacerme daño. Chillé como pude, traté de defenderme pero sentía los brazos agarrotados, los pies enredados con las sábanas y ahogo en el ánimo. El velón, a todo esto, había iniciado una danza macabra, en torno del lecho, amenazando prender fuego a las ropas y más de una vez me vi presa de la pira que a la fuerza habría de encenderse por las gracias de aquel enloquecido dios. Cuando se cansó de mis labios volvió al juego de las orejas y la nariz, tirando de unas y otra hasta hartarse e irse, dejándome con tanto sobresalto como si anduviera por un tremedal.

Regresó al cabo de los días, o mejor decir de las noches, mostrándose muy descortés conmigo por haberle llamado borracho. Estaba enormemente enojado, lo que me dio a entender lanzándome muchos exabruptos y anatemas.

- Te condeno, pues-, dijo al fin, mientras me daba la espalda-, a no volver a verme.

Y se marchó por donde vino.

Pero los otros no se fueron. Volvían noche tras noche. Llegaban con sus formas acanaladas, como estrías de una moldura donde yo encajaba a la perfección. Me tomaban, zarandeaban, arrastraban y zaherían. Eran seres crueles con la maldad propia de la insensibilidad.

Una joven de rostro delicado y mirada triste vino una noche en compañía de una arpía o, al menos, por tal la tuve por lo fea y descarnado de sus rasgos. Les acompañaba un a modo de viento estruendoso. Soplaba con mucha fuerza arrastrándome hacia ellas mientras volaban por la habitación palabras, ideas, desilusiones, enojos de mis últimas desesperanzas. La situación me resulta desagradable y así se lo hice saber a la joven.

- Hay cosas que me molestan profundamente.

Dejó de soplar el ventarrón y la joven tomó asiento al pie de la cama mientras la otra, diablo o cosa parecida, fisgaba por los rincones donde se amontonaba la oscuridad de la noche.

- ¿Qué cosas?
- Todo.
- Todo es mucho.
- No sé. Cosas, sencillamente. Esto, aquello, lo otro. Cosas, sin más.
- Pero yo no puedo hacer nada por evitarlo. Desde allá-, y señaló las puertas abiertas del armario ropero-, nos han designado a ti.
- ¿Y si las cierro?
- Nadie más vendría, pero quedaríamos atrapadas contigo para siempre. Jamás te verías libre de nosotras.
- Las cerraré cuando os vayáis.
- Entonces, sí, aunque no volverás a verme, si lo haces.
- Ni al esperpento que te acompaña.
- Tampoco a la bruja.
- Lo sentiré por ti, me alegraré por ella.
- ¡Hazlo!

La vieja rió, cascándosele la risa en la garganta. Me arrebujé bajo la manta, apreté con fuerza las ropas sobre mi cabeza y esperé una eternidad. Cuando me atreví a mirar por entre las sábanas, las sombras se encanecían con las primeras luces de la mañana.

Me levanté, entonces, y fui al armario. Su boca negra era una ominosa cueva donde danzaba la flacidez de mis trajes. Escuché tratando de oír algo, pero todo era quietud. Quizá la imperceptible roedura de la polilla, pero no la de aquella polilla nocturna de baile descarado sino la de esta otra real, medrosa, oculta en el dobladillo de un abrigo. Nada más. Silencio. Quietud.

A la noche siguiente cerré las puertas del armario y la de la habitación y los postigos de las ventanas. Hubo revoloteo de pavesas, rescoldos mortecinos, agitaciones en el forro de alguna prenda, bagatelas sin sustancia. Pero no han vuelto más los fantasmas.

Retrato familiar irreverente

I Hermann, el padre.

Hermann Schwarzschild era un hombre peculiar, de reacciones asombrosas y carácter cambiante.

A ratos se mostraba estirado y ausente a lo que ayudaba su complexión magra. Tenía la cara chupada en extremo, marcándosele los pómulos como puntas de cuchillo. Los ojos se le aparecían hundidos en unas cuencas a la manera de grandes cuévanos donde la luz perdía su razón de ser y todo se tornaba opaco. La mirada adquiría en aquella hondura, ya tonalidades difusas, ya luminosidades iridiscentes de amorosa solicitud.

El ánimo tornadizo le convertía en un vecino molesto, difícil dirían en el barrio donde se movía, y tanta volubilidad la dejaba sentir en las relaciones familiares. Junto a una paternal estampa mostraba la iracundia más feroz. Podía dirigir, al pequeño Filogonio, la cálida sonrisa de unos dientes mellados en mil puntos por el sarro, mientras trataba de paralizar con el taladro de su pupila la templanza de Petrovna.

Por culpa de un tic nervioso adquirido en la pubertad se abrochaba y desabrochaba los botones compulsivamente hasta desgastar los hilos y perderlos. Caía, entonces, en una depresión que le duraba hasta que Petrovna le cosía otros nuevos e iniciaba el ciclo.

Desde que tuvo uso de razón había mantenido, inamovibles, dos costumbres: madrugar y asistir a cuantas manifestación y actos de protesta se programan en la ciudad, poniéndose siempre del lado de la facción más débil. Un día se despertó a las nueve de la mañana. Demasiado tarde para madrugar y demasiado pronto para ir a la manifestación de las cinco de la tarde. Dio media vuelta en la cama, se arrebujó la cabeza con las sábanas y siguió durmiendo hasta el día siguiente. Era su forma de entender la vida, una vida civilizada, programada. Por eso odiaba a esas multitudes que iban y venían por las calles sin ningún concierto, adaptándose a las circunstancias del momento como si fueran animales sin discernimiento. Él, no. Él discernía y discernía bien y si alguna vez improvisaba lo hacía por necesidad, no porque compartiese las aficiones de la muchedumbre con la que se veía obligada a pactar.

Trabajaba en una empresa cuya actividad nunca había quedado clara. Realmente jamás supo la razón de ser del puesto que desempeñaba. Su misión era estar pegado a un teléfono horas y horas respondiendo preguntas estúpidas de individuos estúpidos. Con frecuencia evacuaba estas consultas al mismo tiempo que las necesidades fisiológicas, sin hacer en ello diferencias, ni establecer prioridades; así pues, sentado en el retrete, hablaba por teléfono y, a la vez, apretaba las nalgas, sin confundir nunca una y otra actividad. Eso sí, huía de todo conato de estupidez contestando con visos de saber, pero no le preocupaba ignorar la razón de sus respuestas, es más, le satisfacía aquel desconocimiento que consideraba trivial.

Para él, compartir mesa con un idiota era una experiencia sublime, sólo comparable a un amanecer de primavera. Parecerá simple, pero era así. El idiota, decía, tiene connotaciones anímicas que generalmente escapan a la comprensión del común de los humanos. Es necesario prestar mucha atención al sibilino recado escondido en las palabras aparentemente incoherentes del idiota, refractar la semántica de las palabras y estructurarlas en su sentido primigenio.

(Véase a modo de verbigracia este diálogo mantenido con un idiota perfecto entresacado de su libreta de campo:
- Dígame.
- ¿Escuchas Insustanciales?
- A su servicio. Le atiende Hermann.
- ¿Hermann? ¿Quién es Hermann? No quiero hablar con ningún Hermann. Yo pregunto por Escuchas Insustanciales.
- Habla con Escuchas Insustanciales, señor. Y Hermann es mi nombre y estoy aquí para atenderle.
- ¿Dónde es aquí?
- Al otro lado del teléfono.
- Si estuviese a éste, podríamos hablar directamente.
- Pero no lo estoy; por eso necesitamos del teléfono.
- Extraño proceder, Hermann.

- Es lo habitual cuando se marca un número en el dial.

- Habitual, quizá, pero su proceder continua siendo extraño.

Una pausa. Toses. Nueva pausa, seguida de carraspeos.

- ¿En qué puedo servirle, señor?

- ¿Sabe mi nombre?

- No lo sé, señor.

- ¿Por qué, entonces, lo repite insistentemente? ¿Cómo lo ha sabido? Me espían, nos espían. Sabía que vivimos bajo un estricto control, dirigidos por la maquinaria estatal.

- Nadie el espía, puedo asegurárselo y creo que hay un malentendido, señor. Pero si quiere decirme su nombre.

- Señor. Me llamo Señor. Es mi nombre, como otros se llaman Astolfo o Getrudiano.

- Dígame, señor Señor.

- No sé si me interesa hablar con alguien tan ecléctico como usted. Colgaré.

- Pero, entonces, no podré ayudarle.

- Puede ayudarme con su silencio.

- Me resultaría raro.

- Soy experto en rarezas. Puedo ponerle ejemplos que le dejarían sin habla.

- Inténtelo.

- Raro, por ejemplo, es ser dos veces primo de una persona.

- ¿Lo es usted?

- Y lo llevo con dignidad. No me avergüenzo de ello.

- ¿Dos veces primo de su primo, del mismo primo?

- Sí.

¿Cómo puede ser eso?

- No lo sé. Por eso es raro. Si tuviera una explicación ya no sería raro, pues conocería la lógica que lo permite.

- Pero de un primo, sólo se puede ser primo una vez.

- Lo será usted. Yo lo soy dos.

El clic, al otro lado de la línea, cortó la comunicación.

En este diálogo, aparentemente insustancial y algo estúpido, nuestro hombre era capaz de hallar placenteros oasis de lucidez y podía emborronar una resma de papeles acerca del brillante estado mental del simplón, añadiendo al final un estudio nemotécnico y semántico sobre los primos que haría las delicias de los estudiosos).

En algún momento de su vida, Hermann, cometió el pecado original. La caída no le importó tanto por las desagradables consecuencias que pudieran devenirle a su alma en la vida de ultratumba, como por las comidillas a que ello dio lugar.

- Pecar, pecar-, exclamaba a voz en grito, cuando le echaban en cara su transgresión de los preceptos divinos-. ¿A quién puede importarle mi pecado?

- Además, ¿qué es pecar?-, se preguntaba. Y se respondía de seguida: Romper las reglas de una sociedad decadente, situarse al mismo nivel de la deidad y atreverse a darle respuesta cumplida.

Después volvió a cometer su segundo pecado original y se empecinó en él con regodeo de sibarita.

Por culpa de un mal de ojo, que le echó una bruja trapacera y envidiosa cuando aún no levantaba cinco palmos, se le había encogido una pierna o alargado la otra, que esto nunca se supo a ciencia cierta, y andaba como el cojo manteca, jugando a desniveles con el cuerpo. Para quienes le veían caminar de aquella traza era cosa de risión, pero disimulaban las risas, se envaraban cuando se cruzaban con él y ensayaban gestos de circunstancia para no incurrir en sus iras.

De joven, sublimado, quizá, por la efervescencia propia de la inexperiencia se dedicó a la planificación de absurdos, sin ninguna lógica. De este modo asumió, primero, el suicidio como la cosa más natural del mundo. Se aplicó, con entusiasmo digno de mejor causa, al estudio de diferentes sistemas de autoeliminación. Los concibió sublimes, otros rayanos en la genialidad, pero también los imaginó burdos hasta el dislate. Finalmente, eligió para sí el más manido: la soga de esparto pendiente del gancho de una lámpara de techo. Se colocó la cuerda al cuello, sintiendo que el corazón le latía como una manada de caballos desbocados, dio una patada a la silla a la que se había subido y quedó columpiándose en el vacío. Se había provisto de una libreta y un lápiz para dejar escritas a la posterioridad sus últimas sensaciones, algo, hasta entonces, nunca hecho por nadie, pero no llegó a escribir ni una sola letra. Medio techo se vino abajo con estrépito y él entre los escombros, no reventándosele los intestinos en la caída de puro milagro.

Desplegó, luego, una inusitada actividad para llegar a los abismos en que se mueve la ceguera cósmica. Cubiertos los ojos con una capucha, imaginó la oscuridad absoluta en el universo. Los soles habían perdido el fragor incendiario de sus entrañas y se movían en la negrura y el silencio del espacio. Podían no existir ciegos físicos, pero los había virtuales al no poder percibir nada por falta de luz. ¿Sería capaz de desenvolverse el mundo en aquellas aterradoras tinieblas? Nunca lo supo. Lo único que llegó a saber es que salir a la calle con los ojos tapados era harto peligroso. Dos coches trataron de evitarlo, pero terminaron mandándolo al hospital, donde los médicos perdieron la cuenta de las lesiones y magulladuras. Cuando salió, unos meses después, bizmado aún y con mataduras por todo el cuerpo, cuantos le veían hablaban de milagro y fortuna. Al año no le quedaba otra secuencia que la de habérsele acentuado la cojera del mal de ojo y algún chirlo que otro.

Un día, con aspecto de estar de vuelta de todo, se proclamó inventor de las bacanales. Como nadie le hizo caso, armó gran alboroto amenazando con registrar su invento y cobrar sumas descomunales a cuantos en adelante quisieran entregarse al desenfreno vinícola. Pero entonces le llegó el tiempo de sentar la cabeza y la cosa no fue a más. Perdió, a poco, el entusiasmo por lo banal y se decidió buscar esposa y formar una familia como era rigor hacer a su edad.

Conoció, entonces, a Petrovna Vinogradova.

II Petrovna, la madre.

Petrovna Vinogradova era el envés de Hermann. Quizá por eso se avinieron ambos tan de maravilla y, apenas conocidos, iban ya a salto de mata, por no poderlo hacer de cama, en orden a la guarda de las apariencias.

Cuando se miraba a Petrovna se pensaba primero, y ante todo, en una mujer gorda, sin paliativos. Las carnes le desbordaban por encima de la ropa por muy cumplidas haldas que vistiera, pero eran unas carnes majestuosas, gratas, no esas grasientas y fofas de aspecto desagradable. Los brazos, los muslos, los pechos de Petrovna invitaban al pellizco honesto, cargado de ternura y regocijo. Pero, ¡ojo!, que nadie intentara el pellizco por mucha honestad que imprimiera al acto porque se enfrentaría a su enojo. Estaba orgullosa de ser mujer de un solo hombre y así debería seguir siendo. Ciertamente no había llegado al matrimonio entera, pero no había sido por procaz desenfreno o lujuriosa voluptuosidad, sino por el mucho amor hacia su hombre a quien nunca supo negar nada, ni siquiera su doncellez.

- Las jóvenes honestas miran las escenas escabrosas cubriéndose los ojos con ambas manos, las complacientes se regodean en la escabrosidad del acto-, decía cuando se le preguntaba su parecer, al respecto de las costumbres disolutas.

Y ateniéndose a esa norma cerró los ojos cuanto pudo, por no ver lo que se le venía encima, la tarde que perdió la virginidad en un ortigal, allá abajo donde el arroyo serpenteaba entre unos olmos centenarios. Reconoció que Hermann se comportó como un caballero no dirigiéndole la palabra en todo el acto lo que a ella le hubiera supuesto muchísima vergüenza y embarazo.

Mas, sigamos con la descripción de nuestra heroína. Su cuerpo era de una asimetría enternecedora. Tenía los senos descompensados y cuando se ajustaba uno se le caía el otro mientras los cachetes del trasero se le movían en dirección inversa. Los brazos y piernas también jugaban en este desconsiderado vaivén, provocando sensaciones opuestas en cuantos veían moverse aquella mole, colgando ora de este lado, ora del otro o bamboleándose de delante hacia atrás y de atrás hacia delante, con amenaza de venirse al suelo, aunque formando todo un conjunto perfectamente acoplado donde nada faltaba ni sobraba. Sabía cuánto hablaba la gente en razón de su grosura, pero no le importaba y hacía oídos de mercader, sintiéndose muy a gusto en aquel formidable corpachón.

Iba y venía siempre aprisa, con mucha determinación, sin que le retrasara la fatiga ni el sofoco que a otras con menos carnes ahogaba. Hermann, ante esto, esponjábase con orgullo diciendo que tenía una mujer de rotundidades impacientes.

Murmuraban de ella que había comido cantos de río, y bien podría ser verdad por la gran hambre que le acometía de continuo, pero nos inclinamos a pensar en esto como en invención de maldicientes pues se hace costoso admitir un estómago capaz de digerir guijarros. Pero era cierto su insaciable apetito. Atendiendo la casa, hablando con las vecinas o sentada al sol mientras acaparaba calorías primaverales, andaba siempre con el pan en la boca y una o dos lonchas de fiambre con que disimular la miga. Cuando preparaba la comida no se andaba con remilgos de platos o cucharas, antes bien, iba de fuentes, cazos y alguna orza a la que sangraba con ahínco hasta dejarla exangüe. Esta de la comida era su manía, única manía, deliciosa manía por lo que esperaba ser enterrada con provisiones abundantes como hacían con los antiguos faraones en Egipto, según tenía ella oído. Porque cuando pensaba en ello sentía pánico ante al posibilidad de pasar hambre en el más allá, tener que presentarse a Lucifer o ante quien se hiciera cargo de las almas con el estómago gritándole exigencias. Tampoco pedía mucho, si acaso una o dos orzas a rebosar de chorizos y lomos en aceite, hasta una docena de hogazas, de las grandes, como las hacía el panadero para ella, y un pellejo de vino para remojar las cortezas. Con ello esperaba tener hasta acomodarse en el lugar y ver de aprovisionarse.

En otro orden de cosas, amaba con delirio, y al acero de la mirada de Hermann enfrentaba dos ojillos risueños, abriéndose paso tras las abultadas carnosidades de los párpados.

- Enfermarás, Hermann, querido. La bilis te reventará y el agrio de los mondongos te saldrá afuera-, decía cuando el hombre la penetraba con el frío de su mirada.

Hermann apretaba los labios reteniendo una obscenidad y quedaba pensativo mientras buscaba el modo de doblegar tanta amabilidad, pero ella le sonreía con expresión de ternera, de modo que lo desarmaba y mandaba en busca de quehaceres con que disimular el pasmo que le afloraba al rostro. Y es que mostraba siempre una actitud tan dócil que desarmaba a cuantos quisieran hacerla exasperar.

Por las noches ahogaba a Filogonio en el cariño de madre, y lo apretaba contra sus senos diciéndole ternezas que terminaban abochornando al muchacho.

- Mamá, bruta-, decía el chico.

- ¡Huy, mi pequeñín! ¡Cuánto le quiero!

Y volvía a estrujarlo como si quisiera fundirlo con sus propias carnes. Y lo acompañaba a la cama y le abría las sábanas y le ayudaba a ponerse el pijama y le arreglaba el embozo con una sonrisa que derretía los riscos.

Hermann se lo reprochaba y le decía no ser esa manera de tratar a un muchachote a punto de cumplir los catorce años, pero ella le replicaba:

- Fagocito de medio pelo, deberías destruir de inmediato la llegada del monje y proveer al contubernio con tan rolliza doncella. Pero no fiaros pues puede venir de ello gran daño para el obrero, en la displicencia de los avatares a que nos tiene acostumbrados la amanecida. Si rascas hallarás la razón de todas las cosas en el moho de los sudarios, tenidos en menos cuando cubren la desnudez de la turba vociferante.

Frases como esta y otras de más enjundia no extrañaban en aquella mujer de apariencia grosera si se tiene en cuenta que de soltera había trabajado en una editorial donde se ocupaba de sustraer de los libros filmados frases obscenas, delictivas, injuriosas, proclives a la subversión o simplemente de dudoso significado y formar con ellas un nuevo libro dándolas a la publicación de forma aleatoria para que formasen un todo abstruso cuya lectura era obligada en fiestas y conmemoraciones oficiales. Se les llamaba *Clásicos Inconfundibles* y en torno a ellos se abrían enconados foros donde intervenía la intelectualidad, tratando de hallarle explicación a lo inexplicable.

Petrovna había alcanzado un alto nivel en el perfeccionismo de este tipo de publicaciones y habría llegado lejos de no haber contraído matrimonio. Tras casarse hubo de dedicarse a los hijos que les fueron llegando y frustró una carrera de éxito.

Luego de haberse desfogado con la parrafada y antes de irse a dormir, se encerraba en la habitación de la costura y revolvía una especie de baúl no mayor que una alcancía donde almacenaba centenares de botones de todos los tamaños, formas y colores. La mayoría eran de nácar pero los tenía también de hueso, madera, metal y hasta unos redondos y relucientes hechos con guijarros de río, pulidos y perforados a mano. Era su tesoro, caja de Pandora donde encerraba la felicidad conyugal. Si algún día le faltasen aquellos botones, Hermann enloquecería, se transformaría en un vegetal siniestro, lo veía en la opacidad de sus ojos cada vez que se dirigía a ella mostrándole las hilachas de un botón desaparecido. Y lo quería demasiado para arriesgarse a tanta pérdida.

Por eso revisaba todas las noches los botones, echados a puñados en el baúl, sin ningún orden. Pero sabía cuales eran para esta o aquella ocasión, los tenía contados aunque estuvieran en montón, recordaba los utilizados, conocía las faltas después del último cosido y preparaba de memoria la lista de los que había de comprar al día siguiente.

Solamente después abría con cuidado la puerta del dormitorio y, sin encender la luz, se desnudaba. Mientras lo hacía escuchaba atentamente la respiración con altibajos del hombre, sus reniegos a medio camino entre el sueño y el duermevela, y aspiraba con placer el penetrante olor a macho.

Se acostaba regurgitando las carnes sobre el cuerpo enteco del hombre que se volvía con un refunfuño.

- ¿Duermes, Hermann?

- Sí.

- ¡Mentiroso!

Y hacía un mohín con los labios, mohín invisible en la oscuridad de la habitación.

En medio de las espectrales sombras contra las que se destacaba la blancura impoluta de las sábanas con olor a limón, se desarrollaba un trajín desacostumbrado de rezongos, murmullos, cachetes y suspiros. Luego se hacía un silencio inmenso como el que debe reinar en los espacios siderales y quedaban ambos dormidos; él hundido en los poderosos brazos de ella, ella agobiando la respiración terca de él.

Pero también en el dormir eran dispares. Hermann tenía un sueño intermitente con periodos de insomnio, importunidades y palabras sin sentido dichas en voz alta. Dormía además con los ojos abiertos, fijos en una eternidad por llegar, lo que producía desasosiego en quien lo veía de aquellas trazas, tendido sobre la cama, boca arriba, mirando sin ver. Petrovna, por el contrario, después de los dichos rezongos, se entregaba al sueño con vehemencia, viviendo experiencias oníricas de las que no guardaba a la mañana siguiente ningún recuerdo. Pero sabía que había soñado y que había soñado mucho y hermoso, y eso la despertaba jubilosa.

Era la forma de cada uno de apropiarse de la luz de la luna cuando la noche se hacía boca de lobo.

III Filogonio, el hijo.

Filogonio era idiota por definición, inútil por vocación, un fracaso concluyente. Poco más se puede añadir a su retrato. Si acaso, la expresión de bobalicón que le afloraba al belfo cuando se sentía estúpidamente feliz, o sea, siempre.

IV Una decisión difícil.

El lujurioso emparrado propiciaba un diálogo sereno, incluso coherente.

Petrovna se había desparramado sobre una hamaca que crujía a cada movimiento y miraba a Hermann mascar un pámpano mientras se desabrochaba por trigésima tercera vez. Petrovna siguió con la mirada el pendular suicida del tercer botón del chaleco empezando por arriba. Estaba a punto de caerse. Caería en breve y tendría que levantarse para cosérselo.

El fijó la vista en una pequeña mancha que se aferraba al seno izquierdo de Petrovna. La mancha, minúscula, no mayor que una mota de polvo empezó a crecer hasta cubrirle todo el pecho. Entonces sintió la necesidad de quitarla. Era toda su obsesión. Los botones pasaron a segundo término. Alargó la mano y la pasó por los pechos. La bofetada resonó como un trallazo.

- Está mirándonos el niño-, se justificó ella.

Hermann se acarició la mejilla que empezaba a adquirir un color cárdeno en forma de cuatro dedos como zarpas. Quiso protestar, enfadarse, defender su dignidad de hombre, pero la mirada dulce de Petrovna lo desarmó, y arrancó otro pámpano del emparrado.

- Varios gremios de ingenieros han sufrido escarnio, desencadenándose una merma generalizada en la producción agroalimentaria-, dijo al cabo de un rato-. Lo he oído en la radio.

Petrovna lo miró con expresión de espanto.

- Mentiras-, musitó tratando de tranquilizarse-. Lo dicen para distraernos de sus manejos.

- Lo dice la radio…

- La radio dice lo que ellos quieren hacernos creer. Es su método de manipulación.

- En la manifestación del otro día, unos hombres portaban pancartas pidiendo democracia. Alguien dijo que si no viviéramos ya en democracia, no podrían estar allí pidiéndola Entonces, prendieron fuego a las pancartas y se disolvió la manifestación.

-Era una manifestación incoherente-. Al decirlo se volvió hacia Hermann y la hamaca crujió siniestramente.

- Pocos entendieron la incoherencia y hubo conatos de agresión.

Petrovna extendió los dedos lanzando al aire un beso de solidaridad.

- Hice por abandonarla, pero ya era tarde-, siguió Hermann.

- ¡Mi ángel!

- Apareció la policía por una bocacalle y nos zurró la badana sin compasión. Yo conseguí agazaparme tras unos fardos de decomiso y pasé inadvertido, lo que me libro de la tunda, pero algunos compañeros hubieron de hacerles frente. Evodio e Isabelo se batieron el cobre pero no les valió el palio y terminaron, con otros muchos, en la sala de costuras del hospital, baldados en el ánima y en los lomos.

En este instante un estruendo los conmocionó. Filogonio se había aupado a lo alto de la cerca de madera para alcanzar un racimo y en el intento se había venido abajo arrastrando en la caída valla, parra y cuanto halló a su paso, entrando en este apartado dos cubos de zinc, un entramado de hierros y alambre que tenía preparado Hermann para guiar el emparrado hasta el porche de la casa, dos escaleras de mano, de dudosa utilidad dado su deplorable estado de conservación y una carretilla que, nadie sabía por qué, se hallaba, a la sazón, aupada en lo alto de las escaleras.

Al estrépito se alzaron ambos, pero visto el estropicio no mayor del ya existente con anterioridad y, en atención a que Filogonio reía con su habitual cretinez, volvieron ella a su hamaca y él a sus botones y pámpanos dando por terminado el incidente.

- ¿Se habrá hecho daño?-, preguntó al rato Petrovna tratando de parecer preocupada.

- Ningún tonto se duele de sus tonterías.

- ¡Pobre Filogonio! ¡Tan felices como nos las prometíamos cuando nació!

- Deberíamos darlo en adopción.

- ¿Tú crees?

- Sería lo más práctico.

- Me resulta doloroso pensarlo.

- O entregarlo a la factoría de reciclado.

- Peor. Dicen que nadie regresa de ella.

- Pero es una rémora insoportable.

- ¡Me costó tanto concebirlo!

- Un cigoto embarullado en una danza de granos de polen rabilargos. Nada extraordinario.

- El caso es que le he cogido cariño.

- Tontos como este te los encuentro a capazos todos los días impares, querida.

Filogonio alzó la cabeza sin levantarse aún del suelo e hizo cuentas. Estaban a día 21 y se sintió aludido. Dolorosamente aludido, eso sí.

.La tarde declinaba y el calor se espesaba barruntando una noche de desvelos. Durante aquel insoportable verano, no pocos días las nubes aparecían en el horizonte pero, conforme se acercaban, algún soplo de malevas intenciones las desmenuzaba y hacía desaparecer como a caléndulas medrosas. Hermann pensó que una tormenta aliviaría el sofoco, pero parecía imposible en aquel cielo calinoso que se abajaba a ras de tierra para aplanar los ánimos.

- Nos desharemos de él, definitivamente-, sentenció, después de pensarlo unos minutos.

Petrovna miró con ternura al muchacho que en aquel momento trataba de desembarazarse del barullo de hierros, astillas y palos que le cubrían.

- Lo entregaremos al Consejo de Criaturas Irresponsables y que ellos obren en consecuencia-, añadió de seguida.

- Si lo tienes decidido, querido…-. La hamaca gimió al tratar de recomponerse la mujer.

- Y no me pidas nuevos hijos, Petrovna. Nosotros no servimos para eso. Los seis anteriores no resultaron mejores que Filogonio. Andros nació con branquias, Faetón tenía más de cefalópodo que de humano, Quirico…

- Quirico fue normal-, apuntó con alegría Petrovna dejando abierta una puerta a la esperanza.

- Pero le dio por perseguir imposibles y se lanzó al océano tratando de alcanzar a nado la otra orilla. Por una u otra razón se nos malograron todos. No quisimos escuchar a los dioses, comimos el pan de la perfidia y bebimos el vino de la lujuria. Nuestra herencia genética está condenada al exterminio.

Filogonio, libre del caos de deshechos en que se había visto envuelto, se enfrentaba en aquel momento al sol, muy abiertos los ojos, y lo desafiaba mientras la baba formaba un charco a sus pies.

Hermann se desentendió de todo y empezó a hablar del último libro que había visionado en la Filmoteca Pública, con aquella labia tan característica suya en la que parecía condensarse todo el conocimiento planetario.

- El ciclo vital se circunscribe al pentámero reticular del Eterno Retorno. Al gusano se lo come el sapo, al sapo la serpiente, a la serpiente el cerdo, al cerdo el hombre y al hombre el gusano. Cuando se rompe uno de los hilos, pues se sabe de hombres comedores de serpientes o cerdos devoradores de sapos, el firmamento debe rehacerse. Entonces se estremece la Tierra, vomita fuego por la boca de los volcanes, y en el cielo aparece una estrella nueva que los hombres de ciencia deben catalogar.

- Mucho cacareo para tan pocos huevos-, pensaba Petrovna.

Y asentía como una autómata mientras acariciaba el frasquito que guardaba en la faltriquera interior del vestido con el cigoto proveniente de una bio activación con espermatozoides de desecho.

Abrótano macho

- Gárrula tolvanera.
  - ¿Eh?
  - Digo, gárrula tolvanera.
  - ¡Ah!

Los ojos de Agueda se complacen en un paseo anodino sobre la herida abierta del surco. Hortensio, su hombre, su macho, su flaqueza de mil noches bajo las sábanas apergaminadas por el sudor, doblado como un acento circunflejo, destripa el último terrón, en tanto insiste:

- Gárrula tolvanera.

Un airón de polvo y paja le envuelve mientras se sujeta los riñones con ambas manos en un gesto de cansancio. El atezado de los brazos habla de jornadas bajo un sol implacable arrancando a la tierra sustento para dos bocas.

- Anoche ladraron los perros.
- Ya no tienes veinte años.
- Ladraban a la luna.
- Deberías cuidarte.
- Los perros ladran a la luna, los lobos le aúllan.
- Para comer da suficiente el terruño sin necesidad de que te deslomes.
- Los gatos trepan al tejado para reclamar a la hembra su entrega…
- Hay otros mundos tras esas montañas.
- … Y las gatas les corean con desesperación…
- Toda la vida trabajando, sin disfrute, no puede ser pudoroso.
- … Como el venado y la cierva.
- Quien dice pudoroso dice válido.
- También los grillos pasan la noche en deshonesta zarabanda…
- Me han hablado de sitios extraños donde las mujeres visten fantasías.

- ... Vigilados por los murciélagos que copulan de día como los señoritos de la ciudad.

- Deberíamos ir, Hortensio. Nos lo hemos ganado.

Agueda se libera del pañolón que lleva a la cabeza y da libertad a la melena despeluzada de sus cabellos, entre trigueños y canosos, mezcla de despropósitos atribuibles a la edad.

Caminan hacia la casa uno al lado de la otra, una al lado del otro, sin cariño, pero sin odio, maquinalmente, arrastrados por costumbres de convivencia, adquiridas, aunque ellos no lo sepan, en tiempos del hombre de las cavernas. Aún se perciben en sus gestos estereotipos ancestrales de mando y sumisión. El azadón al hombro vigoriza la masculinidad del macho. El fardel y un hato de hierba para los conejos, arrastrados al desgaire, amartillan la idea de hembra dócil.

A empellones del hambre, cenan un zoquete de pan, ahorcajado de arenques y vino, con que se mostrarán hartos hasta la mañana.

- ¿Para qué comer más?-, dice él y dice bien-. Mañana habremos de levantarnos en ayunas.

- Dios mediante.

- Aunque no medie. Es tan de ley estar ayuno de mañana, como ir el osezno al amparo de la osa.

- ¡Has de ser bruto, Hortensio!

- He de ser lógico. A la lógica me atengo.

- No es lógica.

- ¿Cómo la llamarías?

- Necesidad.

- Necesidad lógica de desayunarse.

- Sin logicismos. Necesidad a secas.

- Agueda, no me enredes.

- Te enredas tu solo en urdimbres de filósofo. Naciste para escardar cebollinos y te pretendes un Sócrates.

- Porque sólo sé que no sé nada.

- Tú mismo lo dices.

- La suprema sabiduría.

- Eres asno.

- ¡Ignorante!

- ¡Réprobo!

- ¡Zascandil!

- ¡Incubo lujurioso!

Agueda se lleva las manos a la boca con expresión de terror. El insulto ha sido un mazazo sobre el correcto devenir de la verborragia filosófica. O al menos así lo cree ella. Hay unos segundos de tensión sublime, extrema.

- No quise decir eso, Hortensio. Soy mala, mala, mala. Soy mala, Hortensio, mala, mala, mala. Muy mala. Merezco ser zarandeada por tu desprecio, abominada entre todas las mujeres, puesta en la picota de las ignominias, vestida de capirote y ceniza, arrastrada por la zahorra hasta que la carne se desprenda de mis huesos.

Hortensio suelta una carcajada de íncubo retozón, habituado a contubernios donde la metafísica está al alcance de todos los entendimientos.

- Ven para acá, Agueda. No extrañes mis necesidades, aunque estés ajada de años y penurias.

Con estas palabras la arrastra al dormitorio, habitación de voluptuosidades y consejas. El íncubo, nunca debió mentarlo, zascandilea con sus ropas sembrándolas por el suelo en indecente regodeo, como si el pudor hubiera quedado fuera, en la cocina, entre las sobras de la frugalidad.

Se acurrucan ambos al calor de las sábanas. El roce de los remiendos emborracha un punto de apetencias incontroladas a Hortensio quien alarga las manos buscando, entre los escondrijos pudendos de la ropa, la agreste floresta de su hembra. Encuentra pellejos deshilachados, carnes flácidas apenas capaces ya de temblar ante el estímulo de la libido, tormenta de deseos muertos antes de reventar a la pasión.

La entrega pende del ánimo de Agueda como una flor que se marchita. Las fluctuaciones del pensamiento le perturban la voluntad. Siente sobre ella la bestialidad del macho, envites indecorosos, deseados, aunque infructuosos.

- Hortensio, guerreas mejor que filosofas, aunque guerrees mal.
- No filosofo, barrunto la realidad.
- ¿Más real que esto?
- Era de mozo, garañón de soberbia estampa.
- Entonces yo apenas sabía del mundo.
- Me solicitabas.
- Nunca me embestiste en balde.
- ¿Y ahora?
- Te lo dije, ya no tienes veinte años
- Culebreo en desavenencias conmigo mismo, sin hallar salida.

- Pero somos felices.

- La felicidad del conformista.

- ¡Abrázame!

- ¡Te abrazo!

Zarabanda de holandas conforman un murmullo en la oscuridad del cuarto. Hay dejes, susurros, risas, silencios cómplices y un galope de fiebres erotizantes. La boca de la mujer se emborracha desgarrando, como pico de halcón, el diedro de los muslos varoniles, mientras los ojos del hombre buscan, tras la negrura, los sinuosos alcores de unos pechos. Pero todo muere, queda quedo, hay un barrunto de calma chicha desconocido.

Hortensio se desahoga en blasfemias.

- No te culpes-, dice Agueda.

- ¿No he de culparme? ¡Mísero de mí!

- Yo te quiero.

- ¿A pesar…?

- A pesar de todos los pesares.

- Esto es como la muerte.

- Feroz.

- Cruel.

- Implacable.

- Terrible.

- Despiadada.

- ¿Y no ha de haber remedio?

Agueda se agita vigorosamente echando atrás las ropas de la cama. Hurga entre las baldas de la alacena y aparece radiante aireando un frasco en lo alto. El polvo y la melaza ocultan su color incierto.

- ¡Abrótano!-, exclama.

- ¿Abrótano?

- ¡Abrótano macho! Dicen que entre otras cosas hace crecer el cabello.

Y, preñada de esperanzas, se lo da a beber a su hombre.

El milagro

El rumor surgió bajo el roble milenario.

(En los relatos los robles siempre son milenarios del mismo modo que el personaje entrado en años es de edad provecta o la joven protagonista, a más de pechos núbiles, tiene grácil el talle y la risa cantarina. Son concesiones literarias que deben respetarse).

El rumor, digo, surgió bajo el roble milenario. Un milagro estaba a punto de producirse. Era cuestión de horas. La humanidad saldría del letargo de su conformismo y el asombro haría presa en ella.

Hacía siglos, milenios, quizá, del último milagro. Los libros santos hablaban de ellos como de sucesos sobrenaturales (en realidad eso eran) acaecidos en épocas en que los hombres vivían acercados a la divinidad, en contacto con ella. Esa fuerza vigorosa denominada Dios surgía de una nube, de un rayo, a veces de un infante desheredado o una mujeruca del pueblo y se obraba el prodigio. El quebrado se enderezaba y comenzaba a andar como retoño nuevo con no poca pesadumbre por acabársele la holganza, la sequía desaparecía por ensalmo bajo torrenciales lluvias que sólo eran paliadas por otra sequía milagrosa o a la escasez le sucedía un periodo de abundancia en que todos engordaban como cerdos y sufrían empachos, agobios y otros males derivados de la glotonería que serían sanados con un nuevo milagro.

De este modo los humanos disfrutaban de aquellos tiempos afortunados, corriendo tras hechos asombrosos aunque a ellos no les causara asombro por haberse acostumbrado a verlos como naturales. Pero un día la humanidad se separó de Dios, abominó de él y le dio la espalda con lo que estos sucesos fueron espaciándose hasta desaparecer y ya nadie creyó en milagros.

Por eso, que ahora se anunciase uno, había ocupado el interés de todo el planeta. La noticia llegó de un pueblo sin nombre, de tan pequeño como era, y había sido oída a un hombre tenido por raro, paseante de los vallejos y cañadas que inundaban los bosques del lugar. Estaba en el robledal cuando lo dijo: Mañana a la mañana podremos asistir al mayor de los milagros.

Lo oyeron unos excursionistas que andaban cerca e informaron enseguida a los medios de comunicación. Aunque no especificó dónde sería el milagro, todos supusieron que sería donde lo había anunciado y un ejército de profesionales se trasladó allí de inmediato con sus cámaras, micrófonos, blocs y demás herramientas de su oficio. El profeta, si podemos darle este nombre, frunció el ceño y se amohinó bastante al ver aquel despliegue, quedando arrepentido de haber hablado y prometiendo guardarse sus pensamientos en lo sucesivo. Pero los dejó hacer.

Nada sucede aislado y todo se eslabona en una cadena sin fin, donde unos acontecimientos arrastran a otros y se atraen como polos de un imán. Así, el anuncio de un milagro, trajo milagros por doquier y aquella tarde y la noche siguiente, fue raro el punto del planeta donde no ocurrió algún hecho extraordinario para asombro de todos.

En un pueblecito de los Alpes un anciano se asomó a la ventana de su vivienda para anunciar a gritos que estaba muerto y que por la gracia de Dios se le permitía anunciarlo a sus paisanos. Corrieron los vecinos a verle, entraron en tromba en la casa, y le hallaron bueno, pero el insistió en su fallecimiento y alegó, a favor, tener noventa años y alguno más cumplidos, y ningún dolor ni impedimento, cosa tan extraña que sólo podía explicarse estando muerto, pues los muertos en razón de su espiritualidad no estaban aquejados por los males terrenales. Un pastor de la iglesia calvinista estuvo de acuerdo con cuanto decía el viejo y para espantar la aparición pidió a los vecinos que tomaran el cuerpo del muerto y lo introdujeran en un ataúd para después, bien clavada la capa y tomadas otras precauciones pertinentes, leer unos versículos de la Biblia y darle tierra. Chilló entonces el viejo, diciendo que no se sentía tan muerto como antes lo parecía y que mejor era que lo sacaran de aquel encierro y ya lo enterrarían en otro momento, pero andaban los presentes demasiado ocupados en alabar a Dios por el prodigio obrado y entre salmo y salmo, lo dieron sepultura sin atender a sus protestas.

Al otro extremo del planeta se dio un caso no menos sonado, éste protagonizado por un niño que anunció la muerte de uno de sus abuelos para antes de que la mar subiese al límite de la línea fijada por los espíritus de las aguas y lo dijo con tanto convencimiento que fue creído por toda la aldea. Se reunieron los ancianos, discutieron la cuestión y decidieron ayudar al cumplimiento de la profecía, no fueran a enojarse los dioses, con que tomaron a los abuelos y acompañados por los más del poblado fueron con ellos a la playa. Sentaron a los dos viejos en medio de la mar y vecinos, deudos y amigos quedaron sobre la arena vigilando el flujo de las olas. Según subía la marea el agua cubría el cuerpo de los dos hombres. Uno aún era ágil y se valía por sí mismo por lo que retrocedía con las olas e iba retirándose tierra adentro, no así el otro que, por estar impedido y con muchos achaques, no podía apenas moverse y acabaron cubriéndole las aguas hasta ahogarse. Quedaron todos maravillados del poder profético del niño y lo llevaron en hombros a la aldea, cantándole muchas alabanzas y encomendando su cuidado al dios Amanoa, entendido en trances de adivinación y otras cuestiones no menos meritorias.

Muchas más maravillas se sucedieron, pero sería cansado enumerarlas aquí por menudo. Créaseme, pues, y siga adelante el relato.

Fue el caso que la noche iba de camino.

En el lugar de la predicción se había reunido un gentío inmenso deseoso de asistir al milagro en directo. De haber habido en aquel momento un cataclismo capaz de alzar el monte hasta las estrellas y desmenuzarlo dejándolo caer en finísimo polvo, ninguno de los presentes se habría movido o cosa parecida. Era mucha la expectación despertada por el acontecimiento. Y no por extraño era menor el silencio que planeaba sobre la multitud. Apenas de tarde en tarde se susurraba un consejo o velaba una queja, mas nadie se atrevía a romper el hechizo con voces o alboroto.

Ninguno parecía cansarse, a ninguno le vencía el sueño, los ojos miraban con asombro el firmamento y se impregnaban de su belleza. Muchos veían por primera vez las miríadas de estrellas titilando en el manto negro del cielo y daban gracias al creador por tanta belleza. Los más osados trataban de contar los puntos de luz y se maravillaban de ser incapaces de hacerlo pues se perdían al llegar a los primeros cientos de miles. Unos pocos se mostraban escépticos y formaban grupo aparte desde donde sonreían a la masa crédula.

Por fin se anunció en el horizonte el nuevo día.

El milagro debía estar apunto de llegar. ¿Sería cuando apareciese la primera roncha solar? ¿Habrían de esperar a que el sol se mostrase por completo?

Conforme transcurría le tiempo, una ola de desánimo recorrió la multitud y comenzaron a oírse protestas. La desilusión se abatía sobre los asistentes mientras veían alzarse por encima de sus cabezas el majestuoso disco solar sin señal alguna de milagro. Del grupo de los escépticos se alzaron voces amenazadoras gritando: ¡Embustero! ¡Embaucador!, y miles de miradas buscaron al falso profeta. Alguien alzó la mano hacia él tratando de agredirle y unos pocos buscaron piedras para lanzárselas. Entonces el hombre levantó los brazos pidiendo silencio y cuando todos se hubieron callado les dijo:

- ¿Puede esperarse mayor milagro que se vaya el sol, al atardecer, al otro lado de la Tierra y, rodando por entre las otras esferas que allí habitan, vuelva a aparecer a la mañana siguiente por el lado opuesto y traiga la luz y el calor necesarios para la vida?

Y todos estuvieron de acuerdo con él. Hasta los escépticos.

La sobrina del señor cura

I

Mambla de Santa María es un pueblecito de la Castilla olvidada con no más de trescientos habitantes en su censo. Para llegar a él se ha de tomar, a la salida de la capital, una carretera estrecha, agobiada de remiendos que, a través de vericuetos y curvas, se pierde en la hondura de las montañas. En invierno no es raro que quede el pueblo aislado por la nieve, pero los vecinos tienen buena despensa para abastecer la mesa y abundante leña para mantener el fuego; vengan, pues, todas las nieves y preocúpense otros. Luego, la primavera estalla ávida de luz y colorido y todo se cubre de un verde intenso, moteado por los mil colores de las aliagas, retamas, romero, manzanos y almendros. Y un ejército de mariposas juega de sol a sol entre margaritas, dientes de león, buganvillas y flores de escaramujo, hasta que el verano se presenta caluroso, en el hondón, al abrigo de todos los vientos.

La cinta de asfalto que le comunica con el resto del mundo muere en la plaza, si plaza puede llamarse al espacio que se abre, al final de la calle principal, rodeado de media decena de casonas nobles y la iglesia, al fondo, con la casa rectoral a un costado.

Una de estas casas, edificio de tres alturas, muestra con orgullo aleros festoneados de maderas labradas, dintel con escudo de bastardía, y piedras de sillería en sus cuatro muros. Es el Ayuntamiento y también el centro social y cultural donde los habitantes pasan las largas tardes del invierno. Hay una biblioteca con medio centenar de libros desencuadernados y sucios y un salón de paredes desconchadas en el que se reúnen las mujerucas al caer la tarde para jugar una partida de brisca. En la pared del fondo, velada por una cortina de sarga, se abre la puerta que da al bar, el *sancta santorum* de los hombres. Allí se bebe, se fuma y se blasfema entre el golpear de las fichas de dominó sobre el mármol de las mesas y el ronroneo del televisor en blanco y negro. A veces aparece por allí don Onofre, el párroco del pueblo, llenando con su humanidad todo el quicio de la puerta. Saluda a unos y otros, toma un vaso de vino o un orujo, si es día de fiesta, y anima con un gesto de sus regordetas manos a seguir las conversaciones y los juegos.

Si algún parroquiano le ofrece una silla no duda en participar en las partidas de mus o siete y media, pisando la línea de la permisividad pecaminosa. Pero lo da por bueno a cambio de tener a aquellos mostrencos, como internamente los califica, alejados por un rato de murmuraciones y obscenidades tabernarias.

Don Onofre, párroco de Mambla desde misacantano, vino desterrado a estos parajes por su mala cabeza de seminarista rebelde y respondón. Pero esta es otra historia, pues los años y la costumbre lo han hecho querido y respetado. Usa de frugalidad y continencia. Aplica la misma parquedad a su vestir, a su comer y a las comodidades más inocentes.

Su desayuno consiste en un tazón de leche con un poco de pan, a media mañana, después de celebrar la misa. A mediodía está cumplido con un plato de potaje y un poco de magro, cambiado a pescado los viernes y durante la Cuaresma. Y a la noche se acomoda con cualquier cosa como una sopa sin aderezos, hecha con el pan duro del día anterior. No necesita más y con eso mantiene fuerzas para sacar adelante su feligresía.

La sotana es puro milagro de existencia pues nadie puede decir cómo se le mantiene encima de tan rala y desgastada como la trae, aunque disimula esta penuria vistiendo de diario unos pantalones grises y una chaqueta de luto, con alzacuello y crucifijo en la solapa, dejando la sotana como vestidura talar para los días de mucha pompa.

La iglesia es uno de esos edificios tan grandes como el resto del pueblo, según acostumbran a ser en aquella Castilla donde primaba la religión sobre el pan y la divinidad sobre el hombre. Tiene algo de románica la portada, espadaña gótica con su campanil de dos huecos, y un ábside preñado de muchos parches y remiendos de épocas posteriores. El resto, las naves y los añadidos del baptisterio y la sacristía, son una mezcolanza de estilos de difícil datación. El retablo, de quien los del lugar hablan bien y con arrebato, resulta aparatoso por sus dimensiones y va más allá del espacio absidal, pero no pasa de ser un montón de esculturas terminadas en vivos colores que hacen daño a la vista y al buen gusto.

Los habitantes de Mambla viven de los cuatro productos que cultivan en huertos de cuatro por cinco y algunos, los más pudientes, tienen su rebaño de ovejas allá arriba, triscando en el páramo, en busca de las hierbas bajas azotadas por el viento inmisericorde del norte. Y todos, eso sí, del puerco que matarán por San Martín para hacer bueno el refrán.

El alcalde lo es vitalicio, al menos eso parece teniendo en cuenta los años que lleva en el cargo. Aquí no hacen falta elecciones ni nada que se lo parezca. Los vecinos están contentos con Alterio y para qué van a andar con zarandajas de urnas y papeletas que todo lo enredan y nada solucionan. Alterio, o el "Mocos" como todos le conocen, es hombre de agudeza rústica, decir parco pero afilado y sabe a dónde acudir para buscar remedios a las necesidades del pueblo. De dónde le viene el remoquete del "Mocos" es cosa que quizá se sepa luego.

Es algo cabezota y tiene mucho de obtuso cuando se trata de ceder, pero ello es bueno si ha de ir a la capital a tratar con los prebostes y mandamases de quienes nunca se sabe si hablan a derechas o con marrullerías. Si ha de poner a alguien en su sitio no lo duda un ápice, ni se corta a la hora de decir las verdades del barquero lo que, en ocasiones, le ha deparado algún disgusto, pero jamás llegó la sangre al río.

Aprovecharé para decir, por haber venido el río al discurrir del relato, que no es río lo que pasa por Mambla, sino arroyo aunque no pequeño, pues él solo se basta y sobra para suministrar agua a las huertas y a los animales de todo el pueblo. En verano, es cierto, apenas se aparece como una torrentera menguada y, a veces, han de hacer maravillas con el agua para alargarla hasta las lluvias de otoño, pero en primavera, cuando los deshielos provocan la crecida de las aguas, se muestra cerril hasta lo irrazonable, anegando las tierras a ambos lados del cauce y baja tan henchido y lleno que es un gozo verlo discurrir y despeñarse en pequeñas cascadas más abajo, donde está el molino.

Volviendo ahora a don Onofre añadiré, a más de lo dicho, que es hombre entrado en años, pero muy bregado en tranquilizar conciencias y mediar en pleitos, todo a una, siendo a la vez confesor de almas, tranquilizador de conciencias, alguacil de pendencias y valedor en desencuentros. Si alguien alberga dudas, desea consejo o ha de tratar cuestión con otro vecino, don Onofre escucha, sopesa, calibra y dicta siendo pocos los que no han de dar por buena su sentencia y acatarla. Así ha dirimido muchas cuestiones y peleas por lindes, albures y alguna navaja salida de mala madre en busca de pecho donde alojarse. Aún guarda buena apostura de la que tuvo cuando joven, pues es rumor generalizado que destacaba en el seminario por muchas y muy buenas prendas tanto de cuerpo como de alma, y su porte, apenas misacantano, arrancaba a solteras y casadas lúbricos deseos y suspiros poco honestos. Y como quien tuvo, retuvo, ahora, ya maduro, todavía se aparece con apostura en el andar, mejor compostura en el decir y un rostro lozano, con poco asomo de vejez, aunque los años y la vida sedentaria le proporcionen algún disgustillo a la hora de embutirse en el traje talar, teniendo en ello buena culpa, aparte de ser grande como un castillo, saber aprovechar los día de olla y no desaprovechar los de cuaresma.

Además de la parroquia de Mambla cubre una feligresía desparramada por hasta cinco pedanías y si, cuando era joven acudía a todas con presteza, los años baldan, flojean las fuerzas y empiezan a hacerse largas las distancias. Pidió por eso al señor obispo, hace ahora dos años, le descargase de misas y feligreses, dejándole solamente la parroquia de Mambla, pero no eran tiempos de bonanza vocacional y se lo denegó el prelado.

- Onofre-, le dijo-, ninguna otra cosa me agradaría tanto como atender tu ruego, ya lo sabes. Has cuidado el rebaño con diligencia y sé que los años pesan y se hacen gravosos, pero no quiere el Señor aumentar el número de sus pastores y, aun a costa de esfuerzo, habrás de seguir un tiempo cuidando de tu feligresía.

Más que cuidar, desasnaba aunque ya ni eso, pues después de tantos años de intentar hacerles ver, en vano, la verdad de los misterios de la Santa Madre Iglesia, había decidido dejarlos a su aire, absolverlos si confesaban y dar la comunión a cuantos se acercasen a ella, pero no complicarse en diretes sin trazas de ser comprendido.

Lo de desasnar viene a cuento de que, en tiempos, cuando la dictadura aún no tenía trazas de terminarse, abrió en una dependencia del rectorado una escuela para adultos. Era su idea enseñar a los mayores, algunos de los cuales no sabían qué eran números ni que juntando las letras podían formarse palabras. La idea no cuajó y a poco hubo de dejarlo porque las reuniones eran comadreos donde se despellejaba a todo Dios, haciendo diablos de propios y extraños. Nadie atendía a la lección. Los números eran incomprensibles para aquellos rústicos y las letras no lograban provecho en espíritus tan menguados. Cuando María la "Pernetas", logró distinguir la m primero y después la a y juntarlas haciendo ma, no se le ocurrió sino preguntar si con aquello ya podría conseguir de su marido mejor trato y que no usase sobre ella la vara de los colchones. Le explicó don Onofre que nada tenían que ver las letras con conseguir que el mastuerzo de su hombre dejase de medirle las espaldas, que aquello él lo trataría a su tiempo y vería de hallar remedio. Y como vio la "Pernetas" fallidas sus esperanzas de mejorar el trato, dijo que de perdida prefería la brutalidad a secas y no adobada de filosofías que no entendía. Marchóse, pues, se fueron con ella las demás mujeres y la escuela dio al traste.

Si imponente es la iglesia, el edificio donde se ubican las dependencias rectorales cabe ser calificado de descomunal, por tratarse de la casa madre de un monasterio o convento que, en tiempos, tuvo no menos de una veintena de frailes oblatos a más de albergar al párroco y dos o tres presbíteros que ayudaban en los menesteres religiosos con otros criados y siervos. Luego, con la venida a menos del lugar y el abandono de la monjía oblata, las estancias quedaron vacías, el polvo, la humedad y la desidia se adueñaron de muros y crujías y ahora amenazaba ruina en buena parte. Cuando se visitan las estancias umbrosas y los pasillos de bóveda de crucería, pueden oírse rumor de pasos y murmullo de rezos, las celdas guardan todavía el resabio de los lechos monjiles y el latido quejumbroso de cantos gregorianos acarician los pasillos de paredes desconchadas. En numerosas estancias, se conservan incunables y volúmenes de ediciones raras, acurrucados en el olvido y amancebados con otros de menor importancia en estanterías, baúles y alacenas que se defienden de la carcoma con pesados vestidos de polvo. A su lado y a veces en promiscuidad aparece tal cual escultura de carnes mórbidas y desnudo atrevido.

Don Onofre cerró hace tiempo la mayoría del edificio, ocupando una pequeña parte del ala mejor conservada, a la par que soleada, y no tenía a su servicio sino una muchacha de veintiún abriles frescos y lozanos, prietas las carnes, y henchida de inocente voluptuosidad, hija de una hermana suya que falleció de tercianas cinco o seis primaveras atrás. Al quedar huérfana, la tomó a su cargo y le procuró enseñanza hasta donde pudo, acomodándola, cuando alcanzó la mayoría, de ama y criada de la rectoría, todo en uno. La muchacha se llamaba Esmeralda y hacía honor al nombre, siendo joya inapreciable, para su tío, tanto por su carácter dócil y alegre, como por su sencillez y recato, no infectados todavía, a su parecer, del maligno aunque la curiosidad había empezado ha tiempo a hacer de las suyas.

A menudo, se perdía don Onofre por estas estancias que digo y rebuscaba entre la polilla, sacudía el polvo de algún volumen de tapas cuarteadas y bajaba con él a su despacho para examinarlo con unción. Luego el libro regresaba a su estante apolillado donde volvería a cubrirse con nuevo polvo y renovados olvidos.

Esmeralda también tuvo pronto, en estos cubículos, su campo de Agramante y se aplicó a él a espaldas del tío. El cura veló con celo por la candidez de la chica, pero resultaba obvio que empezaba a romperse la vasija de la ingenuidad. Devoraba, más que leía, las lujuriosas descripciones de Petronio en su *Satiricón* y los libidinosos *Epigramas* de Marcial, pero lo que la cautivó, abriéndole un mundo de sensualidad en que experimentar, fue un viejo volumen de tapas ratonadas y hojas apergaminadas por el tiempo. Entre palabras de amor, situaciones jocosas a ratos, comprometidas otros, se empapó de las dulces pláticas de Calixto y Melibea, le embargaron el ánima las trapisondas de la madre alcahueta y se le turbó el entendimiento con las procacidades de Pármeno y Sempronio.

A partir de aquí la vida se le empezó a mostrar como una estremecedora caja de Pandora, la actividad enconsertada del pueblo la agobiaba y las laderas boscosas, las agujas de las cumbres y el reguero del arroyo perdiéndose más allá de los límites del pueblo, se le quedaron pequeños.

Aún pulula la moza por aquellas estancias lóbregas, con un fuerte olor a humedades y suciedad, curioseando, moviendo muebles y estableciendo alianzas con el demonio del conocimiento. El tío la tiene abroncada por las muchas veces que ha topado con ella en alguna de aquellas habitaciones canceladas, pero el diablo de muchacha siempre halla la llave para abrir esta o aquella puerta y enfangarse en novedades y descubrimientos dándosele un ardite las regañinas del sacerdote.

Un día halló dentro de un baúl varios libros con títulos largos y farragosos. Tuvo la mala fortuna de verla el tío mientras los ojeaba y éste, rojo como la grana, titubeante y un tanto confuso, los tomó abrazándolos como si quisiera hacerlos desaparecer entre los pliegues de la chaqueta y se cerró con ellos bajo llave, en el despacho rectoral. Estuvo varios días allí leyendo, releyendo y calibrando lo que tamaña lectura podría haber dañado la sensibilidad de Esmeralda. Habría querido quedarse con ellos y añadirlos a su biblioteca pues se trataba de obras de gran valor, no tanto material por su antigüedad y conservación, como de conocimiento por el contenido de sus títulos, pues había allí ediciones antiguas con firmas de Demócrito, Parménides, Aristóteles, Epicuro y una *Antología filosófica* de Santo Tomás de Aquino que le debilitó las mientes y provocó emocionados espasmos por el solo hecho de tocar aquella maravilla. Tampoco faltaba un *Ars Amandi* de Virgilio y los dichos *Satiricón* de Petronio y *La Celestina* de Fernando de Rojas. Leyó todos, con la fruición de sus años mozos, y rememoró estadías de cuando se aplicaba a los latines en el seminario, para terminar elucubrando si los habría leído su sobrina y qué conclusiones habría sacado de haberlo hecho. Al final se decidió a envolverlos en papel de estraza y, con mucho dolor de corazón, los remitió al obispado para que Su Ilustrísima hiciese con ellos lo más adecuado, lejos de la angelical inocencia de la muchacha. Meses más tarde los libros regresaban por el mismo medio y el señor obispo ordenaba su devolución al lugar de donde habían salido por ser notorios su valor y antigüedad, no queriendo andar en enredos de apropiamientos ajenos.

En cierta ocasión, la inquieta Esmeralda encontró, entre las baldas de una cómoda de nogal, una figurilla en bronce que mostraba un atlético mancebo en actitud de lanzar un disco con su mano derecha. Estaba el hombre como Adán en el Paraíso, apenas creado por Dios, y aquella desnudez fue motivo para nuevas cavilaciones del buen sacerdote acerca de la educación que debía dar a su pupila, sintiéndose incapaz de alcanzar concierto en esto. De haber tenido madre, la habría mandado con ella, o con algún familiar cercano si lo hubiera, pero estaba la joven tan dejada de parientes como el infierno de caridades y pensar en alojar a la chica en alguna casa de la ciudad no le parecía adecuado.

- ¿Qué he de hacer contigo, muchacha?- le preguntó un día el sacerdote escrutándola con ojos inquisitivos

Esmeralda le miraba de soslayo y a punto estuvo de pedirle novio, pues había otras menos mozas y de peores trazas andando ya en requiebros y retozos, siendo ella, como algunas viejas murmuraban, aspirante a sastra de sacristía sólo por tener tío cura. Y aquello no le gustaba nada, pero calló pues sabía de los malos humores del sacerdote que, aunque la quería como a hija y buscaba en todo su agrado y bienestar, se mostraba tremendo cuando había de reprenderla.

- Ya no eres niña sino mujer- añadió. Y como advirtiese muy a las claras las formas femeniles mal ocultas por el fino vestido, se revolvió nervioso en su sillón arciprestal y la mandó salir con gesto imperativo.

A raíz de este suceso pensó mucho en la manera de dirigir las riendas de su educación y qué tratar y cómo y hasta dónde le era permitido llegar como tío y hasta dónde como sacerdote. El alzacuello le daba potestad para encaminar almas descarriadas y enderezar conciencias torvas, pero no para tratar con una joven casadera presa de inquietudes hormonales y apetencias de la naturaleza. Tomó por esto la decisión de buscarle mozo que la cortejase y anduviera un tiempo en tratos de casorio, hasta ver si eran de un afín y entonces empeñarían matrimonio.

Y aquí comenzaron el busilis y las desazones del bueno de don Onofre.

II

Don Onofre, como digo, se aplicó a la tarea de buscarle novio a su sobrina, poniendo en ello tanto empeño como si le fuese la vida en el buen fin del suceso. Sopesó e hizo cábalas sobre cual de los mozos de la parroquia podía ser el más adecuado para su sobrina. Eran todos unos muchachotes brutos, abigarrados como terrones sin desbastar, y poco dados a remilgos y lindezas, aunque les reconocía un fondo de bondad y buenas maneras que podía hacer de cualquiera de ellos marido honesto, trabajador y cariñoso, cualidad ésta en que, se dijo, había de fijarse mucho no fuera a venir la chiquilla a manos de un desalmado que la descalabrase a la primera desavenencia.

Fueron muchas noches de cavilación, dándose a duermevelas que lo trastornaron y empezó a dejar de asistir a confesiones o perder el norte en el paternóster de la santa misa, yéndose directo al *ite misa est.*

Con todo, hizo cuentas y le vino a salir la suma en un muchacho de estudios, a punto de terminar la carrera, que venía al pueblo en verano y en las Pascuas, o cuando le dejaban libre los estudios algún fin de semana y aún entonces se le veía por el alcor o bajo la robleda dándole al caletre con apuntes de la universidad. Todos decían de él que iba para magistrado aunque nadie sabía qué estudiaba, pero ojeaba libros tan gruesos y tanta atención les prestaba que no podía ser de otra manera. Este joven era de familia humilde, pero, despabilado y serio, le dio por los estudios y sus padres con mucho esfuerzo y la venta de una parcelita de tierra lo enviaron a estudiar quedando pronto agradecidos del provecho mostrado.

Se llamaba el joven Toño y eran sus padres Josefa y Alterio, conocido, según queda ya dicho antes, como el "Mocos". Y a casa de estos buenos lugareños se acercó don Onofre cavilando el modo de afrontar una conversación en que iba a proponer cuestión más propia de alcahuetas, trotaconventos y casamenteras. Pero estaba en su ánimo llevar a buen fin el negocio pensado y no se iba a amohinar por ello, menos siendo sacerdote de Dios que, como pensaba, le daba autoridad para tratar de esa y otras cuestiones semejantes.

Era Alterio, ya queda dicho más arriba, hombre cazurro pero bonachón, tenaz a machamartillo y cumplidor de la palabra rubricada con un apretón de manos, a ratos burro como una acémila, pero comprensivo al razonamiento. La boina se la ajustaba a rosca en lo alto del colodrillo y solamente se la quitaba para dormir, colgándola con mucho miramiento en el pomo de la cabecera metálica de la cama. Llevaba las perneras de los pantalones remendadas y vueltas a desgastar, chaleco abierto aunque tuviera los botones de metal, recuerdo de un marino habido en la familia, una chaqueta de pana de color extraviado, y al invierno lo desafiaba con un tapabocas sin necesitar de otros abrigos. Hacía caligrafía con plumilla que mojaba con mucho cuidado en un tintero de cristal con tapón de corcho y cuando acababa de escribir se la pasaba por el pelo dos o tres veces dejándola limpia para otra ocasión. Empleaba en una carta de catorce líneas no menos de veinte minutos, tiempo necesario para dejar a ras todos los márgenes y poner cuidado en la horizontalidad de los renglones. Cuando terminaba quedaba largo rato mirando el escrito y sonreía satisfecho, sabedor de ser el mejor escribiente no sólo del pueblo sino de todo el contorno.

Josefa se sumía en el anonimato tras la negrura del halda, los lutos de la camisa y un eterno pañuelo negro recogiéndole los cabellos ralos y encanecidos. Un signo de interrogación le recorría la espalda desde que unos fríos le atenazaron los riñones y se le cobijaron en la columna vertebral. Tuvo lugar aquel invierno especialmente crudo restregando, allá en el lavadero, las ropas de la cama, sábanas ásperas como recuerdos dolorosos. Hubo de romper el hielo con una piedra, después acomodó la tabla sobre el borde y apretó los dientes aguantando el frío del agua mientras golpeaba la sábana para ablandarla. La heladura le subía por los brazos hasta el pecho, le bajaba, desde allí, a los ijares y sentía cómo se le aposentaba y hacía nido entre sus ingles para luego destrozarle la vida. El médico hizo lo que puedo, más bien poco, y cuando se levantó de la cama, superada la fiebre y los tiritones, quedó mirando al suelo para la eternidad. Pero siguió con sus quehaceres de atender al hombre y cuidar del hijo.

Que ella recordase, nunca supo leer ni escribir y si algún día lo aprendió lo tenía tan olvidado como las aguas bautismales, pero le gustaba ojear libros y revistas con láminas, y santos que ella decía, e imaginaba lo que al pie de aquellas imágenes ponía. Descifraba a su modo los jeroglíficos misteriosos representados por las minúsculas manchas negras extendidas por el papel y vivía su propia historia las más de las veces muy alejada de la realidad de lo escrito. Acostumbraba a ir siempre murmurando jaculatorias en latines de andar por casa, cuando no avemarías, padrenuestros y credos traídos en anarquía.

Cuando Toño terminó las primeras letras en la escuela y les habló de ir a estudiar a la capital, el matrimonio quedó estupefacto y tardó en reaccionar varios días. Parecían haber sido barridos los dos, marido y mujer, por un aire fétido de esos que envenenan el alma y convierten a las personas en vegetales. Fue precisamente don Onofre quien abogó por el muchacho y detalló con palabras elocuentes y, en ocasiones, ininteligibles las ventajas que podían venirle al joven de aprovechar su natural despierto, dando alimento a una inteligencia creada por Dios para aprender con facilidad.

Toño aprendía mucho y bien y cada vez que volvía al pueblo traía consigo una carretada de nuevos conocimientos, hablaba como un erudito y dejaba a todos boquiabiertos. Como queda dicho, los veranos, por Pascua, y algunos fines de semana acudía puntual al pueblo pero poco lo veían en él, pues todos los días, apenas amanecido, se perdía en el quejigal con un montón de libros bajo el brazo y allí pasaba las horas entregado al estudio y la lectura, a la sombra de alguna centenaria carrasca. Y si hacía malo se encerraba en el desván de la casona familiar y a la luz de la claraboya devoraba páginas de conocimiento.

Ya a punto de terminar la carrera, su padre le urgía a buscar estado, a pensar en una muchacha que le conviniese, pues, decía, tanto llama el diablo a una mujer sin marido como a un hombre sin esposa. Además, para toda persona era estado normal el matrimonio a no ser para curas y frailes a quienes les era lícito librarse de calenturas sin recurrir a casorios.

- Alterio-, le decía Josefa al marido-, deja al chico que bien se lame el buey solo y tiempo tendrá de festejar y traer mujer a casa. Aunque pienso si no habrá de abandonarnos y marchar a la ciudad para buscar trabajo y nos busque allí nuera sin poderle aconsejar.

- ¿Habría de encontrarla aquí, mujer? Y marcharse es ley de vida. El vástago ha de desgajarse del tronco y enraizar por su cuenta, no quedar condenado a las miserias del padre-, filosofaba el hombre. Y movía de una a otra comisura la maloliente colilla de picado.

En este contexto llamó don Onofre una tarde de invierno a la puerta de Alterio. Una tolvanera de frío y celisca entró con el cura hasta la misma cocina, haciendo crepitar los troncos del hogar y arrancando volutas de chispas que se perdieron veloces por el embudo de la chimenea.

- ¡Qué agradable calorcillo, Alterio-, rezongó el tonsurado mientras se frotaba las manos acercándolas a las llamas.

- Si en el infierno se estuviera así, gusto daría de ir-, contesto Alterio.

- ¡Hombre de Dios, pero qué bruto! Cómo han de ser tan gratos los fuegos de Satanás, si una de aquellas brasas no guarda comparación con mil como estas.

- No haga caso del animal que llevo dentro, don Onofre. Siéntese aquí al lado, eche fuera del cuerpo el frío y luego me dirá-, y le hizo sitio en la bancada que corría todo a lo largo del muro junto a la chimenea.

Se sentó el cura donde le decían y quedó mirando las lagartijas de fuego que se alzaban de los troncos en medio de un silencio brumoso que parecía combar las paredes de la cocina.

- ¿Y Toño?-, carraspeó al fin, por decir algo. Y sin esperar respuesta tiró del hiladillo y comenzó la retahíla. Y aunque traía bien aprendida la lección, las miradas del hombre y de la mujer, clavadas en él, le llevaron a decir tantas incongruencias y disparates como jamás pensó, en su vida, poder hilvanarlas tan bien y tan seguidas, trabándosele la lengua en ocasiones y volviendo a empezar hasta tres veces sin llegar al meollo. Mientras hablaba el cura, Alterio, sin casi escucharlo, se levantó y fue a un rincón, al socaire del fuego, donde hurgó en una especie de tina de madera y regresó con una jarra de barro desportillada, chorreando un vinillo que hizo cosquillas en la nariz al buen husmo del curato. Escanció Alterio unos vasos y bebieron en buena compaña arrullados por los murmullos de Josefa, ocupada en limpiar de bichos un taleguillo de lentejas.

El vino hizo efecto y conforme bajaba el nivel en la jarra subían sus efectos en don Onofre y pronto se mostró tan locuaz que habría sido capaz de enmendarle la plana al mismísimo San Jerónimo que, desde su cubículo del retablo central en la iglesia, redactaba la Vulgata con expresión omnisciente. Se explicó entonces con toda cordura y Alterio y Josefa aunque oían no comprendían o, mejor, comprendían pero no se les alcanzaba ser cierto y estaban en un estupor por el asombro, parejo al de don Onofre por el vino.

Cuando el buen cura terminó de hablar quedó mirando al matrimonio. Josefa estaba con una porción de lentejas en la mano mirando, sin ver, un par de gorgojos que le subían por la muñeca y

Alterio se había quedado suspenso, jarra en alto, con la duda de terminar de escanciar o dejarlo sobre la mesa y echar a correr.

- ¿Su sobrina y mi Toño?-, carraspeó mirando a su costilla.

- ¿Pues, qué, no es de buen porte, mejores mañas y costumbres piadosas, Esmeralda?-, preguntó el cura.

La mujer asentía con la cabeza y el hombre boqueaba como un pez buscando las palabras que no le salían.

- Mire, don Onofre-, dijo por fin, mientras se pasaba el puño de la camisa por la cara-, una cosa es casar al chico y otra emparejarle con la iglesia.

Don Onofre se alzó de la bancada y abrió los brazos en un intento de abarcar la cocina y cuanto en ella se contenía. La tonsurada cabeza tocaba casi las vigas ennegrecidas por el humo y se paseaba confusa entre ristras de ajos y tasajos de tocino.

- ¿Serás bestia, Alterio? No saldrás de acémila, así lo pidas a todos los santos. ¿Qué ha de ver en esto la iglesia, ni de qué emparejamiento hablas? Esmeralda necesita un hombre que la quiera y busque en ella esposa. He pensado para ello en tu Toño y nada debe pesar en ello mi condición de sacerdote y sí la de tío de la muchacha.

Alterio se achicó en la banca hasta el punto de que don Onofre temió verle desaparecer por alguno de los agujeros que los nudos habían dejado en la tabla mientras Josefa, que se había dado de puñadas en la cara y rezado una docena de avemarías atropelladas, aplastaba con el pulgar los dos gorgojos de su muñeca.

- ¿Qué dices, mujer, a esto?-, preguntó Alterio. Y jugaba con un cigarrillo entre los dedos haciéndose el desentendido.

- Si se tienen ley por mí no ha de quedar-, respondió Josefa, sin mirar al cura ni darle otro conocimiento.

Don Onofre no marchó muy convencido de haber sacado provecho de la charla por eso no perdía ocasión de ir al asunto cada vez que se topaba con uno u otra por la calle y más cuando la mujer iba a la iglesia a confesarse. En la oscuridad agria del confesionario y en el silencio perdido entre las columnas, la ventaja estaba de parte del sacerdote y desgranaba absoluciones a la par de consejos haciendo los unos condición de las otras y entre padrenuestros y credos iba convenciendo a la mujer de las bondades de un matrimonio entre los jóvenes.

Aquellas insistencias terminaron prendiendo en el ánimo de la madre y de ella enraizó la simiente en el marido viniendo ambos al convencimiento de no ser tan descabellada la idea de casar al chico con la sobrina del señor cura.

- A más, ¿habrían de ser en balde las colectas de los domingos? Para pedigüeño el cura y ahorrador un punto, salvo cuando concierne a la sobrina que la tiene en la gloria, rolliza a reventar y vestida de galas como no iría una reina-, decía Alterio y le guiñaba los ojos a Josefa.

- No mires eso, Alterio, sino el bien de los muchachos. En lo honrada y decente habremos de parar, pues lo otro son fábulas-, respondía Josefa.

Y remarcaba lo de fábulas, por ser para ella palabra emparentada con diabólicas artes para perder el seso de los humanos y llevarlos a la perdición.

Con aquello fueron los dos una tarde a la casa rectoral y murmuraron conseja con el sacerdote de donde salió el acuerdo de emparejar a ambos jóvenes y dejar a Dios el resto. Alterio porfió, al principio, no muy seguro del buen fin del negocio si dejaba todo en manos celestiales, pero la insistencia y terquedad de don Onofre hicieron el milagro y, si no en Dios, terminó confiando en su representante y dijo amén.

III

Josefa le daba trabajo al marido para cobrarse el débito matrimonial porque supiera lo costoso que es a una mujer perder la virtud y aprendiera, de paso, a no quedar engatusado con facilidades, tanto era así que el pobre hombre, pese a su rusticidad y arranque, llegaba a él, al débito digo, en ocasiones, tan asendereado que no hallaba traza de lograr cobrarse y se iba en ayunas.

Pero de alguna forma eran felices al no buscar lujos ni prebendas fuera de su alcance con lo que hacían bueno el dicho de que la felicidad nace de no desear lo inalcanzable.

Alterio, a su manera, era un padre ejemplar pero bastante bruto en el trato y los modos, como ya queda apercibido. Siendo Toño niño, cuando no alzaba aún cuatro palmos del suelo, lo había llevado a la torca, allá arriba, en el páramo. La torca era una sima sobre la que corrían mil historias a cual más increíble. La enorme boca parecía no tener fondo. Si se arrojaba una piedra a ella, se le oía caer rebotando contra las paredes hasta perderse el sonido en una catarata de ecos. Su origen era legendario a más de siniestro y el más valiente no se habría atrevido a bajar a ella.

Alterio tomó al niño por un brazo y le asomó al agujero.

- ¡Llama al diablo!-, le decía-. ¡Belcebú, Belcebú, me río de tu testuz!

Y le acercaba y alejaba dándole temor. De pronto lo alzó por los brazos y lo dejó colgando unos instantes sobre el vacío. El crío chilló presa del mayor de los miedos y pataleó aterrorizado ante la idea de perderse en aquel pozo sin fondo, mientras su padre reía a carcajadas la broma. Aquel acontecimiento, aunque no llegó a ser consciente de ello, lo acanalló de por vida. Le volvió adusto y un punto insociable, siendo ello la causa de que, ahora, cuando volvía al pueblo, subiese a la robleda y pasase allí las horas embebido en sus libros, buscando en realidad huir del pueblo y de sus paisanos con quienes no acertaba a encontrar ningún lazo y sí muchos motivos de alejamiento.

Dejó pasar muchos años sin acercarse a la torca, pero ya mayor razonó la necesidad de vencer sus propios medios y se obligó a demostrase a sí mismo su valor. Nubes siniestras amenazaban el horizonte con zigzagueantes serpientes de fuego y los truenos golpeaban contra la ladera de las montañas el día que subió al páramo. A poca distancia del precipicio se detuvo. Le sudaban las manos, la vista se le nublaba y sentía golpearle en el pecho el corazón como si fuera a romperle las costillas. Miró una y cien veces el negro agujero antes de decidirse. A un paso de la sima cerró los ojos, temeroso de abrirlos. Sentía aflojársele el ánimo y le invadía el mareo. Cuando abrió los párpados el abismo le atrajo hacia él y por un instante creyó caer al fondo, pero se sobrepuso, lanzó un grito estridente y saltó hacía atrás.

No lo dijo a nadie. Nunca lo reveló ni siquiera a su madre, pero lo guardó en su corazón como la más formidable victoria jamás conseguida, prometiéndose que, de allí en adelante, ni joven ni viejo, nadie le apodaría el "Mocos" o habría de vérselas con él.

Y quizá sea llegado el momento de cumplir la promesa hecha al principio de este relato, explicando el origen del apodo. Tenemos que remontarnos, para ello, a la época en que el bisabuelo de Toño, Engracio, era munícipe presidente de Mambla de Santa María. Hombre adusto y de pocas palabras, ajustado a su tiempo, formado, por lo tanto, en las cuatro operaciones y letras justas para hacer cuentas con los dineros y leer los titulares de los periódicos, tenía a gala ser republicano vocacional y antimonárquico por devoción, sin saber muy bien qué era una cosa u otra, pero muy atento a dejar sentadas sus inclinaciones políticas.

Con motivo de una visita efectuada por el rey Alfonso XIII a la capital de la provincia para asistir al espectáculo de un eclipse de sol que había de tener lugar de allí a unos días, se habían programado fiestas en la que no faltaban bandas de música, globos aerostáticos, paradas militares, cabalgatas de gigantes y cabezudos, bailes folclóricos, representaciones teatrales y muchas otras diversiones para solaz y recreo de los ciudadanos.

Entre los actos figuraba una audiencia de sus majestades a los próceres de la provincia y se había querido dar entrada en esa audiencia, por mor de una imagen de cercanía real al pueblo, a los alcaldes de varios pueblos tomados al azar, uno de los cuales fue Mambla de Santa María. Si algún enemigo hubiera tomado por asalto la comarca y arrasado las bodegas y despensas por espacio de un año, la conmoción no había sido mayor.

Engracio rebufó por la ofensa que se hacía a sus convicciones republicanas, pidiéndole asistir a un espectáculo caricato y burdo donde los protagonistas eran sus enemigos declarados. Se enojó, protestó, pataleó, negó por sus muertos y por sus vivos, y juró con tan procaces expresiones y enconos teológicos que hubo de intervenir la autoridad religiosa en la persona del párroco amenazando a todo el pueblo con la condenación eterna en mares de azufre y fuego, si persistía el señor alcalde en injuriar a Dios y sus santos de manera pública y notoria.

Apaciguóse con esto Engracio, convocó concejo abierto el señor alguacil donde se dio lectura a la comunicación gubernamental y se aprobó, con cargo a un presupuesto extraordinario, la confección urgente de una chaqueta, unos pantalones y una camisa para vestimenta y decoro del señor alcalde en tan importante fasto. Se habló también de unos calzoncillos, si habían de ser lino o de lana, marianos o cortos, estos, sin duda alguna, más propios de un representante del municipio, y si irían con botones o abiertos, pero quedó la propuesta sin acuerdo por ardua y espinosa, a más de íntima, acordándose dejar en manos del interesado la decisión final sobre esta prenda.

Todo el pueblo acudió a despedirlo a la posta, le bendijo el señor cura, con alguna prevención hay que decirlo, por una buena ida y mejor regreso, los mozos y mozas entonaron una cancioncilla picante, compuesta al efecto, y todos le encomendaron dejar en buen lugar el prestigio de los mambleses, cosa que tenían por hecha, pero era muy del caso recordar.

La capital de la provincia resplandecía. Engracio reventaba dentro de la chaqueta y los pantalones nuevos. La camisa le refulgía al sol como una banderola en lo alto del mástil. Al bajar del autobús se acomodó con energía la pretina hasta casi debajo de los sobacos y aspiró con fuerza el aire de la ciudad.

Como era temprano y quería vivir la aventura capitalina anduvo sin rumbo perdiéndose por callejas que desconocía y cuando quiso volver no encontraba el camino. Preguntó a unos indigentes que empujaban una carreta rebosante de miserias, pero no supieron darle razón y siguió andando hasta que le dolieron los pies de tanta caminata. La madeja de callejuelas se le enredaba como pesadilla de mil diablos. Entonces oyó paloteo de tambores y toques de corneta. Y corrió hacia allá. Eran los militares que cubrían la carrera por donde había de pasar su majestad y siguiendo el rastro llegó con el tiempo justo para ocupar su puesto en una de las hileras de sillas preparadas al afecto en una sala iluminada con grandes arañas de cristal que guiñaban iris de colores.

El acto oficial fue de mero protocolo, pero estaban allí todos los dignatarios de la política local babeando por una sonrisa regia, un besamanos al señor arzobispo o poder embaucar con melindres a simples subsecretarios.

Engracio conocía al rey por la fotografía, comida de ratones, que colgaba en el consistorio de Mambla, en la que aparecía con mucho empaque y apariencia, vestido de gala y portando un sable a la cintura. Pero ahora se le apareció menudo, apocado e insignificante y bastó eso para sentirse satisfecho en lo más íntimo. Luego, perdió todo interés por cuanto acontecía a su alrededor y se ensimismo en otros menesteres.

Primero uno, después otro y otro más empezaron a subir a una tarima forrada de terciopelo unos señores gordos y estirados, embutidos en rígidos trajes negros con faldones, desde donde hablaban y hablaban con mucho engolamiento y decían cosas incomprensibles, sin interés para ninguno de los presentes, ni siquiera de su majestad que cabeceaba, primero imperceptiblemente, después con más insistencia, arrellanado en una trona muy aparatosa.

Entreteniendo el tiempo, Engracio lo ocupó en trajinarse, como mejor pudo, los botones de la chaqueta hasta conseguir arrancar dos y dejar en precario los demás. Luego, como seguían los discursos y los botones no daban de más, mató los minutos paseando la vista por los retratos colgados de las paredes. Señorones imponentes, muy serios, con levitones lustrosos y bigotes acicalados, próceres admirados por los de su mismo estrato.

Estaba en esto cuando le picó la nariz muy adentro y comenzó a hurgarse con el dedo. La causa del picor no era otra que un moco pegado al fondo. Primero con cuidado, luego con más ahínco fue introduciendo el dedo hasta toparlo y, escarbando con la uña, tiró de el hacia fuera. En el mismo momento, se acercaba su majestad a él, con la mano extendida, después de haber saludado a toda la fila de munícipes. Los discursos habían terminado y el rey se estaba despidiendo con un apretón de manos.

Engracio avanzó la suya y se fijó entonces, en el gusano verdoso que colgaba lacio y húmedo de su índice. Se azoró un instante, pero reaccionó al punto escondiendo aquella mano y adelantando la otra, la izquierda, para estrechar la de su majestad en un ridículo escorzo. Entre los cortesanos protocolarios hubo gestos de extrañeza y murmullos de desaprobación, pero el monarca, sin darle mayor importancia, esbozó una sonrisa de circunstancias y continuó la ceremonia.

La cosa no habría ido a más de no haber sido porque, cuando Engracio se bajó de autobús, aquella tarde, en la plaza de Mambla, la noticia le había precedido y chacotas, burlas y jolgorio le recibió con honores. Todos pugnaban por ver la mano que había tocado la del rey, pero no era menor el afán por ver la que había sido sostén del pedúnculo informal y, tocado de gracia, dio al diablo vergüenzas y rencores, mostrando a sus paisanos las dos manos de esta historia.

De ahí al apodo de el "Mocos" no hubo sino un paso y quedó apellido de la familia para las generaciones futuras. Es ésta costumbre muy extendida en aldeas y pueblos de Castilla, donde con frecuencia se pierde el verdadero nombre y solo queda para identificar a los vecinos el santo y seña de la tara, error o burla.

IV

Nuestra Señora de Mambla era una imagen menuda de no más de treinta centímetros de alto. De factura burda, con los rasgos groseros y sin terminar, aparecía sedente, en una especie de trono, mostrando el seno izquierdo al que se agarraba un bulto en forma de niño. Estaba adornaba con una corona de hojalata dorada en cuyo frente se engarzaba un rubí donado por un feligrés anónimo tras la guerra civil.

Unos la hacían venir de los primeros tiempos del cristianismo cuando un discípulo del apóstol Santiago anduvo a salto de mata por aquellos riscos predicando el evangelio. Otros contaban una historia de moros queriendo profanar la imagen y un milagro protegiéndola con su desaparición durante más de cien años, para volver a mostrarse cuando pasó el peligro musulmán. La verdad es que se trataba de una talla dieciochesca realizada por un artista desconocido, enamorado del románico, del que copió los rasgos y las posturas poniendo de su cosecha el toque exótico del pecho al descubierto.

A primeros de septiembre los mambleses aparcan trabajos, despejan agobios y visten galas para celebrar a su Virgen. Se saca la imagen en procesión y la llevan en andas desde la iglesia hasta la Mesa, una explanada donde bien cabrían dos Mamblas, a una legua del pueblo siguiendo un camino de piedras y rodadas que asciende por la ladera acompañando el curso del torrente. Desde lo alto de la Mesa se divisan los perfiles aserrados de la cadena montañosa que cerca la hoya del pueblo mientras al frente se abre la boca de la paramera, herida a cercén por la cinta plateada de la carretera reverberando al sol.

De mañana ya se apercibe el alborozo. Mozos y mozas ataviados con cintas, camisolas, haldas de trabajosos bordados ellas, pantalones caimelados ellos, y todos con alpargatas de cáñamo y medias altas se reparten inquietos por el pueblo. Recorren las calles entonando canciones picantes y dando réplicas atrevidas mientras el tambor y la dulzaina invita a todos a la fiesta.

El Ayuntamiento luce la bandera nacional y otra de colores indefinidos, comidos por el sol y el agua, con un escudo cartelado en ocho donde aparecen otras tantas "M" mayúsculas de Mambla. La plaza atruena con el repique de campanas llamando a buscar la Virgen y los cohetes estallan en lo alto alertando a los pueblos de los alrededores.

A mediodía se reúnen todos a la puerta de la iglesia en espera de que don Onofre dé la venia para cargar las andas. Las mujeres han adornado a la Virgen con el cariño filial de quienes adoran su santa por encima de toda creencia. Han agotado las flores de los huertos para ponerlas a los pies de la Señora y sacado las mejores galas a los balcones que aparecen inundados de colchas multicolores y sábanas que reverberan al sol.

Don Onofre anda trasteando en la sacristía ayudado por el sacristán y dos monaguillos. Saca la casulla de pontifical, algo raída y tazada por dos o tres sitios, pero pontifical al fin y al cabo. El manteo da importancia al acto. Ayudado por el sacristán se va invistiendo de los sagrados ornamentos. Lo hace despacio, regodeándose en la impaciencia del pueblo que empieza a armar alboroto en el exterior. Le gusta provocar, de este modo, la fe de sus feligreses. Cuando está preparado mira a la Virgen, se santigua y hace seña a los monagos de que abran la puerta.

Una muchedumbre plétora de sacra superstición irrumpe en las naves de la iglesia y corre a tomar las andas de la Virgen. Las pisadas resuenan en la bóveda haciendo eco y los gritos reptan como serpientes por los nervios de las columnas, retumbando cien veces aumentados. Todo ello empapa de frenesí los ánimos y se produce una riada sudorosa e inconsciente que atraviesa el pueblo y sube ladera arriba hacia la Mesa. El sendero se arrisca a trechos para poner a prueba la pericia de los porteadores. Las andas cambian de mano por momentos; la imagen se bambolea a un lado y otro amenazando caerse. Los últimos años don Onofre, en lugar de ir al frente de la procesión, cede el sitio a la multitud y renquea en el grupo de los rezagados. Cuando llega arriba resopla como si tuviera una locomotora en el pecho, se pasa el pañuelo por la cara para secarse el sudor y aventa a los feligreses, abriéndose paso hasta el altarcillo donde reposa la Virgen.

Durante la misa se produce una desbandada generalizada. Las mujeres se acercan a donde oficia don Onofre; les acompañan una veintena de hombres de piel atezada y mirada opaca en el rezongo de las oraciones, pero los más buscan la complicidad de la disculpa en la preparación de las hogueras donde luego cocinarán las mujeres o en el tiento a los odres por si estuviera picado el vino. También los jóvenes se dispersan por la planada con complicidades estudiadas. No hay excesos, ni atrevimientos; una palabra equívoca, miradas zurcidas en el aire, sonrisas, porque la misa aunque no asistan a ella es sagrada. La Virgen no perdonaría una infamia mientras le rezan a su Hijo y no es creer o no creer, es respeto a una tradición secular.

Terminada la misa comienza la fiesta. Los gaiteros atacan jotas que la mayoría baila con más voluntad que acierto. Los de Mambla tienen una jota que dicen del redoble. El tamborilero se luce majando los palillos contra la piel de venado y hombres y mujeres danzan a su ritmo. Hay un acuerdo tácito de competición entre gaiteros y bailadores. Comienza la dulzaina llamando al baile con tres toques agudos y sostenidos y cuando los danzantes han hecho corro comienza el repiqueteo del tamboril. Una especie de posesión se apodera de músicos y danzantes durante tiempo ilimitado hasta que una de las dos partes cede.

Los dulzaineros abren los ojos desaforadamente mientras inflan los carrillos buscando una pizca de aire para seguir soplando; los dedos del tamborilero se agarrotan empuñando los palillos y los danzantes jadean como verracos cuando huyen de la jauría. Alrededor mirones y curiosos jalean ya a estos, ya a aquellos; animan a los músicos a no cejar, a los danzantes a seguir saltando y un rugido alborozado cubre la explanada cuando una de las dos partes cede.

Se felicitan unos a otros, se dan enhorabuenas y se sientan en camaradería, sobre la hierba y entre las piedras, a comer. La comida es comunal, no se hacen distinciones entre criado y señor, se lleva la mano al puchero o asado y tasajo pillado, tasajo engullido. Corre el vino en las botas, un vino torpón y ácido de las cepas mal asoleadas que trepan por la ladera sur y los más jóvenes dan escondidos tientos al pellejo, al descuido de los padres.

Tras la tertulia de sobremesa y el sesteo comienzan nuevos actos. A los bailes tradicionales y a la dulzaina les suple un aparato de monstruosa apariencia que atruena con sus pegadizos ritmos llegados de la capital. Al principio los jóvenes reciben la innovación, alborozados, pero conforme avanza la tarde comienzan a desertar y los mayores piden agarrados, como manda la tradición.

Es la hora en que comienza a caer el sol y las parejas se pierden más allá de la llanada entre los quejigos y las sombrías carrascas. El olor agrio del cansancio excita la libido de la hembra y las manchas de sudor en el escote se hacen visibles al ojo encelado del hombre. El bosque de vello hirsuto, casi procaz, que asoma por el pecho de las camisas y el olor espeso del macho bravío llaman con enloquecedora irracionalidad el celo femenil, mientras los brazos desnudos y la curva sinuosa de un seno apretado son motivo de deseos furtivos en la naturaleza del varón.

Muy arriba, por cima de una formación rocosa que domina la Mesa, escaparon Toño y Esmeralda a las miradas indiscretas de la gente buscando el amparo de las tenadas donde dormitan las ovejas. Necesitaban espacio para su última tarde.

Toño se iría al día siguiente. Lo tenía decidido y hablado largamente con Esmeralda. Terminados los estudios debía abrirse paso profesionalmente. Nada estaba claro, todo quedaba al albur de la incertidumbre y el destino dictaría los pasos a seguir. Al menos así lo creían.

Esmeralda acariciaba, trémula, la melena del muchacho.

- ¿Es este, entonces, el adiós?-, preguntó.

- Solamente, hasta luego.

- ¿Volverás?

- Volveré. Y cuando vuelva subiré aquí y estaré esperándote sentado sobre esta misma hierba, oyendo el rumor de este mismo viento, mirando las mismas nubes que nos miran desde allá arriba.

- ¿Cómo sabré de tu llegada?

- Lo sabrás. Un impulso más fuerte que todos los instintos te llamará y traerá hasta aquí.

No hubo más palabras. Sobraban. Innecesarias, eran más expresivos los hechos. El pecho de Esmeralda se alzó bajo las telas con expresión de acelerado sofoco. Los fuertes brazos de Toño la aprisionaron contra sí hasta sentir el calor de los senos a través de las ropas, ropas que una a una se fueron deslizando con la torpeza de la premura.

Una brisa ligera traía los aromas del romero y de la aliaga embotados con el olor a humus que escapaba del ganado. Mezcla imposible, tan imposible como la continencia de los cuerpos amarrados por la concupiscencia más fiera. Rogaba, en vano, Esmeralda, saciedad de caricias mientras el cuerpo de Toño, ajeno a las mudas súplicas, se alzaba imponente sobre ella y descargaba el furor del deseo contenido mil días. Un grito rompió el aire y se repitió en eco hasta arriba, por encima de los últimos quejigos. Luego, se hizo el silencio, arropado por los mil rumores que recorrían la floresta.

Con las primeras sombras descendió todo el pueblo. Unos cuantos jóvenes bajaron la Virgen dando tantos tumbos que alguna mujeruca tembló viendo peligrar la imagen, pero la tenían bien sujeta y llegaron a la iglesia enteros. Don Onofre los estaba esperando a la puerta para recibirlos y echar la tranca.

Sólo Toño y Esmeralda quedan arriba bañados en sueños de desesperanza.

Esmeralda alarga una mano hacia Toño queriendo tomarle la suya, pero Toño la rehuye.

- Quizá no debimos…
- No me ha importado. Yo también lo deseaba.

Y rumian a la par placeres y sinsabores, los placeres recién disfrutados y los sinsabores del adiós.

Es ya noche cerrada cuando Toño se levanta y toma el camino hacia el pueblo. Le sigue la muchacha. Ella por el sendero, él al amparo de los árboles como si no fuese bastante la oscuridad del cielo sin estrellas que aún busca más negrura, sin hablarse, lanzándose miradas de reojo, extraños tras la intimidad vivida.

Don Onofre esperaba en su despacho, con el oído alerta, la llegada de su sobrina, pero no la oyó llegar. Esmeralda abrió la puerta con todo el cuidado que le fue posible evitando los chirridos de los goznes y se encerró en su habitación.

A medianoche la luz de la habitación de la muchacha se filtraba por debajo de la puerta y don Onofre quedó suspenso sin saber qué hacerse.

- Buenas noches, Esmeralda. No te he oído llegar. ¿Hace mucho que llegaste?

- Buenas noches, tío. Buenas noches…

A la mañana amaneció el día nublado. En la plaza esperaba Toño el coche de línea, acompañado de su madre.

- Abrígate bien. Y escribe-, fueron las últimas palabras de Josefa, después de abrazarle y darle el último beso, mientras las lágrimas le hacían río por los surcos de las mejillas. Cuando el coche se perdió tras la esquina se enjuagó los ojos con el delantal y tomó la calle de la derecha, camino de la huerta donde Alterio estaba sacando unas patatas.

- Se ha ido-, fue todo lo que dijo la mujer.

Alterio levantó la azada y la descargó sobre el surco.

A esa misma hora, el sueño vence a Esmeralda aunque, a ratos, sombras y fantasmas vienen a perturbar su descanso.

V

Llegaron los primeros fríos para el Pilar y Mambla de Santa María se recogió sobre sí mismo como el feto en el vientre de la madre. La iglesia dormía en la penumbra de un atardecer sombrío, iluminada solamente la nave central por la lámpara del Santísimo y las velas del tenebrario.

El grupo de mujeres bisbiseaba oraciones mientras esperaba su turno para confesarse. Don Onofre retiró las cortinas de la puerta del confesonario y fijó la mirada en las penitentes. A un lado, apartada de las demás, vio a Esmeralda. Le hizo una seña para que fuese ella la siguiente en acercarse a la confesión y volvió la atención a la mujeruca que tenía arrodillada al otro lado de la celosía.

- Ya sabe, padre, lo de siempre. Matías se me enrisca y me avasalla sin contemplaciones. Y, ¿qué he de hacer yo sino ceder?

- Pero, hija, eso es el débito conyugal que debes a tu esposo como él te lo debe a ti. En eso la Santa Madre Iglesia hace oídos de mercader y no lo tiene por pecado. ¿O practicáis contra natura?

La mujer se achicó en el reclinatorio hasta casi desaparecer de la escena y murmuró varios "no" medrosos.

- Anda, anda, reza un Padrenuestro, el Yo Pecador y haz propósito de enmienda.

Y le dio la santiguada de la absolución.

Luego detuvo con un gesto a la mujer que se acercaba y le hizo señas a Esmeralda.

- Ave María Purísima.

- Ave María. Dime, ¿de qué te acusas?

Hubo un punto de indecisión en la penitente. El humo de los cirios del tenebrario le llegó a la garganta y se le aferró con fiereza a la lengua como si quisiera ahogarla. Tosió varias veces y carraspeó en un intento vano de ganar tiempo.

- Dime, ¿de qué te acusas?

- Confieso a Dios y a su Santísimo Hijo que he pecado gravemente, pido perdón por ello y me acojo a su divina clemencia.

Las palabras de Esmeralda quedaron amortiguadas en la celosía del confesonario. Al otro lado don Onofre dio un respingo y se sacudió la modorra de las últimas confesiones.

- ¿Qué dices Esmeralda, hija? ¿Pecar tú gravemente…?

Pero había preocupación en la reconvención del sacerdote. Algo rondaba su magín desde tiempo atrás viendo a la muchacha ir y venir con las ideas distraídas y el semblante serio. Hacía unas semanas que la sonrisa se había borrado de su boca, antes siempre jugosa y cantarina, y arrastraba las obligaciones de la casa con desinterés. No ponía tampoco entrega en las conversaciones, apenas hablaba y el brillo había huido de sus ojos.

- Esmeralda, olvidaste sacar el vino de consagrar.

- Muchacha, ¿dónde paras la cabeza? No llevaste a la sacristía el alba limpia.

- ¿Te sientes mal? Muestras tristeza en el rostro y no sales ya como antes.

Pero Esmeralda callaba, encogía los hombros o refunfuñaba disculpas sin concretar. El buen sacerdote aún barruntando males mayores quería engañarse y atribuía el cambio a los fríos anticipados del invierno, al cambio de carácter acarreado por los vientos del norte que se metía por las callejas del pueblo y todo lo descabalaba y revolvía. Por eso la premonición de estar acertado en sus temores le alertó.

- ¿Pecar tú gravemente…?-, repitió.

- Sí, tío.

- ¡Padre! ¡Padre! Dentro de la iglesia soy tan padre tuyo como de todos los demás. Y, anda, cuéntame esa milonga.

Al otro lado de la celosía hubo frufrú de telas y palabras entrecortadas con acompañamiento de suspiros.

- No te entiendo. Tranquilízate y habla despacio.

Esmeralda esperó un rato largo antes de cobrar ánimo y decidirse.

- Estoy embarazada, tío.

Una bomba que hubiera arrancado los pilares del templo y alzado la cúpula del crucero hasta el infinito azul no habría causado mayor perplejidad en don Onofre. Podía esperar cualquier revelación pero no aquella.

La lucerna del sagrario parpadeó con inquietud y tres velas del tenebrario se consumieron sopladas por una corriente de aire que bajó, en remolino, desde la bóveda de la nave central. Don Onofre lo vio desde el confesonario y no pudo evitar un estremecimiento.

- Reza... reza... reza lo que quieras y espérame en casa. Allí hablaremos.

Mientras Esmeralda abandonaba el confesionario, don Onofre recitaba mecánicamente:

- *Ego te absolvo a pecatis tuis in nomine...*

Empezaba a chispear pero Esmeralda no sintió las minúsculas gotas de agua golpeándole el rostro, ni vio a dos vecinas con que se cruzó y le dieron las buenas tardes, ni prestó atención al perro que ladraba más arriba, donde empezaban las huertas, llamando la atención sobre un espantapájaros zarandeado por el viento. Entró en casa, enfebrecido el rostro, presa de la mayor de las excitaciones, se encerró en su habitación y corrió el tranco de la puerta. Colocada frente al espejo del armario empezó a desnudarse, sin quitarse los ojos de encima, con la curiosidad y afán de quien estuviera descubriéndose. Desnuda de toda prenda se tomó el vientre con ambas manos y fantaseó con la vida que latía en sus entrañas. Un extraño frenesí se iba apoderando de su ser y empezaba a sentirse libre como la jabalina que corre por la espesura buscando el cubil donde preparar la cama en que rezongarán los rayones cuando reclamen su porción de leche.

Oyó llegar al tío mucho después. Anduvo por la casa trasteando en la cocina, preparándose, quizá, algo de cenar. Se cubrió con un camisón y esperó que llamara a la puerta y le reprochara lo que hubiera menester. Que le dijera perdida, pecadora, sucia. ¡Quién sabe las palabras que tendría pensadas para el momento! Pero espero en vano. Al rato le oyó encerrarse en su dormitorio y la casa quedó en silencio.

Entonces se acostó y trató de dormir. Pero mil pensamientos le venían a la mente y le era imposible conciliar el sueño. Toño se había ido y se lo había dejado bien claro: la tarde de ternuras, besos, abrazos y suspiros, allá arriba, en la Mesa, había sido un pasatiempo, un juguete cargado de lujuria con que habían disfrutado para luego, abandonarlo. Pero ella iba a ser madre. La idea la revivificaba, aunque al mismo tiempo la abrumaba. Y sentimientos varios le invadían el alma, ora de ira, ora de alborozo, a ratos de grata felicidad como sólo una mujer puede encontrar en el misterio de procrear, a ratos de iracundia por el estigma de madre soltera que la marcaría para siempre.

Cuando le llegó el sosiego, quedó mirando la agitación de las sombras que dibujaba la noche en el techo del dormitorio y los fantasmas de la imaginación se serenaron. Había abierto la puerta a una actividad frenética de sentimientos encontrados, hasta hacía poco solamente entrevista a través de los atrevidos relatos leídos en la biblioteca de la rectoría. La libido había aflorado en deseos desconocidos venidos al socaire de imágenes arrumbadas en el subconsciente y la impelió a la entrega, avergonzándose ahora de su propia debilidad. Pero no le importaba y se dejó llevar de la sensualidad de la madrugada y el pudor de la soledad.

En estas zozobras y esperanzas pasó la noche y sólo al llegar la amanecida, se le apoderó el sueño y quedó profundamente dormida. Salía de casa el tío para decir misa, cuando ella estaba en el mejor de los descansos, retozando con cabras y cabritos, colgada de los riscos que se asomaban al arroyo, y burlando los brazos de Toño, semejantes a cendales de niebla que pugnaban por atraparla.

Una semana más tarde, estaba recogiendo los platos de la cena, cuando su tío la tomó del brazo y le pidió que se sentase.

- Voy a mandarte a la ciudad, Esmeralda.

- Como usted diga, tío.

- Lo he meditado y, a mi modo de ver, es la mejor de las soluciones. Te ayudaré en cuanto necesites y pueda y espero de ti la mejor voluntad en tu nueva vida. Vivirás con Zósima. Ya le he mandado recado y está conforme en recibirte.

- ¡Oh, tío, tío!-, exclamó la muchacha y se arrojó sobre el sacerdote, rodeándole con los brazos.

- No llores, hija mía, bastante doloroso será el momento de la separación para amargarlos con otras lágrimas que no sean las de la despedida-, y mientras le decía esto le pasó un dedo por la mejilla enjugando la humedad de una lágrima.

- Habrá de odiarme, tío, por mi pecado.

- ¿Qué barbaridad dices, Esmeralda? Dios no lo permita. Si acaso, has de percibir reconvención en mis palabras y sólo eso, a más de consejos para tu vida en la ciudad. Actúa en todo con discreción, pues mujer discreta es mujer cumplida y la cumplida obra como discreta. La vanidad es hija de la belleza y la belleza es transitoria, con que desaparecido el caparazón de la hermosura sólo quedan nuestras obras y aquellas vanidades nos serán mucho más humillantes. Sé obediente, obra con prudencia y mantente fuerte en la dificultad. Vas a ser madre y a ello has de aplicarte con todo tu ser. No seré yo quien para ello te dé consejo, pero tu naturaleza femenina proveerá y de seguro sabrás lo más conveniente a la educación del fruto de tu vientre.

"Tráemelo cuando sea razón para las aguas bautismales y, más adelante cuando crezca, siempre que tus otras obligaciones lo permitan, pues estaré feliz de oír risas infantiles entre estos muros serios y fríos. Y ver corretear por las habitaciones una criatura me alegrará el ánimo. Ahora, hija mía, permíteme que me retire a descansar y ruega a Dios por mí cuando lo hagas por ti. El te bendiga.

Y al decir así, la bendijo trazándole una cruz sobre la frente no sin antes ordenarle que fuese preparando todas sus pertenencias pues de allí a dos días vendría Zósima, en persona, para llevarla consigo.

Zósima fue, en tiempos, ama de don Onofre, cuidadora de él, de la rectoría y de la iglesia donde no permitía otra escoba sino la suya, ni más plumero que el de plumas de avestruz con que aventaba el polvo del sagrario. La tomó para el cargo a poco de hacerse con la parroquia de Mambla de Santa María, recomendada por el alcalde, el médico y el secretario, teniéndola todos ellos por la mujer mejor provista de prendas para atender a un sacerdote, lo que es proclamar las pocas que tenía para atizar la lujuria de un hombre aun cuando viviesen ambos bajo el mismo techo, porque, preciso es decirlo, pocas mujeres podrían darse con menos abalorios y formas femeniles que aquella, lisa como tabla de planchar, la cara sembrada de granos y mirar algo desviado. Como decían algunos del pueblo si Dios quisiera predicar virtud a nadie mejor podía recurrir que a Zósima, pues, en viéndola, hasta el más rijoso de los diablos haría voto de castidad *per saecula saeculorum*.

Fue siempre una mujer enteca, rumiada, de costumbres austeras y grave compostura, seria por tenerlo como garantía de recato y mezquina en diversiones consigo misma, pero cuando se la trataba resultaba agradable, de carácter benevolente inclinada al desprendimiento y todo se le hacía poco cuando debía dedicarse a los demás. Se esforzaba quizá demasiado en esto y a menudo le reprochaba el cura su excesiva prodigalidad a la hora de repartir caridad no siendo raro, por esto, quedar la rectoría *in albis*.

En sus tiempos mozos anduvo persiguiendo noviazgo con un muchacho del pueblo y aunque bien es verdad que procuraban quedar acá de lo que la formación cristiana aconsejaba, a veces, se dejaban llevar por una lascivia incontrolada de besos y caricias desordenadas. Una tarde, junto a las tenadas, entre bramidos de toro encelado, quejas de carnero inquieto y bajo el plomo de un cielo amenazando tormenta, ella lo atrajo al rebufo de sus brazos desnudos y el atractivo de una blusa atarazada por el viento. Sintió el cuerpo del joven apretándose contra el suyo, con la fuerza de la tormenta en el bochorno de la tarde y unas manos membrudas le buscaron el pudor a porfía. Tomó entonces conciencia del paso que estaba dando, escandalizase de tanta procacidad y se desembarazó del gañán, aún así a ella se le antojo el acontecimiento un desliz tremendo y como tal lo confesó a don Onofre.

- Dejé que me sobara los senos como si fueran esponjas, sin punto de cariño, animados ambos por la animalidad de la concupiscencia-, susurró arrodillada en el confesionario. Y añadió: Y aún estuvo en un tris, el muy sátiro, de acceder a mi virginidad por la fuerza pero hallé ayuda en Dios, para resistir, y me zafé.

El cura, sabedor de la tendencia de la muchacha a exagerar en cuestiones de continencia sexual, le mostró indulgencia y quitó importancia a lo sucedido haciéndole algunas reconvenciones sobre el pecado de la lujuria y otras cuestiones que convenían a la honestidad.

No tranquilizó con ello sus escrúpulos y se acusaba del mismo pecado una y otra vez con exasperación de don Onofre que, harto de oír siempre la misma cantinela, le aconsejaba cometer pequeños pecados de que acusarse aunque sólo fuera por dar aquel al olvido. Siguió el consejo cuanto pudo omitiendo el repetido pecado en sucesivas confesiones, aunque sin cometer otros, en parte por no permitírselo su timorata conciencia, en parte por impedírselo sus propias prendas.

Llegada a la edad de cuarenta años pidió licencia para dejar la rectoría y marchar a la ciudad. No quería permanecer en aquel pueblo donde se la empezaba a estigmatizar como solterona irredenta y pidió favor e influencia a don Onofre para buscar salida en su nueva vida. Usó el cura de sus amistades y la colocó primero en casa principal y después en un taller de costura donde se abrió paso y terminó ganándose la vida con holgura.

Si alguna vez iba don Onofre a la ciudad para asuntos de la parroquia paraba siempre en su casa donde era bien recibido y agasajado en recuerdo de los tiempos pasados. En esta misma casa y con esta misma Zósima había pasado algunos años de su niñez Esmeralda cuando, huérfana, aún no podía ocuparse de ella su tío y a ella volvía, ya mujer, para verse libre de murmuraciones y maledicencias.

VI

Todo empezó a suceder con rapidez. Pareció como si el tiempo hubiera enloquecido y no les diera tiempo a los acontecimientos a acomodarse como les correspondía.

Nadie volvió a saber de Toño, ni siquiera sus padres. Alguien llevó noticias de que estaba en un país al otro lado del mar, ejerciendo la abogacía, pero todo eran rumores, meras suposiciones.

Don Onofre, allá en Mambla, oía hablar a espaldas suyas de su sobrina y se sentía centro de todas las comidillas. La vergüenza, la humillación y la tristeza aceleraron su vejez y de allí a pocas semanas nadie podía reconocerlo de tan demacrado y flaco como quedó. El señor obispo tomó providencias rápidamente y como vio que la salud del sacerdote se deterioraba día a día, con seria amenaza para su vida, lo relevó de todas las funciones y antes de acabar el invierno ordenó su ingresó en una residencia de curas, quedando la parroquia de Mamblas al cuidado de un sacerdote de la ciudad que aparecía por allí los domingos que aparecía, y no iba otros.

Esmeralda, se acomodó con acierto a las costumbres de Zósima. La mujer la acogió con cariño y se sintió madre de la hija que nunca había tenido con que, en principio, le quedaron cubiertas todas las necesidades y podía enfrentarse al parto sin preocupaciones mayores. Pero la muchacha no deseaba ser carga e iba por todas las partes ofreciéndose para trabajos que estuvieran al alcance de sus exiguos conocimientos, siendo las señales de su embarazo motivo principal de rechazo.

- No hayas prisa-, le decía Zósima-. Tiempo tendrás, luego, de buscar en qué ocuparte y yo misma podré ayudarte en el empeño. Piensa ahora en ti y en el hijo que llevas dentro y Dios proveerá.

Un día entabló conversación con una mujer que le habló de darle ocupación de algún provecho si dejaba a un lado remilgos y escrúpulos. Esos eran hábitos que convenía desterrar, pues servían de poco en la vida y era mejor no tener cuenta con ellos. Y lo que le ofrecía no era nada de que debiera avergonzarse si de veras tenía necesidad de dinero para atender al cuidado de la criatura que esperaba. Era joven, guapa, la veía atractiva y esas eran dotes para aprovecharlas. Además podía llegar hasta donde quisiese y si en un punto deseaba dejarlo, ¡tus!, y a otra cosa. Quedó su nueva amiga en presentarla al día siguiente a la señora Condesa, dueña de la casa y proveedora del trabajo, quien le explicaría cuanto conviniera al caso y luego ella tomaría la decisión de aceptarlo o dejarlo.

Era esta Condesa señorona de grandes perifollos en el atavío y sonar de pulseras en las muñecas. Hablaba con dulzura, dejando escapar las eses con intención de agradar y movía mucho los brazos, quizá, para negar edad y formas rendidas ya al paso de los años. La recibió en un saloncito de decoración muy recargada, con colgaduras en las ventanas para velar la luz del día, paredes cubiertas de cuadros donde aparecían diosas y cupidos en posturas retozonas y muebles de talla que, según se le antojó a Esmeralda, eran los más hermosos que hasta entonces había visto.

La mujer miró a Esmeralda, reparó en su preñez y le dedicó una sonrisa enternecedora.

- Llámame señora Condesa. Lo soy por herencia de mi difunto, un calavera a quien Dios confunda, pero debo agradecerle títulos, posición y rentas, por cuanto no me permitiré hablar mal de su memoria.

Le tomó ambas manos y explicó lo que de ella esperaba si le convenía entrar al servicio de la casa. Debemos exponer aquí la inquietud de la muchacha ante cuanto oía, sintiéndose primero insegura y azorada; pero cuanto más adelantaba la Condesa en sus explicaciones, más fue haciéndose fuerte en su ánimo la intención de dar al diablo con los escrúpulos y aceptar un trabajo si no decente no tan indecoroso como pudiera parecer.

Tenía esta Condesa su habitación en un palacete ubicado en la parte alta de la ciudad. Tres días a la semana, venía al rebufo de su hospitalidad lo mejor de la sociedad urbanita privilegiada e influyente. Eran en su mayoría hombres entrados en años, dechados de pocas virtudes y muchos vicios, adinerados todos y deseosos de placeres vedados por una edad donde no cabía ya la virulencia de lujurias extremas. Conformábanse, apenas, con el goce de compañía y halagos femeninos aun a sabiendas de saber falsas las lisonjas y obligadas las sonrisas.

La señora Condesa actuaba de anfitriona en esta curiosa especie de prostitución desleída, presentando a las pupilas, cobrando el servicio de la compañía, donde iba incluido el consumo de bebidas en abundancia, y quedando curada de otras providencias totalmente prohibidas dentro del palacete. Allí cabía la conversación, el flirteo, la mano regordeta y torpe reteniendo unos dedos femeninos, la caricia solapada o un beso lanzado al viento, quizá; pero no más. Los clientes lo sabían y respetaban, y las muchachas, en su mayoría, agradecían el favor sabiéndose a salvo de torpes lubricidades

- Podrás ir más allá-, decía la Condesa a Esmeralda-. Esos viejos escrofulosos se contentan con poco, aunque alguno te pedirá relaciones más íntimas y es cosa tuya aceptarlas o rechazarlas. Pero no aquí, no en mi casa.

Quedó el caso visto y a espera de la decisión de la muchacha que, sin más preámbulos, podría empezar cuando quisiera, no siendo su embarazo obstáculo alguno para el trabajo.

Aquella noche lo consultó con Zósima. La buena mujer estuvo mucho rato mirándola sin decir nada. A su edad pocas cosas podían espantarle y sabía por oídas de las fiestas que la señora Condesa daba en su palacete, todas muy honestas, algo pícaras, una pizca desvergonzadas acaso, pero en absoluto inmorales, algo muy a tener en cuenta.

- No te digo ni sí, ni no. Salir adelante es lucha y sólo has de usar de discreción pues, en cuanto a mí concierne, nada he de ver u oír. La casa la tienes abierta y es tuya, y será de tu hijo como lo es mía. Lo otro, lo que hagas con tu cuerpo tú lo has de decidir y yo no he de entrar a juzgarte. Arrepentidos los quiere Dios, como dice tu tío, y para eso tiempo tendrás más adelante que ahora no estás en edad de ello.

Con aquello lo pensó un tiempo y uno de los días de citas se presentó en la casa dispuesta a trabajar. La recibió la Condesa con alegría disimulada para no dar a entender lo mucho que esperaba de ella y la condujo a los vestidores donde unas doncellas ayudaron a desnudarla para cubrirla luego con una larga túnica blanca, vestimenta de todas las pupilas. Las gasas y rasos hubieron de rendirse a su hermosura y cuando apareció en el gran salón se percibió un movimiento generalizado de admiración hacia ella. Los hombres murmuraron comidillas indagando quién podía ser la nueva y las mujeres apretaron los labios disimulando un mohín de envidia, pero la presencia de la dueña de la casa altiva, enjoyada, dominando con la mirada a unos y otras hizo volver todo a la normalidad.

Llevándola de la mano, la presentó a un individuo de edad indefinida, cuyo nombre sonaba manifiestamente falso, y recitó, en la presentación, todas las virtudes de uno y otra. Refiriéndose a la joven recomendó al hombre cuidar mucho y bien de ella por hallarse en estado y, al decir esto, guiñó, picarones, primero un ojo y después otro. Luego, cogidos del brazo se perdieron en la vorágine del salón, sintiéndose Esmeralda arrastrada por una atmósfera de irrealidad recurrente. Por lo demás, aquellas damitas formaban un grupo pintoresco paseando la frescura de sus pocos años entre la decrepitud de los libertinos.

A la noche, cuando se retiró a casa, pese a estar cansada, agotada, tener doloridos los pies y sucias las manos, contó a Zósima todo lo vivido y no le pareció mal a la mujer si todo había quedado en charlas, paseos, miradas y manos entrelazadas, dejada aparte alguna obscenidad dicha al oído y reída en intimidad.

Estos meses anteriores al parto fueron fructíferos para Esmeralda, pues, enterados los visitantes de la Condesa de la gravidez de la muchacha, se sintieron, los más, atraídos por su estado y había cola para estar con ella en la promiscuidad de los divanes o al abrigo de los setos del jardín. Se interesaban por su salud, preguntaban luego detalles de cómo había sido llegar a aquel estado y terminaban pidiendo permiso para posar la mano sobre el vientre. A veces rechazaba la propuesta pero lo permitía otras y entonces se deslizaba algún billete extra por entre los pliegues de la túnica, con que acaba duplicando sus ingresos a fin de mes. Tras el parto cedería esta atracción enfermiza y pasaría a ser una más de las jóvenes de aquel singular harén, aunque por su lozanía y donaire fue siempre preferida y, por ende, envidiada.

Don Onofre, entre tanto, había empeorado. Pasaba todo el día en cama, las piernas ya no le sostenían, se le había ido el apetito y desvariaba creyéndose, a ratos, párroco aún de Mambla de Santa María, a ratos, seminarista a punto de ordenarse, soltando muchos latines y repartiendo indulgencias a todos los compañeros de residencia. La noticia la supo Zósima, pero no dijo nada a Esmeralda por no preocuparla, y lo guardó en su corazón.

Llegado el tiempo del parto ingresó Esmeralda en el hospital y a mitad de la noche dio a luz a un niño a quien puso por nombre Antonio en recuerdo del padre. El mismo día y a la misma hora, en la residencia sacerdotal, fallecía don Onofre. Esmeralda no pudo asistir al entierro y cuando lo supo, días después, lloró amargamente al sacerdote.

Hasta entonces había vivido en la creencia de que su tío seguía de párroco en Mambla de Santa María. Para ella fue una sorpresa saber la rápida enfermedad que lo había llevado a la tumba y fue mayor su dolor por considerar su pecado causa de la desgracia.

Pero la vida seguía y Antoñito, el menudo, sonrosado y precioso Antoñito, necesitaba de cuidados y desvelos. Zósima ejerció desde el primer día de abuela como durante los últimos meses había hecho de madre. Quería a ambos con todas las fuerzas de su alma y, según pasaba el tiempo, fue apercibiéndose de su destino, pergeñado por Dios desde toda la eternidad, como madre nutricia de la sobrina del señor cura y abuela del pequeño bastardo.

- "Señor-, pensaba por la noche, tendida en la cama-, gracias por tanto favor como he recibido sin merecerlo".

Y se alegraba, en su corazón, de todo lo sucedido.

Y cuidaba del niño mientras Esmeralda trabajaba en casa de la señora Condesa.

VII

El pueblo había envejecido con sus habitantes. Solamente habían pasado siete años, pero había envejecido arrastrado por un viento de varios siglos.

El cáncer de las malas hierbas se agarraba los muros y los agrietaba con amenaza de derrumbe. El orín se había apoderado de los hierros, cerraduras y aldabas que se desmenuzaban al contacto de las manos y la espadaña de la iglesia miraba sin ver, perdida la alegría de las campanas. Y las casas aparecían siniestras, con desconchones en los muros y los tejados abombados. Ni los perros corrían con la alegría de antes, cuando lanzaban estridentes ladridos persiguiendo al forastero o avisando del paso de un vecino. Una tristeza ominosa envolvía al pueblo y a sus habitantes.

Esa fue la impresión primera que tuvo Esmeralda al bajarse del coche.

Ahora era una mujer entera y fuerte. Se había abierto paso con la decisión de quien tiene la obligación de una familia a la que cuidar. A su hijo se unió Zósima y hubo de procurar por los dos. La buena mujer padeció, tres años atrás, unas calenturas que la baldaron y tumbaron en cama durante semanas. Cuando salió del mal no se tenía en pie, su cuerpo se desmadejaba a cada movimiento y parecía más cadáver que persona viva. Esmeralda se multiplicó para atender a su hijo y a Zósima.

Ahora vivían con holgura aunque sin derroches. Le había costado esfuerzo llegar a donde estaba, pero se sentía orgullosa de los logros. Al chico lo tenía en un colegio interno de donde salía, para pasar en casa los fines de semana y las fiestas. Para Zósima había buscado la ayuda de una anciana que la atendía en sus necesidades las horas que estaba ella trabajando.

No se daba un punto de descanso, entregada a la única familia que le quedaba en el mundo, sentíase feliz en aquel estado y poco a poco había hallado su sitio en la sociedad. Ni se mostraba orgullosa, ni habíase vuelto prepotente, pero sí presumía de haber llegado hasta allí. Tiempo atrás había comprado un coche y todos los domingos, si el tiempo y su trabajo lo permitían, llevaba a disfrutar del campo a Zósima mientras Antoñito se alborozaba persiguiendo pequeños animales.

¿Qué más podía desear?

Quizá volver a sus orígenes, a los lugares donde vivió los años mozos de su existencia y percibió los primeros latigazos de la concupiscencia, a los verdes prados de la naturaleza que amó de virgen, a la tierra noble donde se engendraron los cariños del hombre que la convirtió en mujer. Y eso había hecho. Se puso en contacto con el párroco que atendía ahora la parroquia de Mambla de Santa María. Habló con él, se presentó, le explicó sus deseos y el sacerdote no tuvo inconveniente en acceder a sus deseos. Quedaron para un domingo, uno de los dos domingos al mes en que subía a Mambla a celebrar los oficios y confesar, y a media mañana se había presentado en el pueblo en compañía de su hijo. Quería que el niño viese la iglesia, la casona rectoral, los pasillos abandonados y las habitaciones llenas de estantes con libros, su dormitorio, la cocina, la mesa donde ella y don Onofre comían y cenaban a diario, todo cuanto había formado parte de su vida en libertad.

Esmeralda le tomó de la mano y se dirigió con él a la casa rectoral. El cura les esperaba en la sacristía mientras trasteaba en los cajones de los ornamentos.

- ¿Este es el sobrino nieto de don Onofre?-, preguntó dirigiéndose a ellos.

- Buenos tardes-, saludó Esmeralda-. Le estoy agradecido por dejarnos visitar la casa.

- Mira cuanto quieras-, le dijo-. Yo estaré diciendo por aquí diciendo misa y confesando.

Y le entregó el manojo de llaves.

Entrar en la casa en que durante años había correteado a sus anchas, abrir puertas a menudo vedadas, pasar la mirada por cuadros, imágenes, libros arrumbados en los pasillos, perdidos en estanterías, al abrigo de polvorientas telarañas, le embargó el ánimo de tal manera que estuvo tentada de volverse, pensando si no habría sido un error adentrarse en el pasado, pero le dieron ánimos los apretones de manos de Antoñito que, medroso al principio, la sujetó con fuerza apretujándose contra sus faldas.

- ¿Aquí viviste, mamá?
- Los mejores años de mi vida, hasta que llegaste tú.

El niño de natural curioso y con la impronta de los pocos años se perdió enseguida por vericuetos de tablas, portones y contrafuertes. En una estantería, había la parte inferior de una figurilla de bronce. La parte superior había desaparecido. Era un cuerpo de hombre de aspecto musculoso y aparecía completamente desnudo.

El niño lo observaba con curiosidad.

- Mira mamá.

Esmeralda se volvió. Estaba ojeando un tomo de hojas polvorientas y ratonadas, *el Satiricón,* de Petronio, a través de cuyas páginas se le desvelaron los enigmas de las comezones adolescentes. Tomó el pedazo de escultura de manos de Antoñito y sonrió mientras la acariciaba con nostalgia. De repente, pareció despertar de una pesadilla y la dejó caer al suelo.

- Vamos-, y arrastró fuera de allí a su hijo sin atreverse a mirarlo a la cara para ocultar el rubor que le sombreaba las mejillas.

Terminada la visita y despedidos del párroco pasearon por el pueblo. Unas mujerucas corrían hacia la iglesia, temerosas de perderse los oficios. Musitaron un "buenos días" al paso y aceleraron el trotecillo. Alguna recordaría luego, a la noche, o al día siguiente, la cara de Esmeralda y se preguntaría dónde la había visto antes sin conseguir, quizá, recordarlo. Otras murmurarían por lo bajo: "Es la sobrina del cura" y correrían la voz en consejas de cocina.

Al pasar por delante de la casa de Alterio no pudo evitar detenerse. La puerta aparecía comida por los elementos. El agua y el viento se habían ensañado con ella y apenas ajustaba en las jambas. Por dos veces se sintió tentada de llamar, pero las dos se echó atrás. Cuando ya se iba el rechinar de los goznes le hizo volver la cabeza.

A la puerta, tremendamente envejecido, apoyado en una cachava ñudosa, se asomó Alterio. Esmeralda lo miró trémula, sin atreverse a pronunciar palabra. Al fin se fue a él y lo abrazó entre sollozos.

Cuando se separaron, Alterio pasó su mano, arada de arrugas, por los cabellos del crío.

- Si necesitas algo, ya sabes… Al fin y al cabo, es nuestro nieto.

Esmeralda asintió con la cabeza.

Tras los visillos de la ventada Josefa se enjugó una lágrima y ahogó un suspiro.

Antoñito había mirado la escena sin comprender y volvió la carita hacia su madre, interrogante.

- Algún día hablaremos de esto. Ahora vamos arriba-, señaló ella con el dedo el cortado donde se abría el sendero de la Mesa.

- ¿Qué hay allí?-, preguntó el niño, mientras se aprestaban a la subida.

- El quejigal, un prado de hierba fresca, lentiscos, majuelos y endrinos. Y recuerdos, sobre todo recuerdos...

Y madre e hijo, agarrados de la mano, tomaron el sendero de la Mesa.